I0764821

Les Derniers avant moi

Par Daniel MALLET

Les lecteurs intéressés par d'autres titres publiés par la maison d'Édition des libertés sont invités à visiter notre site **www.editiondeslibertes.fr**

Illustration de couverture :
Léa Barbe
www.leabarbe.fr

Dépôt légal : mars 2026

Du même auteur :

Les Promis de Saint-Michel, 2024

Note de l'auteur

Le personnage de Hervé d'Anjou, présent dans ce roman, est fictif, mais directement inspiré par la figure de Guichard d'Angles, ayant joué un important rôle dans la guerre de Cent Ans, mais peu présent dans les livres d'histoire.

Les différents contextes historiques sont réels.

« Omnia Mundi Fumus Et Umbra »

À mes aïeux, qui ont vécu, arpenté, travaillé
et reposent aujourd'hui à Angles-sur-l'Anglin

Chapitre 1

2024,
Angles-sur-l'Anglin

Le chemin qui menait au cimetière de la ville basse était calme. Situé le long de la rivière, cet endroit à l'écart semblait perdu au milieu de la forêt. Les tombes y étaient plus anciennes que dans le cimetière de la ville haute. Après une course précipitée, Julia s'assit sur l'un des bancs en pierres qui longeaient la travée principale et ferma les yeux. Tout était silencieux. Le bruit des pioches et les voix des archéologues qui s'activaient sur le chantier non loin de là ne lui parvenaient plus. Seuls le bruit de l'eau emportée par le courant et celui des branches secouées par le vent se faisaient entendre. Elle prit une grande inspiration par le nez, expira lentement par la bouche, puis ouvrit les yeux. L'endroit était agréable et inondé de soleil. Il n'était pas possible d'apercevoir les habitations depuis ce lieu. Il se situait dans un écrin de verdure, protégé, à l'abri de tous les regards. *Un endroit parfait pour reposer une fois la mort venue,* se dit-elle. Un lieu où les défunts n'étaient pas dérangés. Un lieu chargé d'histoire où elle souhaiterait reposer un jour elle aussi.

Julia avait parfois besoin de ces moments de calme. Elle avait prétexté une envie pressante pour s'écarter du chantier et venir s'isoler ici quelques minutes. Elle ne parvenait pas à contrôler ses montées d'angoisses. Dans ces moments, alors que tout allait bien, sa confiance en elle commençait à s'écrouler, ses mains se mettaient à trembler et elle n'était plus capable de se concentrer sur quoi que ce soit. Son monde s'effondrait. Elle se frottait les mains dans un même mouvement répétitif et se grattait les avant-bras parfois jusqu'au sang. Il fallait alors qu'elle quitte la foule et s'isole au plus vite.

Elle prit à nouveau une grande inspiration. Son poumon droit lui avait été retiré suite à un accident de voiture lorsqu'elle était enfant. Le contrôle de sa respiration dans ces moments de crise était donc toujours l'étape la plus difficile.

Elle se leva après être parvenue à ralentir les battements de son cœur, puis reprit la direction du chantier. Ses doigts effectuaient toujours des mouvements nerveux et répétitifs qu'elle ne parvenait pas à calmer. Elle ralentit le pas.

Les tombes qu'elle croisait, elle les connaissait bien. Ce cimetière lui était familier. Elle en avait parcouru les travées étant enfant, était venue y fleurir le tombeau familial où reposaient ses arrière-grands-parents et bien d'autres ancêtres. Julia avait également plus d'une fois joué au pied de la croix hosannière datant du XVIe siècle qui occupait toujours le centre du cimetière. En tant qu'archéologue, ce qui se trouvait sous terre la fascinait. Les croix de ce genre étaient souvent élevées sur d'anciennes fosses communes ou ossuaires médiévaux. *Combien de dépouilles pouvait bien contenir ce sol ?* se demanda-t-elle. *Quelles histoires, quelle quantité de savoir et de secrets se trouvaient encore sous terre ? Si tous ces morts pouvaient parler et nous conter ce qu'ils ont vu et vécu, nous ne serions sûrement pas là aujourd'hui à creuser la nef d'une ancienne église pour le découvrir.*

Elle passa devant une tombe et s'attarda un instant sur le nom et les dates qui y étaient inscrites : « Jean Tranchant 1904–1923 ». Sa vie avait à peine commencé qu'elle s'était déjà terminée. Elle se remémora cette phrase que l'on attribue à Napoléon II, le fils de Napoléon Ier, prenant conscience de sa fin prochaine à l'âge de 21 ans : « *Entre mon berceau et ma tombe, il y a un grand zéro* ».

La vie est une chose tellement incertaine, faite de choix qui peuvent lui faire perdre tout son sens ou au contraire, la sublimer du jour au lendemain. Julia avait toujours cru qu'en côtoyant en permanence des gens décédés au travers de ses recherches, elle finirait par banaliser la mort et cesserait d'en avoir peur. Il n'en était rien. Elle avait beau savoir et constater chaque jour que personne n'y échappait, l'idée que le lendemain ne lui était pas dû la terrorisait.

Elle sortit du cimetière et se dirigea vers le chantier archéologique qu'elle avait quitté. Elle longea le cours d'eau qui traversait la ville, se retrouva dans une ruelle étroite bordée de roses trémières aux couleurs pastel, remonta légèrement sur sa droite et se retrouva devant ce qui restait de l'ancienne abbaye de Sainte-Croix.

Aujourd'hui, le passant aurait l'impression de se retrouver face à une simple église sans prétention comme on en trouve dans la plupart des villages. Une haute façade percée de deux vitraux parallèles et un grand portail en arc brisé, dans le style gothique, encadré de chaque côté par deux autres petits arcs. Le tout était en pierres claires typiques de la région et surplombait une vieille porte en bois. Aujourd'hui simple chapelle, le bâtiment faisait autrefois partie d'une abbaye prospère et bien plus étendue.

La route principale du village avait coupé l'édifice religieux en deux vers le milieu du XIXe siècle. Entre sauver les âmes ou les faire circuler, les autorités de l'époque avaient fait leur choix. Seule la première partie de la nef avait été conservée et transformée en chapelle afin que certains cultes puissent toujours y être célébrés. Julia ne pouvait s'empêcher d'avoir un pincement au cœur lorsqu'elle voyait de vieilles pierres détruites au profit du goudron. Bien heureusement, de nombreux progrès avaient été faits afin de protéger les anciens édifices, de restaurer les châteaux médiévaux et de classer certaines demeures anciennes dans la catégorie des biens protégés. Ce village du centre de la France réunissait d'ailleurs tous ces cas de figure.

Les portes de la chapelle étaient ouvertes, mais l'intérieur ne ressemblait plus à un édifice religieux. Une équipe d'archéologues y menait des fouilles depuis trois semaines. Une partie des murs et du sol était tapissée de bâches, les dalles de la nef avaient été retirées, la terre creusée et des artefacts exhumés. Des membres de l'équipe s'affairaient à sortir des seaux de terre de la chapelle alors que d'autres grattaient le sol à l'aide de truelles afin de détourer ce qu'ils pensaient être un sarcophage. Une autre partie de l'équipe s'affairait à classer minutieusement le petit mobilier retrouvé sous les dalles.

Il n'est pas difficile d'imaginer à quel point ces petits objets perdus depuis plusieurs siècles sont nombreux. Nous marchons tous chaque jour sans le savoir sur des trésors. Il suffit d'observer, sur un temps donné, le nombre d'objets que nous perdons. Combien de pièces de monnaie avons-nous laissé tomber à terre ? Combien de clefs perdues ? De bijoux ? De boutons de veste égarés ? Eh bien, il en a toujours été ainsi depuis que l'homme a maîtrisé la fabrication d'objets divers. Nous marchons donc sur des milliers, voire des milliards d'éléments égarés ou abandonnés.

Bien que tout ce qui avait été exhumé pour le moment dans la nef ne fût pas sans intérêt, Julia restait sur sa faim. D'après une première expertise, de nombreux objets étaient datés du XVIe et XVIIe siècle. Des fibules, des broches, des bagues et des restes d'une épée ayant sûrement été placée dans une tombe dont il ne subsistait plus grand-chose s'accumulaient chaque jour dans leur réserve. Un crâne avait également été exhumé trois jours plus tôt et se trouvait à présent entre les mains des conservateurs du chantier. Daté lui aussi du XVIIe siècle, il présentait une entaille au niveau du lobe pariétal gauche qui n'était pas due à son séjour sous terre. Il avait visiblement été frappé de son vivant. Cette entaille avait-elle causé sa mort ? Il était encore trop tôt pour le dire.

Julia entra dans la chapelle. Elle alla trouver Mégane, sa meilleure amie et collègue qu'elle avait rencontrée dix ans auparavant durant ses études. Elle était en train d'étudier d'anciens plans de l'abbaye que la ville leur avait mis à disposition dans le cadre de la fouille. Elle releva la tête de ses documents, écarta les boucles blondes qui lui tombaient devant les yeux et aperçut Julia par-dessus ses lunettes.

« Ça va mieux, toi ? »

Julia la rassura d'un clin d'œil et retourna à l'envers la casquette qu'elle portait pour avoir une meilleure visibilité des documents.

« J'ai l'habitude, ne t'en fais pas. Toujours rien ? »

Mégane considéra son amie durant quelques secondes. Elle connaissait la vraie raison de son départ rapide du chantier et, visiblement, Julia n'avait pas envie de s'étendre sur le sujet. Mégane n'insista pas, son amie avait toujours été d'un naturel renfermé.

« Du XVIIe siècle, du XVIe peut-être… mais rien de plus ancien pour le moment. Thomas a peut-être trouvé un couvercle de sarcophage. »

Elle désigna l'archéologue coiffé d'un bob qui progressait minutieusement avec sa truelle.

Julia fit la moue.

« Pas sûr qu'il y ait quelque chose en dessous, il a sûrement été utilisé pour faire du remblayage. On verra bien, je ne perds pas espoir. »

Elle observa un moment le chantier sur lequel s'affairaient des archéologues et plusieurs étudiants bénévoles. Elle poussa un soupir.

Mégane la connaissait bien. Elle savait que tout pouvait tourner à l'obsession chez son amie.

« Tu n'as qu'un seul document qui mentionne sa sépulture, et encore, c'est relativement vague.

— Il est là, j'en suis sûr. Il ne peut pas être ailleurs. Il était seigneur d'Angles. On ne l'aurait pas enterré dans le cimetière commun, l'abbaye est à 200 mètres du château et, aux dernières nouvelles, les fouilles anciennes de la forteresse n'ont rien donné. Les nobles étaient enterrés dans les édifices religieux jusqu'au XVIIe siècle. Il ne peut être qu'ici…

— … ou sous la route qui a coupé l'église en deux en mille huit cents et quelques. »

Julia secoua la tête pour signifier son désaccord.

« Ils seraient tombés dessus. Ils ont forcément dû creuser et faire des fondations. »

Mégane fit la moue à son tour.

« Tu sais, les normes archéologiques n'étaient pas les mêmes à l'époque, tout ce qu'ils ont trouvé a peut-être été balancé. »

Voyant le regard de Julia se perdre dans le vague et se rendant compte de ses propos, elle posa sa main sur la sienne.

« Hey ! Tu vas y arriver. Il est quelque part dans ce village, j'en suis persuadé. Tu mérites de réussir, après tous les passages à vide que tu as eus. »

Julia eut un rictus.

« Si les réussites se faisaient en fonction du mérite, le monde tournerait d'une tout autre façon, crois-moi. »

Elle se tourna vers Mégane. Cette dernière affichait un large sourire. L'énergie que dégageaient ses grands yeux verts remonta le moral de Julia qui se ressaisit.

Elle alla rejoindre Thomas. Ce dernier leva discrètement les yeux vers elle et l'observa un moment en train de se déplacer. Il détourna rapidement le regard au moment où elle tourna la tête vers lui. Thomas n'était pas insensible au charme de l'archéologue, cela n'était un secret pour personne. Seule Julia ne semblait pas le remarquer. Il était cependant bien trop timide pour tenter quoi que ce soit et ne ferait jamais le premier pas.

Julia s'approcha, attrapa une truelle et l'aida à retirer la terre autour du couvercle du sarcophage qui semblait avoir été retaillé par endroits. Son pantalon cargo était usé et taché de terre à force d'être agenouillée ou allongée sur les chantiers. Ses bras recouverts de tatouages comportaient également de nombreuses cicatrices laissées par les pierres coupantes ou les objets métalliques qu'elle sortait du sol. Ses mains n'étaient pas douces et ses ongles étaient noircis de terre. Mais l'état de sa manucure n'était pas le premier de ses soucis. À vrai dire, cela n'avait jamais été une préoccupation. Elle enroula ses longs cheveux noirs en un chignon qu'elle tenta de bloquer sous sa casquette.

Thomas savait que Julia était actuellement célibataire. Il ouvrit la bouche pour engager maladroitement la conversation. Il se tourna vers elle, mais aucun son ne sortit. Il se mit à rougir, bloqué, paralysé. Le voyant agir ainsi, Julia l'interrogea du regard. Gêné, il se détourna d'elle et se concentra à nouveau sur la fouille, sans rien dire.

Julia retirait les couches terreuses une à une avec sa truelle, se heurtant par moments à de la calcite ou des restes de bois brûlé. Son outil passa soudain sous la plaque de roche. Il n'y avait que de la terre, pas de sarcophage.

Julia releva la tête en s'essuyant le front.

« C'est juste une pierre tombale retaillée, il n'y a rien en dessous. »

Elle épousseta le bloc de pierre avec sa main. On pouvait encore y distinguer quelques gravures. Elle souffla dessus pour faire s'envoler le reste de terre et racla délicatement les écritures avec du matériel dentaire, à la recherche d'un prénom. Un seul prénom qui lui indiquerait qu'elle est sur la bonne voie.

« Allez… allez… s'il te plaît ! »

Elle murmurait ces mots en tentant de déchiffrer petit à petit les inscriptions le long de la pierre. Apparut alors devant elle le mot « *frater* », « frère » en latin.

« C'est la pierre tombale d'un moine de l'abbaye, ajouta Thomas.

— Je vois » lui répondit-elle froidement.

La pierre fut dégagée, sortie de terre et alla rejoindre les autres artefacts afin d'être étudiée.

La journée touchait à sa fin, mais le soleil était encore haut dans le ciel. Les membres de l'équipe avaient quitté le chantier pour vaquer à leurs occupations. Certains logeaient dans un camping à environ huit kilomètres de là alors que d'autres, originaires des environs, avaient la chance de pouvoir loger directement chez eux. Julia séjournait chez Mégane dans le village de Lurais à 10 kilomètres d'Angles.

En plein mois de juillet, la nuit ne tombait que tardivement. Elles avaient alors décidé de monter vers la ville haute d'Angles afin de s'installer sur le promontoire rocheux qui dominait la rivière. La partie haute du village, implantée sur la montagne, dominait toute la vallée de la ville basse. La forteresse, dont la construction datait du XIIe siècle, reposait, elle aussi, sur cette proéminence et permettait d'avoir une vision panoramique du domaine.

Mégane et Julia s'assirent sur un muret, les jambes dans le vide, et observèrent le paysage. Julia détailla tous les éléments qu'elle avait devant les yeux : le pont qui enjambait le cours d'eau, l'ancienne abbaye dans laquelle elles effectuaient des fouilles, la petite île au milieu de la rivière, la forteresse en ruines sur leur gauche et le moulin à eau qui se trouvait à ses pieds. Mégane sortit deux bières de son sac. Elle les décapsula et en tendit une à Julia.

« Voilà de quoi calmer tes méninges en ébullition. »

Julia accepta la boisson avec un large sourire.

Mégane avait toujours été présente pour elle, pour la soutenir, lui remonter le moral et lui faire voir la vie sous un autre angle. Il est coutume de dire que les opposés s'attirent. L'amitié de Mégane et Julia en était une parfaite illustration. En proie à diverses angoisses, Julia avait tendance à visualiser l'accident dans chaque situation. Elle envisageait toujours le pire. Ainsi, elle n'était jamais déçue, mais vivait parfois les défaites deux fois.

Mégane, quant à elle, était l'optimisme incarné. Rien ne pouvait abattre son envie d'aller de l'avant et toujours plus loin avec le sourire. La vie était parfois dure, mais cela ne faisait que rendre les victoires encore plus belles pour elle.

« Tes angoisses se font de plus en plus fréquentes, il me semble, non ? »

Mégane faisait référence à son départ précipité vers l'ancien cimetière.

« Depuis qu'Arthur et moi sommes séparés, tu veux dire ? Oui, c'est possible.

— Tu as des nouvelles ? »

Julia ne répondit pas tout de suite. Elle but une longue gorgée de bière.

« Non, aucune. Et c'est mieux comme ça, crois-moi. Ce serait encore plus compliqué si son nom devait toujours s'afficher sur mon téléphone ou si je devais encore le voir tous les jours. Là au moins, je n'ai que les souvenirs et ma tristesse n'est pas alimentée jour après jour. »

Elle prit une autre gorgée de bière, puis reprit.

« La dernière fois que je l'ai vu, il devait être envoyé sur un chantier de Bretagne.

— Quelle époque ?

— Néolithique, mais j'ai totalement oublié le nom de la ville. »

Mégane sourit.

« Mais tu as un autre homme en tête si je ne me trompe pas… »

Julia se mit à rire malgré elle.

« Hervé d'Anjou…

— … seigneur Hervé d'Anjou, voyons ! »

Mégane leva sa bière en direction du château, criant presque cette phrase et reprit.

« C'est l'homme idéal pour toi. Il ne te fait pas chier avec sa mère, tu n'as pas à supporter ses ronflements, il ne se plaint pas comme un enfant lorsqu'il a un rhume et il te laisse même de petits mots dans de vieux parchemins !

— Idéal, oui, s'il n'était pas mort en 1374 sans me dire où je pourrais le trouver. »

Elle posa son regard sur la forteresse. Hervé d'Anjou avait été seigneur d'Angles au milieu du XIVe siècle, et ce, jusqu'à sa mort.

Nous étions alors en pleine guerre de Cent Ans, qui opposait entre autres les partisans anglais aux Français. Une guerre de succession pour le trône de France. Des territoires étaient perdus et d'autres repris. Des hommes exultaient face à la victoire et d'autres mouraient dans la boue. Le château d'Angles fut compté parmi les possessions anglaises de 1356 à 1372.

Hervé d'Anjou disparaissait des archives en 1374. Avait-il été blessé durant les combats ? Avait-il succombé à une maladie ? Une embuscade ? Cette dernière supposition était la plus probable, car Julia possédait un document d'archives, un unique document mentionnant l'attaque de la garde d'Hervé par des sympathisants anglais. Cette même source omettait cependant de préciser s'il avait succombé à d'éventuelles blessures. Ensuite, plus une trace de ce seigneur. Les informations que l'on pouvait trouver dans les livres d'histoire ne mentionnaient que ses actions politiques.

Sa date de naissance n'était pas plus documentée. C'était en effet cette même source qui mentionnait la date de 1337 comme point de départ de sa vie. Les livres d'histoire spécifiaient ensuite qu'il avait participé à la bataille de Poitiers en 1356. Cette bataille avait vu les troupes françaises se faire anéantir par les Anglais, menés par celui que l'on nomme « *Le prince noir* ». Il s'agissait de l'héritier légitime du roi d'Angleterre Édouard III. En tant que chevalier originaire d'Anjou, Hervé avait servi aux côtés du roi de France durant ce conflit avant de se retrouver à la tête du village Poitevin.

Julia s'intéressait de près à l'histoire de cet homme dont le rôle dans le développement du village d'Angles était capital. Résidant à Bourges dans le département du Cher, c'est tout naturellement qu'elle avait été contactée par l'un de ses anciens professeurs qui se trouvait être le responsable d'opérations sur cette fouille.

Quelques mois avant le début du chantier, elle s'était replongée de nouveau dans l'étude de ce personnage afin de rafraîchir ses connaissances sur la ville et sa vie. La consultation des archives de la région allait cependant mettre sur sa route de nouveaux éléments concernant Hervé d'Anjou. Un document daté de 1374, écrit et signé de sa main. Ce dernier ne précisait pas les raisons de son alitement, mais Hervé demandait à ce que ses funérailles aient lieu rapidement s'il venait à trépasser. Elles devaient s'effectuer dans la plus grande simplicité et ne pas attirer trop de spectateurs. Telles étaient apparemment ses volontés. Hervé recommandait également un de ses lieutenants comme successeur à la tête de la forteresse, un certain Foulques, qui reprit effectivement la direction du village et du domaine en 1374. Mais ce précieux document ne précisait pas si Hervé d'Anjou était bien mort cette même année.

La bonne étoile de Julia en matière d'enquête historique ne s'arrêta pas là.

Un document daté du 17 septembre 1474, soit près de 100 ans après la mort présumée du seigneur d'Angles, mentionnait toutes les personnalités ayant été inhumées dans l'église de l'abbaye de Sainte-Croix. Parmi elles nous retrouvons bien entendu des moines, quelques évêques, les anciens seigneurs d'Angles et un certain « *seigneur Hervé, bon et juste, bienfaiteur de la ville* ».

Julia en était restée bouche bée dans la salle d'archives. Il n'existait pas de biographie concernant ce seigneur. Il ne subsistait de lui que de courts textes dans de vieux livres et des blasons familiaux gravés sur de nombreux édifices de la région, dont la forteresse. Elle avait tenté d'en apprendre plus sur ce mystérieux personnage qui avait tant donné à la ville. Elle l'avait idéalisé, et aujourd'hui, elle avait l'occasion de le retrouver.

Le soleil avait continué sa course et s'apprêtait maintenant à disparaître derrière les arbres. Les rues étaient désertes. Elles quittèrent leur poste d'observation.

Alors qu'elles s'éloignaient lentement et que l'écho de leurs voix disparaissait peu à peu, la silhouette restée immobile en contrebas du muret, quatre mètres plus bas, et qui n'avait pas perdu une miette de leur conversation, se mit en mouvement. Elle remonta d'un pas lent et contrôlé les escaliers de pierre à droite du mur et se retrouva à l'endroit précis où se tenaient les deux amies quelques minutes auparavant. La silhouette se tourna pour observer le paysage depuis le promontoire. Elle s'attarda sur la chapelle Sainte-Croix.

« C'est donc là que tu te cacherais… »

La route pour rentrer chez Mégane serpentait à travers les champs. Des champs à perte de vue. Il était parfois possible de distinguer un clocher au-dessus des arbres, signe qu'un village se trouvait là. Le paysage n'avait pas changé dans les campagnes. Oubliez les voitures, les engins agricoles et observez simplement autour de vous. Des champs, des morceaux de forêts, des animaux qui pâturent, un noyer isolé au beau milieu des cultures et une église faisant résonner le son d'une cloche afin de vous orienter. Cette vision avait toujours rassuré Julia. Le passé la rassurait et était parfois un remède bien utile à ses inquiétudes.

Quelques heures plus tard, elle somnolait dans la vieille maison de famille de Mégane, qu'elles occupaient toutes les deux durant la durée du chantier. Allongée sur un lit au matelas plus qu'usé, elle ferma lentement les yeux.

Le certificat d'études de l'arrière-grand-mère, toujours encadré sur le mur juste au-dessus de la tête de lit, trônait comme une sorte de relique.

Les anciens membres de la famille la fixaient du regard. Ces individus, figés sur des photos en noir et blanc posées sur le rebord de la cheminée, étaient installés là depuis le début du siècle. Sans sourire et le regard droit. Leurs membres crispés témoignaient d'un temps de pose plus long qu'avec nos appareils actuels. D'autres ancêtres plus illustres avaient sûrement fait leurs preuves dans la généalogie, mais le manque d'information les concernant les avait fait disparaître à jamais. Leurs tombes avaient été remplacées par d'autres et les caveaux familiaux vidés pour laisser la place à des membres décédés plus récemment. Les amis de ces ancêtres étaient morts, eux aussi. Plus personne ne pouvait parler d'eux, de leurs moments de joie, de leurs peines, de leurs amours et de leurs faits. Ils avaient été jeunes, ils avaient été amoureux, avaient ri aux éclats, avaient aimé et vécu de belles histoires. D'autres avaient souffert, fait la guerre ou assisté à des changements politiques majeurs. Aujourd'hui, leurs noms n'étaient même pas connus de leurs descendants directs. Comment une identité se perd-elle dans une famille ? Finalement, les vivants ne font que croiser les morts, sans jamais les saluer.

Chapitre 2

2500 avant J.-C.,
actuelle île de Crète

Il fut réveillé en sursaut par le bêlement d'un mouton provenant de l'autre côté du mur. Les rayons lumineux qui passaient par les interstices de la porte en bois lui indiquèrent qu'il était déjà tard. Il se leva difficilement et fit craquer son dos usé par le travail des champs. Il laissa échapper un long bâillement, trempa son visage dans la bassine d'eau en bronze posée sur l'unique table de la pièce afin d'avoir les idées plus claires, puis sortit. La journée était chaude et l'herbe brûlée par le soleil craquait sous ses pas. Des moutons étaient en train de brouter à l'ombre le peu d'herbe verte qu'il restait derrière la maison.

L'homme s'éloigna en direction de ses champs afin d'inspecter les cultures. En tant que fermier et cultivateur, ses céréales étaient tout ce qu'il possédait. Les récoltes ne s'annonçaient pas bonnes pour cette année, mais il gardait tout de même l'espoir. Les dieux étaient bons, il les honorait comme il le fallait, avec dévotion et crainte. Cela allait payer, cela devait payer.

Ces moments difficiles pour les cultures étaient pour lui l'occasion de transmettre le plus possible de connaissances à ses deux fils en âge d'apprendre, afin qu'ils reprennent un jour la petite ferme familiale. Bien qu'il ne puisse pas dire son âge avec précision, il savait qu'il avait déjà vu passer bon nombre de saisons et devait probablement en être à la moitié de sa vie. Environ trente-cinq ou trente-huit cycles, c'est ce qu'il lui semblait.

Les fermes isolées dans les montagnes crétoises se faisaient de plus en plus rares, il le constatait. Son père lui avait toujours enseigné que les traditions étaient précieuses. Voir de plus en plus de fermiers déserter les montagnes pour disparaître sur les routes en quête d'une vie meilleure le désolait. Que devenaient ces gens qu'il avait toujours connus ? Il les voyait s'éloigner, chargés du peu de biens qu'ils possédaient et n'entendait plus jamais parler d'eux.

Une silhouette se dessina au loin, puis une autre. Elles se rapprochaient en agitant les bras.

« Père ! Viens ! Viens vite ! »

Il se mit à courir sous le soleil vers ses fils qui l'appelaient. Les poils de sa barbe brune étaient déjà collés par la sueur. Il longea prudemment la falaise, une chute à cette hauteur ne laissait guère de chance de survie.

Sa ferme était située au milieu des montagnes. De l'unique fenêtre que le bâtiment possédait, on pouvait apercevoir le flanc d'un mont imposant, cachant presque le ciel. Ce côté de la montagne, perdu dans l'ombre, était couvert d'une végétation abondante et verte. Ceux qui étaient dotés d'une vue assez bonne pouvaient même y apercevoir les grottes qui s'enfonçaient dans la roche et servaient de nécropole aux fermiers et bergers isolés des environs. Les dépouilles de ses parents s'y trouvaient, ainsi que celles des parents de sa femme.

Il s'écorcha le dessus du pied sur un rocher coupant en arrivant aux champs. Le soleil était particulièrement chaud pour la saison et tout effort était rendu plus difficile.

Son plus grand fils, Aegon, âgé d'environ 14 ans, paraissait désolé.

« Père, tout est en train de sécher. Il nous faut de l'eau si l'on veut pouvoir récolter quelque chose. »

Agyrrhios, le fermier, écarquilla de grands yeux. Il attrapa l'une des pousses jaunes qui lui arrivaient à la taille. Elle s'effrita dans ses mains, il n'y avait rien à récupérer. Nikos, de quelques années plus jeune que son frère, mais déjà conscient de ce qu'une récolte signifiait pour leur survie, prit la parole à son tour.

— Nos oliviers pourront peut-être couvrir les pertes.

— Non, Nikos, ils nous donnent à peine assez d'huile pour nourrir une famille. Je pourrais abattre quelques moutons pour que nous puissions passer l'hiver. Mais je comptais sur cette récolte… Notre troupeau s'amenuise. Chaque bête est précieuse et nous fait gagner des jours de nourriture en plus.

Aegon se tourna vers son père.

— Je prierai les dieux, père. Je leur donnerai le couteau que je possède en offrande. Ils l'accepteront en échange d'une bonne récolte, j'en suis persuadé.

Agyrrhios afficha un sourire malgré lui. Leur condition était peut-être incertaine, mais il savait qu'il avait fait un excellent travail avec ses fils. Ils allaient devenir des hommes braves. Ils avaient tous les deux l'amour du travail bien fait et avaient rapidement compris que rien n'arrivait facilement en ce monde. Il fallait semer, sans être sûr de récolter quoi que ce soit. Il prit Aegon et Nikos par les épaules.

« Je suis sûr qu'ils entendront et verront ta dévotion. Venez, rentrons. »

Sur cette terre, les temps ne se prêtaient plus au travail des champs. Cela faisait presque quatre mille cinq cents ans que l'agriculture et l'élevage étaient apparus sur l'île. Les populations s'étaient toujours adaptées aux changements.

Agyrrhios ne pouvait se résoudre à laisser sa famille mourir de faim sous ses yeux dans ces montagnes. Quelles erreurs avait-il commises auprès des dieux pour qu'un tel sort lui soit réservé ?

Il entra dans la maison. Amenia, sa femme, était réveillée. Elle vint vers lui et l'embrassa longuement. Elle vit à sa mine basse que quelque chose n'allait pas.

« Quoi ? Les récoltes ?

— Tout est perdu. Le peu que l'on aura nous sera pris par les propriétaires des terres. On sera obligés d'abattre des moutons si l'on veut passer l'hiver. Ça nous fera un manque à gagner sur la laine. »

Amenia gardait le sourire. On aurait dit que rien ne l'effrayait. Elle était capable de voir le positif dans chaque situation, même les plus désespérées. Sa mère était morte en la mettant au monde. Son père, quant à lui, était un homme bourru, dur, pour qui le rendement du cheptel était toujours passé en priorité comparé au bien-être de ses enfants. Elle avait donc appris à vivre seule, à régler ses problèmes seule et à faire face à la vie seule.

« Nous ferons une offrande à la déesse mère. Elle nous viendra en aide, j'en suis sûre. Les dieux sont conscients du travail dur que nous faisons. »

Elle lui sourit puis rajouta.

« Nous avons toujours été solides, déterminés et pieux, ce n'est pas pour que tout s'arrête avec une mauvaise récolte. »

Ils se tournèrent tous les deux vers Sanos, leur dernier-né âgé de quatre mois. Leurs enfants représentaient tous les trois l'avenir de leur famille.

Une voix à l'extérieur vint mettre fin à leur étreinte. Il s'agissait de Minos, le cousin d'Amenia, qui revenait de la ville la plus proche. Contrairement au couple de fermiers, Minos n'avait pas suivi la tradition familiale et avait quitté les montagnes depuis de nombreuses années pour s'installer dans la cité de Phaïstos. D'abord chargé de vendre la laine des moutons d'Agyrrhios, il s'était ensuite installé comme charpentier et travaillait sur les chantiers navals. Au contact de marchands, de marins, de voyageurs, Minos était au courant des dernières découvertes du monde et de ses avancées.

Amenia alla à sa rencontre et l'enlaça chaleureusement. Elle s'adressa à ses fils, qui surveillaient tous deux les moutons.

« Emmenez les bêtes de l'autre côté de la montagne, il y reste de l'herbe verte. Ils doivent prendre des forces et grossir si nous voulons qu'ils nous nourrissent. »

Aegon et Nikos acquiescèrent.

Après avoir salué Minos, Agyrrhios les héla et pointa son doigt dans leur direction.

« Souvenez-vous, chaque tête est précieuse. Et surtout, restez loin de la falaise ! Compris ?

— Bien père.

— Oui père. »

Ils s'éloignèrent lentement avec le troupeau.

Minos les observa un moment.

« Ce sont de braves garçons que vous avez faits. Grâce aux dieux ils sont presque déjà des hommes de valeur. »

Ils entrèrent tous les trois et s'installèrent autour d'une boisson amère que Minos ramenait de la ville.

Ce dernier affichait un large sourire, heureux de retrouver les membres de sa famille qu'il n'avait l'occasion de voir que quelques fois dans l'année.

« Alors, comment se passe la vie dans les montagnes depuis ces derniers mois ? »

Agyrrhios et Amenia échangèrent un regard peu enjoué. Elle prit la parole, devant le mutisme de son mari.

« Par où commencer, Minos… ? »

***

Aegon et Nikos étaient assis à l'ombre d'un olivier, observant par moment le troupeau se nourrir des quelques brins d'herbe verte qu'il restait en cette saison. Nikos, le plus jeune des deux s'allongea et observa le mouvement des feuilles qui s'agitaient lentement sous l'effet du vent chaud. Aegon, quant à lui, laissait son regard parcourir l'horizon. Il était inquiet. Si son père avait réussi à lui transmettre les valeurs du travail, il lui avait aussi communiqué son inquiétude. Il manipulait un petit couteau entre ses mains.

Nikos se releva.

« Tu comptes vraiment l'offrir aux dieux ? »

Aegon haussa les épaules.

« Il leur faut une offrande si nous voulons qu'ils nous soient favorables. »

Nikos considéra l'objet un instant.

« Tu pourrais le donner à cousin Minos pour qu'il le vende en ville. Un peu d'argent nous serait également profitable.

— Plus que la sympathie des dieux ? J'essaie moi aussi de trouver une solution, c'est tout. Notre rôle est d'aider père et mère, je n'arrive pas à rester les bras croisés à subir les humeurs des dieux.

— Mais tu souhaites tout de même les remercier ?

— Les implorer. Cela est différent. »

Harassés par la chaleur étouffante et la soif, ils fermèrent les yeux et s'assoupirent un moment. Il n'y avait plus aucun bruit, l'endroit était calme et paisible.

Aegon revint à lui en sursautant. Ils avaient quitté les bêtes des yeux pendants plus d'une heure. Il sauta droit sur ses pieds et émit un long soupir en constatant que les moutons n'avaient pas bougé. Avec son pied, il réveilla Nikos.

« Aide-moi à compter les bêtes, petit frère, il faut rentrer. »

Le cheptel n'était pas très important. Leur tâche fut vite accomplie.

« Treize.

— Treize. »

Les deux frères se fixèrent un instant.

« Il en manque une, Aegon… »

Perchés en haut des rochers ou de tout ce qui pouvait les surélever, les deux garçons scrutèrent l'horizon.

« Aegon, la nuit sera bientôt là, rentrons !

— Hors de question, tu as entendu Père ? Chaque bête compte. Je ne partirai pas avant de l'avoir trouvé. Rentre si cela te chante. Mais tu expliqueras à Père que tu as préféré m'abandonner, ainsi qu'un mouton, parce que tu as peur du noir. »

Piqué dans son jeune ego et ne voulant pas décevoir son père, Nikos décida de rester pour aider son frère. Ils ne tardèrent pas à remercier vivement les dieux lorsqu'ils entendirent un bêlement provenant du bas de la falaise. En quête d'ombre et de verdure, l'animal avait sauté de rocher en rocher jusqu'à atterrir une vingtaine de mètres plus bas et était à présent incapable de remonter par lui-même.

« Je le vois, Nikos ! Il est là, juste en bas ! »

Aegon prit un moment pour analyser la situation afin de descendre sans encombre et en toute sécurité. Il tâtait les différents appuis possibles avec son pied. Certains n'étaient pas stables et plusieurs pierres se détachèrent.

« Je suis trop lourd, je n'y arriverai pas. Tu dois descendre, Nikos.

— Tu as entendu père, la falaise est trop dangereuse. On reviendra avec lui. »

Il marqua un temps d'arrêt, observa le vide et fit un mouvement négatif de la tête.

« J'ai peur… je ne veux pas y aller. »

Aegon l'attrapa par les épaules et le fixa dans les yeux. Il prit une voix rassurante tout en y ajoutant une pointe d'autorité.

« Nous aurons un jour nos propres fermes et elles seront sous notre responsabilité, tu entends ? On doit pouvoir y arriver sans toujours demander de l'aide, ou Père sera très déçu de nous… il a déjà assez de difficultés comme ça ! Tu es beaucoup plus léger, tu n'auras aucun mal à descendre. Tu n'as pas envie de décevoir Père, hein ? Alors, vas-y ! »

***

Minos avait le visage fermé. Il connaissait à présent tout de la situation d'Agyrrhios et Amenia. Moins optimiste que sa cousine en ce qui concernait les faveurs divines, il savait qu'il ne fallait pas uniquement compter sur les offrandes.

« Les choses doivent changer. Votre avenir dans ces montagnes est trop incertain. Pensez à vos enfants. »

Il désigna le petit Sanos qu'Amenia serrait à présent contre elle. Agyrrhios haussa les épaules.

« Je suis fermier. Je ne sais rien faire d'autre. Il nous faudrait déménager et tout reconstruire ? Sans avoir la certitude qu'il y aura plus de pluie ailleurs ? »

Il balaya cette idée avec un geste rapide de la main.

Minos se rapprocha, il savait que les prochains mots n'allaient certainement pas leur plaire, mais, pour lui, ils n'avaient pas le choix.

« Je ferai tout ce qui est en mon pouvoir pour vous aider, vous le savez ? »

Amenia lui agrippa la main dans un geste d'affection. Il continua.

« En ville, on dit que les arrivants de l'est apportent avec eux de nouvelles techniques de travail du bronze. Ils cherchent de nombreux apprentis pour reprendre les ateliers et les conditions de travail ne sont pas si mauvaises d'après ce que je constate. Si l'agriculture n'a plus d'avenir ici, il faudra envisager le fait d'exercer une autre activité. »

Agyrrhios fixait le sol sans dire un mot. Comme l'avait pressenti Minos, cette idée ne lui plaisait pas.

« Je connais beaucoup de monde en ville. Je pourrai te trouver une bonne place, Agyrrhios, quelqu'un de sérieux et dont le travail est reconnu. Tu pourrais par la suite ouvrir ton propre atelier ou travailler avec moi sur les chantiers navals… vous ne manquerez de rien en ville. »

Depuis quelques années, les marchands venus de la mer avaient amené avec eux de nouveaux matériaux et de nouvelles techniques de travail. Les fermiers abandonnaient leurs fermes de bois pour devenir artisans et s'installer dans des villages plus imposants, faits de pierres qui les protégeaient des attaques extérieures. Le cuivre et le bronze s'imposaient dans les objets du quotidien et dans l'économie de l'île.

Amenia eut un léger mouvement de recul et le fixa de ses yeux noisette. Elle ne connaissait pas la ville, mais ce que son cousin lui en avait conté ne lui avait jamais fait envie.

Cependant à l'heure actuelle, l'avenir ne leur était pas dû et il en était de même pour un grand nombre de familles qui vivaient dans ces montagnes.

Cela ne faisait que quelques milliers d'années que leurs ancêtres avaient apporté avec eux l'agriculture lorsqu'ils avaient découvert cette île au climat doux. Aujourd'hui, de nombreuses femmes mouraient en couches et les enfants avaient peu de chance d'atteindre l'âge adulte. Pour ceux qui survivaient, il fallait ensuite vivre parmi les volcans en activité qui crachaient des colonnes de fumée et entraient en éruption sans prévenir, ou les tremblements de terre qui pouvaient survenir en pleine nuit. Cela donnait l'impression que les dieux eux-mêmes avaient décidé d'écraser les hommes par tous les moyens. S'ajoutaient à cela les éboulements, les maladies, les attaques d'animaux sauvages ou les guerres, bien que la paix régnât actuellement sur l'île depuis plus d'une vingtaine d'années. Atteindre un âge avancé n'était pas une chose aisée. Vieillir était une chance. La vie était un combat de chaque instant et chaque jour pouvait être le dernier.

« Réfléchissez-y. »

Des cris provenant de l'extérieur de la maison interrompirent leur moment de réflexion.

« Père ! Mère ! »

Aegon entra en trombe dans la maison. Essoufflé, en sueur et le regard paniqué, il avait du mal à articuler.

« Nikos… il est tombé ! Un mouton s'est échappé… il est tombé de la falaise ! »

Agyrrhios, Amenia et Minos bondirent hors de la maison, menés par Aegon. Courir sous cette chaleur était une épreuve et le stress de la situation n'arrangeait rien. Chaque seconde était précieuse, chaque seconde pouvait faire la différence entre la vie et la mort. En tête du groupe avec son fils, Agyrrhios avait du mal à déglutir. S'il avait tant mis ses enfants en garde contre les dangers des falaises, c'est qu'il savait que les chances de survie étaient minces. L'espoir est le moteur de l'humanité et, sans espoir, le moindre pas en avant devient une tâche presque impossible à accomplir. Mais, à ce moment précis, l'espoir l'avait abandonné. Agyrrhios savait déjà au fond de lui qu'il venait de perdre un fils.

« Ici, Père ! J'ai essayé de le retenir, je te le promets, par les dieux… »

Son père ne l'écoutait plus. Il s'approcha du bord de la falaise, paniqué et les yeux presque exorbités. Le corps de Nikos gisait sur les rochers vingt mètres plus bas. Plusieurs pierres étaient tachées de sang le long de la falaise, signe qu'il avait heurté plusieurs d'entre elles.

Minos et Aegon l'appelèrent dans l'espoir d'obtenir une réponse ou d'apercevoir un mouvement. Agyrrhios n'en fit rien. *Non, non, non, non !* étaient les seuls mots qui tournaient en boucle dans sa tête. Comme si cela ne pouvait être réel. Il avait le souffle coupé, sa tête se mit à tourner, ses jambes ne le portaient presque plus. Son fils venait de mourir.

Amenia, qui ne pouvait se permettre de courir trop vite avec Sanos dans les bras, arriva sur les lieux. Agyrrhios se ressaisit et s'empressa d'aller à sa rencontre pour l'arrêter.

« Où est-il ? Comment va-t-il ? Agyrrhios, où est-il ? »

Elle se mit à hurler de plus en plus fort devant le silence de son mari qui la retenait.

« N'y va pas, Amenia ! Je t'en supplie, n'y va pas ! C'est fini. »

Elle tenta de forcer le passage. Des larmes se mêlèrent aux cris de rage qu'elle poussait. Minos vint prêter main-forte à Agyrrhios.

« Par pitié, Amenia, n'y va pas ! »

Aegon, quant à lui, restait au bord de la falaise, incapable de détourner le regard du corps inerte de son frère qu'il avait inconsciemment poussé vers la mort.

Son père l'attrapa violemment par les épaules.

« Que s'est-il passé ? Aegon, que s'est-il passé ? »

Aegon se mit à bégayer, incapable de prononcer le moindre mot, les yeux remplis de larmes. Il était paralysé par le choc de la perte de son frère et par la culpabilité. Son père haussa le ton encore une fois en le secouant, ce qui eut pour effet d'enfermer encore un peu plus le jeune garçon dans sa torpeur. Agyrrhios comprit qu'il n'aurait aucune explication de sa part tant qu'il serait dans cet état de choc. De toute manière, les choses étaient simples. Nikos avait voulu récupérer un mouton égaré et il avait chuté. Les deux hommes eurent du mal à retenir Amenia tant elle était habitée par son instinct maternel et le besoin d'être auprès du corps de son enfant.

Ses cris résonnèrent dans les montagnes durant plusieurs jours. Les hurlements d'une mère face au corps sans vie de son enfant peuvent glacer le sang du plus courageux des guerriers. Nikos fut placé dans les grottes où reposent ses ancêtres et la vie à la ferme reprit son triste cours, assombri par le deuil.

Minos repartit pour Phaistos et les veillées se firent en silence, hantées par le souvenir du disparu.

Amenia ne mena plus jamais paître les bêtes. Se retrouver face à cette falaise où son fils avait perdu la vie lui était impossible. Elle maudissait les pierres et les montagnes de lui avoir enlevé son Nikos. Elle maudissait la nature et les dieux eux-mêmes qui ne cessaient de s'acharner contre eux.

Les mois passèrent, le temps s'écoula lentement et, comme toujours, emporta tout sur son passage. La haine et le deuil laissèrent donc la place aux souvenirs douloureux, puis aux souvenirs heureux. Les conversations se firent plus joyeuses lors des veillées, évoquant les instants passés avec le défunt. Cette joie retrouvée n'avait pas pour autant fait disparaître les problèmes de récoltes que rencontrait la famille. Un an plus tard, le même problème se présenta à eux. Minos avait plus d'une fois réitéré sa proposition de les installer dans la cité de Phaistos, en vain. Mais avec une paire de bras en moins et l'émotion de la perte d'un de ses membres, toute la famille ressentait encore plus durement les effets des récoltes désastreuses.

Aegon, quant à lui, était probablement celui qui parvenait le moins bien à surmonter la mort de Nikos, la culpabilité étant parfois plus tenace et dévastatrice que le chagrin. Il tentait par tous les moyens de se rattraper. Auprès de qui ? Même lui ne le savait pas. De son père, de sa mère, de Nikos, des dieux ? Quoi qu'il en soit, il travaillait trois fois plus, accomplissant tâche sur tâche, s'étant donné comme responsabilité et mission de sortir sa famille de la précarité.

Alors que les moutons étaient en train de paître sous une chaleur écrasante cette après-midi-là, Aegon parcourut les environs. Que cherchait-il ? Des baies, des fruits, une plante comestible, quelque chose que la nature et les dieux auraient laissé sur son passage afin de nourrir sa famille. Si des végétaux comestibles étaient capables de s'épanouir sans eau sur cette terre aride, alors rien ne les empêcherait de les cultiver à leur tour.

Il ne mit pas longtemps avant de tomber sur plusieurs pousses de laurier. Aegon connaissait cette plante, elle était non seulement hautement symbolique, mais sa mère en utilisait régulièrement en cuisine, en décoction ou cataplasme. Il en cueillit plusieurs feuilles, les frotta dans ses mains et en huma l'odeur. Le parfum n'était pas très prononcé, presque inexistant. « De trop jeunes pousses…on ne nourrit personne avec ça, de toute manière. »

Son ventre se mit à gargouiller.

« Après tout ce sera mieux que rien, mère leur trouvera sûrement une utilité. »

Il récolta de nombreuses feuilles qu'il mit dans son sac en peau. Le vent se leva et les moutons commencèrent à s'agiter. Les dieux lui signifiaient qu'il était temps de rentrer.

Aegon mit quelques feuilles de laurier dans sa bouche, qu'il mâcha longuement et avala difficilement. Il grimaça et cracha les résidus restés collés à son palais.

« Quelle horreur ! Ce sera meilleur dans un plat ! »

Aegon rassembla les bêtes et prit la direction de la ferme, heureux d'apporter sa modeste contribution à l'effort familial.

Agyrrhios et Amenia étaient en train d'analyser les éventuelles solutions qu'il leur restait pour s'en sortir. Agyrrhios préférait entrevoir le pire afin d'être parfaitement préparé. Si la pluie ne se faisait pas plus fréquente, cet été serait le dernier qu'ils pourraient passer dans les montagnes.

Amenia était moins catégorique. Ils étaient fermiers, connaissaient leur travail et connaissaient les espèces végétales endémiques de l'île. Ils devaient pouvoir trouver un moyen de s'adapter. Mais quoi qu'il en soit, les choses devaient changer.

Un mouton passa la tête dans l'encadrement de la porte et se mit à bêler. Tous deux se retournèrent, étonnés de cette intrusion.

« Qu'est-ce que les moutons font là ? Aegon sait bien qu'il doit les enfermer immédiatement lorsqu'il rentre.

— Tu es trop dure avec lui, laisse-lui le temps…

— Nikos n'a pas eu le temps, lui ! Il doit apprendre à devenir un homme responsable et le plus tôt sera le mieux. »

Amenia abandonna la préparation du repas et se dirigea vers la porte.

« Laisse-moi aller lui parler. Tu n'es bon qu'à le réprimander, et lui reprocher la mort de Nikos ne le fera pas grandir plus vite. »

Agyrrhios se laissa tomber sur sa couche. Il savait au fond de lui qu'elle avait raison. Mais la vie est trop incertaine pour que l'on gaspille son temps. Écoutant toujours les reproches de sa femme qui tentait de repousser le mouton à l'extérieur, il ferma les yeux.

« Tu as peut-être grandi en étant brusqué en permanence, mais il est hors de question que… »

Il releva la tête. Amenia s'était tue et restait figée, écarquillant de grands yeux, retenant presque son souffle. Agyrrhios se leva lentement, ne prononçant aucune parole. Ce genre de comportement ne pouvait signifier qu'une chose, un animal sauvage devait se trouver face à elle. Alors qu'il allait attraper un large couteau, Amenia se mit à hurler et se précipita à l'extérieur. Il mit quelques secondes à comprendre la situation et sortit à son tour.

Le corps d'Aegon gisait dans la cour. Amenia se précipita à terre en poussant des hurlements de panique :

« Pas encore ! Pas encore ! Pitié, pas encore ! »

Son mari la rejoignit. Ils retournèrent Aegon sur le dos. Son menton, son vêtement et la terre de la cour étaient maculés de taches de vomi, de bave et de sang. Ses yeux étaient révulsés et tout son corps était raide, figé.

Agyrrhios secoua le corps de son fils, l'appelant, hurlant, pour le réveiller, en vain. Il aperçut les feuilles dépassant du sac à côté de lui. Il en attrapa une qu'il sentit.

« Aucune odeur, du laurier-rose… »

Il comprit alors que, dans un désir de bonne intention, Aegon avait confondu le laurier avec le laurier-rose qui ne devait pas encore être en fleur. Sa consommation était toxique et mortelle pour l'homme.

Amenia courut à l'intérieur chercher une lame tranchante et entreprit de s'ouvrir les veines dans ce moment de panique. Elle fut stoppée au dernier moment par son mari qui la prit dans ses bras alors qu'elle hurlait toujours et se débattait. Elle finit par s'évanouir, son corps ne pouvant plus supporter le choc de voir un de ses autres fils mourir.

Le lendemain, Agyrrhios porta le corps de son second fils dans la nécropole. Il le tint dans ses bras tout le long du chemin, ne pouvant se résoudre à le lâcher. Il allait rejoindre la dépouille de son frère Nikos et reposer à jamais dans les grottes des montagnes crétoises.

Amenia ne prononça plus un mot, et cela durant plusieurs jours. Elle restait figée, le regard dans le vague. Agyrrhios gérait les événements comme il le pouvait, en s'enfermant dans le silence lui aussi et en s'efforçant d'accomplir les tâches quotidiennes de la ferme. Le petit Sanos, quant à lui, bénéficiait de la surprotection de ses parents. À présent, il était à lui seul l'avenir de toute une famille.

Un soir, alors qu'ils étaient tous les deux dans la cour de la ferme, Amenia finit par rompre le silence.

« N'avons-nous pas eu assez d'avertissements ? »

Agyrrhios avait le regard fixé sur le feu qu'il venait de préparer.

« De quels avertissements parles-tu ?

— Nous avons demandé leur aide aux dieux. Que nous ont-ils envoyé ? La mort de nos deux fils et des récoltes de plus en plus mauvaises. Le message est pourtant clair. Ils nous signalent que nous n'avons plus rien à faire dans ces montagnes. »

Agyrrhios prit une grande inspiration.

« Quand Minos a-t-il dit qu'il reviendrait nous voir ?

— Dans trois mois. »

Il secoua la tête de gauche à droite.

« C'est trop long, bien trop long. »

Il marqua un temps d'arrêt puis reprit.

« J'irai à Phaïstos, trouver Minos et préparer notre départ prochain »

Amenia alla vers lui pour se blottir dans ses bras. Des larmes coulèrent le long de ses joues. Ils allaient dire au revoir à tout ce qu'ils avaient toujours connu. Agyrrhios ne pleurait pas, il devait se montrer fort, mais ses pensées n'étaient guères différentes. Ces montagnes étaient celles qui l'avaient vu grandir et s'écorcher les genoux en jouant avec ses amis. Son père lui avait appris à chasser, dissimulé derrière des rochers. Il avait fait l'amour avec Amenia dans certaines grottes ou au milieu des champs, au pied des oliviers. Mais ces lieux qu'ils aimaient tant leur avaient pris ce qu'ils possédaient de plus précieux. Ils n'avaient jamais aimé les récits de Minos sur la ville, mais ce lieu où toute leur existence s'était déroulée se mettait à les rejeter. Ils n'avaient plus d'autre choix.

Deux jours plus tard, Agyrrhios partit pour Phaistos. Lorsque le vent tourne, il faut être capable de réajuster son cap. Il devait trouver Minos, se renseigner sur ces nouveaux métiers arrivés de l'est dont il lui avait parlé, sur les nouvelles méthodes de travail et sur la demande qu'il y avait dans ces domaines. Il embrassa sa femme et son fils avant de se mettre en route. Ce qu'il ignorait alors, c'était qu'il ne reverrait jamais Amenia.

Sur le chemin qui menait à Phaistos, au sud de l'île, Agyrrhios était accompagné par le bruit des feuilles qui s'agitaient au gré du vent. Il était seul avec ses pensées. Ce n'était en aucun cas un marin, il n'avait pas non plus envie de forger des armes un marteau en main ni de tisser des vêtements. Il savait cultiver, être en communion avec la déesse mère, travailler avec elle afin que la terre le nourrisse. Il n'enviait pas les rois dans leurs hauts palais sur la côte, contrairement à Minos. Un peu plus d'argent lui aurait permis d'avoir des vêtements de meilleure qualité pour sa femme et son fils, de meilleurs outils pour labourer les champs et peut-être de planter quelques oliviers de plus. Mais ce changement de vie le déchirait. Il avait l'impression d'abandonner ses fils restés allongés à jamais dans ces montagnes. Il abandonnait toute sa vie qu'il avait mis tant d'efforts à construire. Pourquoi les divinités le rejetaient-elles ainsi ?

Il s'arrêta un instant, ferma les yeux et prit une grande bouffée d'oxygène pour ne pas faiblir. Agyrrhios devait se montrer fort quoiqu'il arrive, pour sa famille.

L'air que transportait le vent était chaud, sa peau cuisait sous les rayons du soleil, ses cheveux longs et bruns suivaient la course du vent. Sa vie était ici.

Il se devait d'aller à la ville, ne serait-ce que pour voir à quoi ressemblaient ces nouveaux métiers. Peut-être y trouverait-il de nouvelles techniques d'agriculture ? Peut-être trouverait-il une personne pouvant lui confier de nouvelles bêtes à garder en échange d'un paiement ? Agyrrhios se remit en marche, partagé entre l'inquiétude et l'espoir.

Le voyage avait duré presque huit heures, il était épuisé. Ses pieds lui faisaient mal, ses jambes étaient lourdes et sa peau brunie par le temps passé en extérieur ruisselait. Il monta les marches de pierre qui menaient à l'entrée de la ville. L'enceinte extérieure était impressionnante. Des murs formés par de gros blocs parfaitement taillés et lisses montaient à plus de quinze mètres de haut. *Les hommes sont capables de tellement de choses de nos jours, comment sera-t-il possible de surpasser ces prouesses ?* se dit-il. Minos lui avait raconté que les fondations d'un gigantesque palais allaient prochainement être posées.

Agyrrhios entra dans la ville. Le contraste avec l'extérieur le saisit. Ce qu'il voyait lui déplaisait. Les bâtiments étaient collés les uns aux autres, les rues étaient étroites, les gens avançaient en se bousculant et l'air était étouffant. Son cousin se plaisait à lui dire que la cité avait été gouvernée par un roi du nom de Rhadamanthe dans les temps anciens. Ce souverain était réputé pour sa grande sagesse et pour les progrès qu'il avait apportés à cette ville. Agyrrhios ne voyait pas ces progrès, il se sentait oppressé.

L'air était irrespirable et saturé de poussière. Des marchandises s'échangeaient sous les cris des marchands. Tout le monde s'agitait, pressé, comme dans une ruche. Il parvint à s'extraire de cette rue bondée et arriva sur une place où l'air devint plus frais. De nombreux ateliers s'étalaient tout autour. On y trouvait des forgerons, des tisserands, des vendeurs de bêtes et des verriers.

Il passa le reste de la journée à discuter avec des artisans, à essayer d'en savoir plus sur les techniques d'agriculture venues de contrées plus lointaines où le climat était, disait-on, bien plus chaud qu'ici. Mais tous ces échanges ne menaient qu'à des fantasmes.

Un marchand de bêtes avait bien accepté de lui laisser une partie de son bétail afin de le faire pâturer dans les montagnes, mais l'argent que cela lui rapporterait n'était pas suffisant. Il avait cependant accepté, ne pouvant pas se permettre de refuser un salaire, aussi maigre soit-il.

Il continua sa marche jusque sur les remparts de la ville qui donnaient sur la mer. Il s'y appuya afin de reposer son dos et ses jambes qui supportaient son poids sans interruption depuis qu'il était levé. Il observa les gestes de l'artisan s'affairant dans son atelier à quelques mètres de lui. Cet homme travaillait les métaux afin d'en produire des bijoux, de petites broches et de fins bracelets. Tout était d'un grand raffinement et semblait fait d'or. À l'extérieur de l'échoppe, une jarre était remplie d'un liquide argenté et visqueux. On aurait dit du métal liquide, cela le fascinait. Cet homme possédait un grand talent, c'était indéniable.

Il fixa la mer.

Peu importe ce que l'avenir lui réservait, les choses n'allaient plus jamais être les mêmes. Ils allaient devoir quitter les montagnes. Ils devaient tout recommencer. La mort de ses fils avait fait perdre à Amenia son optimisme naturel. Elle, qui parvenait auparavant à déceler le bon dans le fait de déménager à la ville pour trouver une vie meilleure, le faisait à présent pour fuir les souvenirs d'une vie détruite.

S'ils ne trouvaient pas un endroit moins sec ou une nouvelle activité, ils risqueraient de mourir de faim l'année prochaine.

Agyrrhios laissa son regard se perdre vers l'horizon. Minos lui avait dit résider dans les quartiers sud de la ville. La nuit allait tomber, il devait s'y rendre rapidement.

La douleur qu'il ressentit à l'arrière de la tête le tira rapidement de ses pensées. Il n'eut pas vraiment le temps de réaliser ce qu'il venait de se produire. Son champ de vision se rétrécit et se couvrit d'un halo noir. Il fut manipulé et fouillé violemment. Il tenta de se débattre et envoya des coups de poing dans toutes les directions. Sa vision se brouilla de plus en plus. Il tentait de guider ses poings en suivant les voix de ses agresseurs qui resserraient toujours leur étreinte. Ils semblaient être au nombre de trois. Son poing s'abattit directement sur le nez d'un des hommes. Agyrrhios sentit un craquement le long de ses phalanges, suivi d'un hurlement. Il était parvenu à lui fracturer le nez.

Tout s'accéléra. Il fut immobilisé et une lame mal aiguisée vint lui ouvrir le cou. On lui attrapa les cheveux et sa tête fut plongée dans la jarre de liquide métallique et visqueux. Ses attaquants le maintinrent immergé durant un long moment, un trop long moment. Agyrrhios, qui tentait toujours de se débattre malgré sa plaie au cou qui l'affaiblissait, sentit le goût du métal dans sa bouche. Ne pouvant résister plus longtemps et sentant son crâne prêt à exploser, il prit une grande inspiration. Il sentit le liquide s'infiltrer dans tout son corps par sa bouche, ses narines et sa plaie. La douleur était insoutenable. On lui releva la tête, puis son cœur se souleva. Il eut la sensation que tout son corps flottait et ne touchait plus le sol. Il ressentit soudain un choc qui lui brisa le dos, puis s'enfonça lentement dans l'eau. Ses assaillants l'avaient jeté par-dessus le rempart, le précipitant dans la mer après lui avoir dérobé tout ce qu'il possédait. Il n'eut plus conscience de rien.

Lui, qui était empli d'espoirs le matin à l'idée de sauver sa situation en marchant vers la ville, n'aurait pu se douter qu'il vivait là ses derniers instants. Qu'allait devenir sa famille ? Qui allait annoncer sa mort à Amenia ? Son corps serait-il retrouvé ? Toutes ces questions allaient rester sans réponse. Car à cet instant, il n'existait plus.

***

Agyrrhios revint à lui dans la douleur. Ses premières pensées questionnèrent les dieux ; pourquoi la naissance et la mort doivent-elles se faire forcément dans la douleur ? Quelle dette avons-nous pour endurer cela ?

Il ouvrit péniblement les yeux. Le lieu était sombre et il n'eut pas de mal à les garder ouverts. Il eut soudain un haut-le-cœur. Il régurgita de l'eau salée et ce liquide visqueux et argenté qui lui brûla la trachée. Cela dura plusieurs minutes. Lorsqu'il fut calmé, il regarda autour de lui.

Un homme portant une barbe blanche fournie et mal peignée l'observait, assit sur un petit tonneau.

« Alors, mon gars, la baignade t'a fait du bien ? »

L'homme lui sourit.

« Où... Où je suis ?

— Je m'appelle Daxos, et tu es sur mon navire. Je suis commerçant, pêcheur et… un brin pirate quand cela est nécessaire. »

Il lui adressa un léger coup de coude et lui sourit de nouveau en prononçant cette phrase.

« On t'a trouvé flottant parmi les algues. Si loin des côtes, je t'avoue que je n'avais pas parié sur ton réveil. Qu'est-ce qu'il t'est arrivé ? »

Agyrrhios se frotta l'arrière de la tête, il ne ressentit plus vraiment de douleur. Sa plaie au cou ne le faisait plus souffrir non plus. Une chance que la lame l'ayant provoquée n'ait pas été aiguisée, la coupure était superficielle.

« On m'a détroussé et jeté par-dessus les remparts de la ville.

— Bon ! Eh bien, une chance que nous t'ayons trouvé ! Viens avec moi sur le pont si tu es capable de tenir debout. »

Agyrrhios se leva difficilement. Sa tête tournait et ses poumons le brûlaient.

Une fois sur le pont, le soleil l'éblouit. Il se cacha le visage avec sa main. Le capitaine s'adressa en hurlant à l'un des hommes à l'arrière du bateau.

« Il est réveillé ! Quand serons-nous sur le continent ? »

L'homme ne l'entendit pas. Le capitaine porta son pouce et son index à sa bouche. Il siffla si fort que le tympan d'Agyrrhios en fut sonné.

« Comment ça sur le continent ? Je dois retourner à terre ! Ma famille est là-bas !

— Impossible ! Nous sommes attendus. Et sans vouloir t'offenser, on t'a presque tué pour te jeter à la mer. Penses-tu toujours être le bienvenu sur l'île ? »

Agyrrhios protesta. Il attrapa le marchand par le bras.

« Vous devez me ramener à terre ! »

Il ne reçut pour réponse qu'un coup de poing en pleine mâchoire. Il tomba, sonné une fois de plus. Rien ne se déroulait comme prévu.

« Ouvre les yeux, mon gars ! Tu vois la terre autour de toi ? »

Il se redressa et observa les alentours. Il ne vit effectivement que la mer, à perte de vue, peu importe la direction dans laquelle portait son regard. Il tomba à genoux, désemparé.

« Depuis combien de temps suis-je sur ce bateau ? »

Le capitaine réfléchit.

« Oh, cela doit bien faire une semaine. »

Il ferma les yeux. Le marin continua.

« On continue notre route. Estime-toi heureux d'être encore en vie, remercie-nous. »

Daxos s'éloigna.

Il allait rentrer, il embarquerait sur le premier bateau pour l'île une fois la prochaine côte atteinte. Il ne parvint plus à retenir ses larmes en pensant à Amenia qui ne le voyait toujours pas rentrer, à l'inquiétude qui devait grandir en elle. Elle allait peut-être même entreprendre le voyage jusqu'à la ville pour le retrouver. Elle allait se perdre et lui en vouloir. Elle serait malheureuse et effondrée. Il ne voulait pas qu'elle pense qu'il l'avait abandonné, comment allait-elle pouvoir s'occuper seule de la ferme et de Sanos ? Ses récoltes, la mort de ses deux fils et maintenant sa disparition. Pourquoi le sort s'acharnait-il ainsi sur lui ? Agyrrhios frappa violemment le sol en bois de ses poings. Il fallait qu'il rentre le plus vite possible.

Le voyage dura plusieurs jours qui lui parurent être des mois entiers. Les heures étaient longues et les journées passaient lentement. Le soleil lui tapait sur la tête et le mouvement des vagues le rendait malade. Agyrrhios n'était pas un marin et il ne l'avait jamais été. Il n'était pas à sa place ici. Mais avait-il le choix ?

Il devait s'adapter à la vie sur un bateau et remercier les personnes qui l'avaient sauvé d'une mort certaine.

Peu à peu, la vie en mer s'organisa et il finit par trouver sa place au sein de l'équipage. Le bateau transportait de nombreuses amphores remplies d'huile, de vin, des tonneaux de dattes et d'autres contenant, encore une fois, cette substance liquide argentée et visqueuse que le capitaine nommait l'Hydrargirum.

Une nuit, il fut réveillé en sursaut alors qu'il dormait dans la cale. Il pouvait entendre le bruit rapide et sourd des pas qui s'agitaient sur le pont supérieur. Le bateau était attaqué. Une fois de plus, il allait devoir lutter pour sa vie. Il avait peur. Il n'était pas un soldat, il n'était pas marin… Il n'avait rien à faire ici.

Deux hommes l'empoignèrent brusquement. Ses mains furent liées entre elles dans son dos et il fut mis à genoux sur le pont avec les autres membres d'équipage. Les nuits en mer étaient froides. La plupart des marins avaient été tirés du lit et, peu vêtus, grelottaient en plein vent. Les dents d'Agyrrhios claquaient sous l'effet combiné du froid et de la peur. L'homme à genoux à ses côtés, chargé d'ordinaire de préparer les repas sur le bateau, souilla le pont de son urine. Les pirates furent amusés par ce spectacle et s'esclaffèrent bruyamment dans le calme de la nuit.

Un homme plus richement vêtu que les autres s'avança et posa son pied gauche sur une caisse en bois. Il dévisagea les marins à genoux les uns après les autres.

« Que les choses soient claires, vous ne m'êtes d'aucune utilité. »

Les hommes, apeurés, continuaient de fixer le plancher du pont, n'osant croiser le regard du chef des pirates. Il reprit calmement.

« Ce qui m'intéresse, c'est la cargaison. Et je ne m'encombrerai pas de prisonniers inutiles. »

Le calme dont il faisait preuve rendait ses paroles encore plus terrifiantes. Cette situation apparaissait pour lui comme un acte banal de la vie auquel il n'attachait pas d'importance. Enlever une vie ne représentait rien d'important à ses yeux.

Il fit les cent pas devant les prisonniers, les observant et les dévisageant. Il en désigna trois qu'il jugea trop faibles. Une épée leur fut passée au travers du corps et ils furent jetés à la mer. Face à ce spectacle, le capitaine du bateau s'avança, toujours à genoux, pour implorer qu'on lui laisse la vie sauve. Son sort fut le même que pour les hommes précédents.

Deux hommes relativement forts furent recrutés pour intégrer l'équipage. On ne peut pas vraiment dire qu'ils eurent le choix. La proposition avait été simple : soit ils acceptaient, soit ils mourraient. Agyrrhios était l'un de ces hommes.

Par la suite, il n'eut qu'une vision très limitée de sa propre vie, pris dans un tourbillon d'événements qu'il ne maîtrisait pas. Il servit l'équipage pendant ce qui lui sembla être des années, bien qu'il ne dût s'agir en réalité que de semaines. Leur navire coula bientôt en pleine mer.

Agyrrhios et d'autres membres d'équipage furent repêchés par un navire marchand. Il passa plusieurs mois au fond d'une cale avant d'être débarqué sur une terre dont les hommes parlaient une langue qui lui était inconnue. Le climat restait cependant identique à celui qu'il connaissait. Il ne devait pas être si loin de chez lui.

Ses appartements ne furent guère plus confortables que les précédents. Il fut jeté dans un cachot, accusé de piraterie et promis à une mort certaine. Les gardes ne lui donnaient que le minimum nécessaire pour maintenir un homme en vie. Il souffrait de la faim, maigrissait à vue d'œil, s'affaiblissait continuellement, mais restait en vie. À quoi bon tout cela ? La sentence pour acte de piraterie était la mort, même le plus retiré des fermiers le savait. À quoi bon le faire languir ? Tant qu'il était encore en vie, ses pensées ne le laissaient pas en paix. Le souvenir de sa famille le hantait. Cela devait faire près de six mois qu'il avait quitté la ferme. Six mois que sa famille devait être dans l'inquiétude, ne sachant pas si elle le reverrait un jour. Sans personne pour aider Amenia à travailler la terre, elle et Sanos allaient vers une mort assurée. Sa propre mort, il la voyait comme une délivrance et même l'espérait après tout ce qu'il avait dû endurer.

Un matin, la porte du cachot grinça et s'ouvrit lentement. Deux hommes entrèrent. Il y eut un faible mouvement parmi les prisonniers qui jonchaient le sol humide. Un des gardes les éclaira avec sa torche.

« C'est eux. »

L'autre homme s'approcha et s'accroupit pour mieux les observer.

« Qu'est-ce que tu veux que l'on fasse avec ça ? »

Il s'était mis à hurler et s'emportait à présent contre l'autre garde qui bafouilla, apparemment surpris d'une telle réaction. Agyrrhios ne comprenait pas leur langue, mais saisit vaguement le sujet de leur dispute. L'autre reprit.

« Deux sont morts ! Et les autres ne tiennent même plus debout. Regarde celui-là. »

Il fit pivoter la tête d'Agyrrhios avec son pied afin d'amener son visage dans l'onde de lumière.

« Il ne vaut même pas le prix de la corde pour le pendre. Tu parles d'un spectacle pour une exécution ! »

L'autre ne prononça pas un mot. Il afficha un sourire gêné et se massa la nuque, conscient de la négligence dont il avait fait preuve avec ces prisonniers.

« Bon… Ces deux-là, tu me les enlèves et tu iras les enterrer. Les deux autres, tu les pends quand même, ils peuvent peut-être gigoter encore un peu. Et celui-là… »

Il marqua un temps d'arrêt tout en détaillant le corps sans mouvement d'Agyrrhios

« … Tu l'enterres avec les autres, il est déjà presque de l'autre côté. Allé ! »

L'homme s'exécuta sans perdre une seconde, soucieux de rattraper son erreur auprès de son supérieur.

Les trois prisonniers, dont Agyrrhios, furent jetés sur un tas contenant des restes humains et animaux destinés à être enterrés prochainement.

Conscient de la chance que les dieux lui accordaient, Agyrrhios se traîna tant bien que mal hors de ce charnier dont l'odeur lui soulevait le cœur. Il rampa à travers des buissons épineux qui lui lacérèrent le visage et les avant-bras. Il avançait lentement et douloureusement vers la liberté.

Les semaines qui suivirent furent pour lui une lutte de chaque instant. Il vola des fruits sur les marchés, des vêtements par une fenêtre sans surveillance, tenta de trouver un port et de se faire comprendre dans ce lieu dont il ignorait tout. Après avoir repris des forces, son cerveau se mit à retrouver toutes ses capacités. Il dissimula son visage sale, sa barbe et ses cheveux hirsutes sous une capuche.

Un mois après son évasion, il parvint à atteindre un port et négocia sa traversée pour la Grèce avec des marchands qui rentraient au pays. Les bijoux qu'il était parvenu à dérober petit à petit lui assurèrent une place à bord d'un navire. Il avait honte de lui. Honte d'avoir volé tout ce qu'il possédait aujourd'hui. Mais tel était le prix de sa survie et le prix pour retrouver sa famille.

Sa ferme lui manquait, les montagnes lui manquaient, les bêlements des moutons le matin et la voix de sa femme l'appelant lorsqu'il travaillait aux champs lui manquaient. Il allait bientôt retrouver cette vie qu'on lui avait volée.

Alors qu'il pouvait distinguer la côte de la Crète à l'horizon, il se rendit compte qu'il n'avait plus la notion du temps. Il était incapable de dire depuis combien de temps il était parti, un an ? Peut-être deux. Il n'avait à présent plus aucun repère temporel. Son visage s'était amaigri, il le sentait. Il posa bientôt le pied sur cette terre qui lui était si chère et allait pouvoir serrer sa femme et ses deux fils dans ses bras. Les paysages autour de lui avaient changé, la végétation était beaucoup plus dense qu'à son départ. Des arbres avaient poussé à certains endroits, il avait du mal à reconnaître les lieux. En deux ans, Sanos devait avoir tant grandi. Il n'avait qu'un an et demi lors de son départ.

Il marchait d'un pas rapide, impatient et terrifié à la fois. Amenia avait-elle réussi à garder la ferme ? Et s'ils étaient partis s'installer ailleurs ? Minos avait dû venir en aide à sa famille. *Oui, cela ne fait aucun doute, ils doivent être en sécurité*. Comment allait-il les retrouver ? Par où allait-il commencer pour lui décrire ce qu'il avait vécu ?

La petite ferme en haut de la montagne fut bientôt visible. Un large sourire se dessina sur son visage lorsqu'il aperçut une petite colonne de fumée s'élevant de la cour. La ferme existait toujours et quelqu'un préparait un repas. Il se mit à courir. Toute sa famille était encore là, cela signifiait qu'ils avaient fini par trouver une solution pour sauver la ferme.

Alors qu'il allait lever le bras en appelant Amenia, il se rendit compte qu'un vieil homme se tenait assis devant le feu, dans la cour de la maison qui tombait à présent en ruine. Il ralentit et approcha lentement, méfiant. Il ne connaissait pas cette personne. Le voyant arrivé, l'homme releva la tête et le salua d'une voix faible. Agyrrhios ne répondit rien, incrédule. Il observa sa ferme. Une partie du toit s'était effondrée. Le mur en pierre qui délimitait la propriété était tombé, l'endroit paraissait presque abandonné. L'homme se leva lentement en se tenant le dos, s'aida d'une canne de bois et s'avança vers Agyrrhios qui restait toujours immobile, ne comprenant pas ce qu'il avait devant les yeux.

« Je peux vous aider ? articula péniblement l'occupant des lieux.

— Je... Euh... Cette ferme... »

L'homme se retourna.

« C'est très modeste et peut-être aussi délabré que moi. Il afficha un sourire qui laissa entrevoir de nombreux trous dans sa dentition. Mais à mon âge je ne peux rien réparer... J'ai tout juste de quoi me nourrir. »

Agyrrhios ne parvenait pas à ordonner ses pensées. Sa famille était partie. Mais où avaient-ils pu aller ? Il tenta de ne pas céder à la panique malgré son pouls qui se mit à accélérer et la sueur qui commençait à couler de son front. Désespéré, il parvint simplement à demander :

« Où est Amenia ? »

Le vieil homme écarquilla de grands yeux, puis parut gêné.

« Comment, vous... ? Vous connaissez Amenia ? »

Cet homme savait de qui Agyrrhios parlait, l'espoir lui revint. Il s'agita.

« Oui ! Elle vivait ici ! Savez-vous où elle est à présent ? C'est très important, je vous en prie... »

L'homme s'assit lentement sur le restant de mur qui se trouvait près d'eux et leva le regard vers Agyrrhios.

« Mais… Amenia est morte il y a bien longtemps. »

Chapitre 3

2024, Angles-sur-l'Anglin

Il régnait une ambiance agréable sur le chantier ce matin. Thomas s'était levé plus tôt que les autres et avait apporté le petit déjeuner pour tout le monde. Il avait pris soin de prendre, en plus, des pains aux raisins qu'il savait être les pâtisseries préférées de Julia. Bien trop gêné pour aller les lui remettre en main propre, il s'était contenté de les poser sur la table, espérant qu'elle le remercie de cette touchante attention. Il n'en fut rien. Il se contenta de regarder Mégane et d'autres fouilleurs bénévoles les dévorer, Julia étant arrivée en retard ce matin-là. Ne souhaitant pas intervenir publiquement, il baissa le regard et s'enferma dans son mutisme habituel.

Une odeur de café embaumait la pièce. Les discussions allaient bon train sur les découvertes survenues la veille. Pour une fois, ni le nom d'Hervé d'Anjou ni celui d'Arthur, son ex-compagnon qu'elle n'avait pas revu depuis environ trois mois, n'étaient sur les lèvres de Julia. Ses yeux étaient cernés car elle n'avait pas beaucoup dormi la nuit passée. Elle s'était plusieurs fois réveillée en grelottant. La pièce n'était pourtant pas particulièrement froide et la chaude couverture confectionnée par l'arrière-grand-mère de Mégane remplissait parfaitement ses fonctions. Mais elle se réveillait parfois la nuit, en position fœtale, grelottante, sans aucune raison. Elle ne parvenait pas à décrire ces sensations. Il ne s'agissait pas de sueurs froides, car elle ne transpirait pas. C'était comme si le froid venait de l'intérieur de son corps et que rien ne pouvait atténuer cette sensation.

La porte de la cuisine s'ouvrit et un homme entra en saluant tout le groupe attablé. Il fut accueilli par plusieurs exclamations enjouées. Il s'agissait du responsable d'opérations du chantier qui avait dû s'absenter trois jours plus tôt. Il avait été l'un des professeurs de Julia et Mégane alors qu'elles étaient à l'université.

Avant même de s'asseoir, il s'adressa à l'ensemble du groupe.

« Je suis particulièrement heureux de voir que la chapelle est toujours debout. Et je ne suis pas revenu seul. Un nouveau fouilleur va rejoindre notre équipe jusqu'à la fin du chantier. »

Il se mit soudain à fixer Julia dans les yeux. Elle eut un mouvement de recul.

« Sa grande expertise en histoire nous sera d'une aide précieuse. »

Elle ferma lentement les yeux pour encaisser la nouvelle. Julia savait parfaitement de qui son ancien professeur voulait parler.

« Arthur, entre, je t'en prie, ne reste pas dehors. »

Arthur Gauthier passa la porte en saluant toute l'assemblée à son tour. Il fit tout pour éviter le regard de Julia.

Elle se leva d'un bond, renversant sa chaise.

« C'est une blague ? Qu'est-ce qu'il fout ici ? »

Arthur baissa la tête en soupirant. Il s'attendait de toute évidence à ce genre de réaction.

« Je vous avais prévenu, professeur » se contenta-t-il simplement d'ajouter.

Mégane tira Julia par son tee-shirt pour la forcer à se taire et se rasseoir.

« Qu'est-ce que tu fais ? Tu es devenue folle ou quoi ? »

Prenant soudainement conscience que tous les regards étaient tournés vers elle, elle se rassit. Le professeur prit une profonde inspiration.

« Julia, les griefs personnels ne doivent en aucun cas empiéter sur votre travail de recherche, est-ce bien clair ? Vous savez comme moi que les connaissances d'Arthur sont remarquables concernant le bas Moyen-Âge. Le fait qu'il ait demandé à faire partie de l'équipe est une chance ! »

Julia releva cette dernière information : *il a demandé à faire partie de l'équipe ?* En son for intérieur, elle ne pouvait s'empêcher de se demander s'il avait demandé à intégrer l'équipe pour elle… malgré la colère qu'elle pouvait ressentir à son égard, cette pensée la rendait heureuse. Peut-être que s'il était encore attaché à elle, cela signifiait que leur relation avait été réelle, que tout cela représentait quelque chose à ses yeux et ne tombait pas dans l'oubli. Il lui adressa un sourire qu'elle ne lui rendit pas.

Ce manque de réaction amusa Arthur de plus belle. Il sortit de la pièce en suivant le professeur. Plus personne ne parlait, le comportement de Julia avait jeté un froid.

Arthur et elle firent tout pour s'éviter durant la matinée. Le chef de chantier avait raison, Arthur possédait une connaissance de l'histoire comme il en existait peu. Et cela ne concernait pas uniquement le bas Moyen-Âge.

Ce n'était pas la seule qualité qu'il possédait. À vrai dire, il avait toujours été bienveillant avec Julia et elle n'avait jamais douté de l'amour qu'il lui portait. Il était présent lors de ses moments de faiblesse et lors de ses attaques de panique. Il la laissait seule lorsqu'elle souhaitait être seule, était drôle quand elle était triste et l'avait toujours soutenue dans toutes ses décisions. Il fallait ajouter à cela son physique plutôt agréable et le fait qu'il était un amant exceptionnel. Julia fut parcourue d'un frisson à cette dernière pensée. Elle se concentra sur les traces de fondations d'un édifice religieux antérieur à l'église actuelle qu'elle mettait au jour.

Tout avait changé du jour au lendemain entre eux. Il était devenu distant, froid, secret et l'avait quitté après trois ans de relation. Il n'avait donné aucune explication, la laissant dans l'incompréhension la plus totale. La colère de Julia reprit le dessus et chassa tous les bons souvenirs qui avaient refait surface. Les mouvements de sa truelle se firent plus secs.

Arthur, quant à lui, étudiait des documents avec le professeur Henry Scoria. Il s'agissait de registres paroissiaux, de cadastres et d'autres documents officiels que la mairie avait mis à leur disposition. Ce n'était pas la tombe d'Hervé d'Anjou qui intéressait le professeur. Cela aurait été une excellente découverte, bien entendu, mais cette obsession était réservée à Julia. Le professeur était en train de rédiger une monographie des petits villages de la région. Les découvertes de ses fouilles allaient non seulement lui donner de précieuses informations sur ce lieu avant la guerre de Cent Ans, dont le début se situait en 1337, mais également enrichir les musées de cette région qui lui était chère.

Arthur ne pouvait s'empêcher de jeter des regards discrets en direction de Julia. Il l'observait et souriait, détournant le regard rapidement vers ses documents lorsqu'elle relevait la tête. Ses longs cheveux la gênaient pour fouiller. Elle ne cessait de les remettre en place. Ne les supportant plus, elle se leva pour aller chercher la casquette qu'elle portait habituellement, puis retourna à son poste. Elle avait surélevé une planche au-dessus des vestiges et était allongée dessus afin de pouvoir fouiller le sol sans rien abîmer en faisant de faux mouvements.

Arthur était toujours amoureux d'elle. Il ne cherchait pas à se mentir à lui-même, il en était conscient et l'acceptait. Cependant, c'est une tout autre raison qui l'avait poussé à rejoindre ce chantier de fouille.

Le professeur Scoria, qui n'avait pu s'empêcher de remarquer que la concentration de son élève était ailleurs, claqua des doigts pour le ramener à lui. Il regarda Arthur dans les yeux et secoua la tête de gauche à droite pour signifier son incompréhension.

« Vous, les jeunes, êtes si compliqués… »

Arthur se contenta de sourire bêtement. Du haut de ses trente-trois ans, il était heureux qu'on le considère encore comme un « jeune ».

La fin de la journée arriva rapidement et, avec elle, l'heure de ranger tout le matériel. Alors que tout le monde s'activait, pressé d'aller s'allonger sur un matelas moelleux après avoir eu le dos cassé toute la journée par la position de fouille, un homme entra lentement dans l'église en frappant trois coups contre la porte. Il s'avança timidement. Le responsable du chantier alla à sa rencontre. L'homme prit la parole en tendant une main ouverte vers le professeur.

« Bonjour, désolé de venir vous interrompre. Je me prénomme David, j'habite dans la rue principale de la ville haute. »

Il sortit de son sac à dos un document qu'il remit au professeur.

« Je suis médecin, je viens de finir mes études. Mais je suis passionné d'archéologie, j'ai déjà été bénévole sur plusieurs chantiers et je connais bien l'histoire de la région. Mon père a ses racines ici et je lis pas mal de livres d'histoires. J'aurais voulu savoir si vous acceptiez les bénévoles. »

Julia et Mégane échangèrent un regard complice. Le jeune médecin était plutôt séduisant, musclé, athlétique et dépassait le professeur d'une bonne tête.

Mégane se pencha discrètement vers Julia et se mit à murmurer.

« Voilà qui pourrait te faire oublier ton Arthur. »

Julia leva les yeux au ciel.

« Crois-moi, j'ai besoin de tout en ce moment, sauf de me lancer dans une nouvelle relation. Laisse mon cœur se reposer un peu.

— Je ne te parlais pas de mariage, de monospace, d'une maison en banlieue, d'enfant et d'un labrador. Ton cœur a peut-être besoin de se reposer, mais pas le reste… »

Julia ne comprit pas tout de suite les allusions de son amie.

Mégane leva les yeux au ciel à son tour et pinça les fesses de Julia.

« Ton corps a besoin de tendresse, andouille ! Jette-toi dans les bras du beau brun pour une nuit et tu verras que ton Arthur ne polluera plus tes rêves.

— Ce n'est pas aussi simple ! »

Mégane observa le médecin à son tour, le détaillant de la tête aux pieds et fit un clin d'œil à Julia.

« Pour moi, ça a toujours bien fonctionné. »

David et le chef de chantier étaient toujours en train de discuter.

« Ma foi, cela ne devrait pas poser de problème, ajouta le professeur en lisant le CV que David venait de lui remettre. Nous ne sommes pas contre un cerveau de plus. »

Il lui sourit.

« Présentez-vous demain à huit heures, on vous trouvera un seau et une truelle. Bienvenue dans l'équipe ! »

Le lendemain après-midi fut marqué par une forte chaleur et des températures comme il n'en avait encore jamais été vu depuis le début de l'été. La fraîcheur qui régnait d'ordinaire à l'intérieur de l'église, isolée par l'épaisseur de ses murs, avait totalement disparu.

Alors que Julia était en train de creuser, des gouttes de sueur perlaient de son front et humidifiaient la terre. Des mèches de cheveux venaient se coller sur son visage, une sensation qu'elle trouvait particulièrement désagréable. Elle était en train d'exhumer le coin d'une nouvelle pierre tombale qui avait fait son apparition ce matin sous les coups de sa truelle. Avec David, ils avaient dégagé le coin inférieur gauche et tous deux la détouraient petit à petit. Bien que peu friande de nouvelles relations sociales, elle s'était montrée polie et avait interrogé le nouveau venu sur sa vie et ses passions. Julia avait ainsi appris que David résidait dans la ville haute et que, passionné d'histoire et de généalogie, il avait été capable de retracer l'histoire de sa famille jusqu'au Moyen-Âge.

« Ma famille est présente à Angles depuis le XIIIe siècle. L'un de mes ancêtres directs exerçait déjà le métier de médecin ici au XIVe siècle… Je le soupçonne cependant d'avoir été alchimiste sur les bords » ajouta-t-il en rigolant.

David s'était tourné vers des études de médecine sous l'insistance de son père qui ne jurait que par les sciences dures et ne voyait pas d'avenir ailleurs.

« Pour mon père, un historien n'est rien de plus qu'un conteur d'histoire… Le passé n'est pas vraiment ce vers quoi il porte son regard. Pour lui, c'est l'avenir qui importe.

— Une chance que tu n'aies pas les mêmes idées que lui. »

Julia releva la tête et plongea son regard dans le sien. Les cheveux longs et ondulés du médecin lui tombaient devant les yeux, il les attacha. Elle se surprit à observer le mouvement des muscles de ses bras bronzés. Julia put voir sa force de caractère à travers son regard noir et direct. Elle baissa rapidement les yeux et orienta la conversation sur leur découverte.

« Ce doit être la tombe d'un moine, une fois de plus…

— Ne pars pas défaitiste, nous n'avons encore aucune inscription. Encore quelques minutes et tu seras fixée. »

À quelques pas de là, Arthur observait la scène. Les muscles de sa mâchoire se contractaient par à-coups. Il sentait la jalousie monter en lui. Il était normal que chacun reprenne sa vie, ses rencontres, et avance. Mais certaines choses sont plus faciles à imaginer qu'à constater. Il souhaitait le bonheur de Julia, mais il s'était toujours imaginé que ce bonheur ne pouvait se trouver qu'auprès de lui. Il détourna le regard, préférant ne pas laisser ces pensées faire leur chemin dans son esprit. Arthur était plutôt sociable et bienveillant envers les gens, mais ce nouveau venu ne lui faisait pas bonne impression.

Malgré la chaleur qui pouvait rendre les fouilles éprouvantes, la lumière diffusée à travers les vitraux rendait à ce lieu sa splendeur d'antan. Les rayons de soleil prenaient des teintes rouges, bleues, orangées en passant à travers le verre coloré.

Arthur leva les yeux pour observer les voûtes, les arcs et les croisées d'ogives du bâtiment. Il tenta pendant un instant d'oublier les bruits du chantier. Il les élimina peu à peu : les truelles qui grattaient le sol, la terre qui passait dans les tamis, le bruit des outils entre eux, les voix et les discussions. Il eut alors la vision de ce bâtiment peu de temps après sa construction. Il parvint même à imaginer les chants des fidèles. Bien que non croyant, il ne pouvait rester insensible à la force dégagée par ce lieu qui le poussait à l'introspection et au questionnement. *Les bâtisseurs ont réussi leur coup*, pensa-t-il.

Il fut tiré de ses pensées par la voix de David qui était venu à sa rencontre.

« Excuse-moi, je crois que nous n'avons pas encore été présentés. Je suis David, arrivé sur le chantier ce matin. »

Il lui tendit la main avec un sourire sincère. Tendre une main ouverte à une autre personne afin de la saluer permettait, dans des temps reculés, de prouver ses bonnes intentions en montrant que l'on ne tenait pas d'arme. Malgré ce geste, Arthur n'était pas convaincu des bonnes intentions du médecin. Il lui serra cependant la main, exagérant légèrement la pression en guise de mise en garde.

Julia, qui observait la scène de loin, fut amusée. Pour quelle raison ? Parce qu'elle savait exactement ce qu'il se passait dans la tête d'Arthur au moment où il serrait la main de David. Elle connaissait les moindres micro-expressions de son visage. Il n'avait pas de secret pour elle.

Elle progressait lentement dans le dégagement de ce qu'elle avait identifié comme un sarcophage complet. Cette semaine finirait donc par une bonne découverte. Des inscriptions commençaient à apparaître. Elle attrapa un pinceau à poils durs afin d'effectuer un travail plus précis. Julia reconnut les inscriptions habituelles que l'on trouve sur les pierres tombales : le nom de la ville, le nom du défunt ainsi que son statut dans certains cas.

Elle s'arrêta brusquement et ne bougea plus pendant environ une minute, avalant sa salive difficilement. Son cœur se mit à accélérer. Tous les signes d'une nouvelle crise d'angoisse se manifestèrent en elle. Arthur le remarqua du coin de l'œil. Il fit un pas vers elle, prêt à intervenir en cas de problème. Il avait souvent observé ces signes chez elle et savait parfaitement comment l'accompagner afin qu'elle ne cède pas à la panique.

Mais ce n'était pas l'angoisse qui avait provoqué ces bouleversements. Julia continua de dégager lentement la terre. Prenant le temps d'effectuer chaque geste minutieusement. Les lettres apparurent petit à petit sous ses yeux. Elle se rapprocha de la pierre et murmura doucement ce qu'elle lut.

« *Herveus...* Hervé. »

Elle ne fit part à personne de sa découverte et s'activa à dégager le reste des inscriptions qui couraient sur le pourtour de la pierre. Elle ne souhaitait pas crier victoire trop vite. Les mots qu'elle avait tant espéré trouver apparurent sous ses yeux :

« *Cy gist Monseigneur Herveus jadis seigneur d'Angles.* »

Julia l'avait enfin trouvé. Elle l'avait sous les yeux. Cela signifiait qu'Hervé d'Anjou était présent physiquement, à quelques dizaines de centimètres plus bas.

Elle releva la tête vers Arthur et afficha un large sourire, il comprit immédiatement.

Julia appela le chef de chantier en hurlant, ne pouvant cacher plus longtemps son émotion.

« Je l'ai trouvé ! Hervé d'Anjou ! Il est là ! »

Tout le monde accourut, enjambant à la hâte les vestiges en prenant garde de ne rien abîmer.

Le responsable d'opérations se précipita, prenant place aux côtés de Julia. Il fut imité par tous les membres de l'équipe.

Julia n'en revenait pas, le fruit de longues années de recherches se trouvait face à elle. L'euphorie du groupe étant retombée, elle continua de progresser lentement, accompagnée de son ancien professeur et de David. Ce dernier n'en revenait pas non plus. En étudiant l'histoire de la ville, il était forcément tombé sur le peu d'information concernant la vie du seigneur Hervé et s'était intéressé de près à ce personnage qui avait tant contribué à la prospérité du village. Il était conscient que la découverte de sa sépulture était un événement considérable pour le patrimoine de la région. Il souriait à Julia.

« C'est une découverte incroyable et c'est toi qui en es à l'origine ! »

Elle lui rendit son sourire. Leurs regards s'attardèrent l'un sur l'autre.

Au fur et à mesure que le couvercle du sarcophage était dégagé, une gravure représentant Hervé d'Anjou apparaissait. Comme il était courant au XIVe siècle, il était représenté allongé, en armure, les bras repliés sur le torse, son épée dans les mains. Le blason de sa famille était également représenté au niveau de ses jambes : un phénix entouré de quatre fleurs de lys.

« Aucun doute, ce sont bien ses armoiries ! » ajouta Julia.

Le couvercle du sarcophage était maintenant complètement dégagé. Tous s'étaient accroupis autour et l'observaient. Chacun y allait de sa remarque.

David intervint à son tour.

« Regardez les chiffres romains, ils indiquent l'année de sa mort. »

Mégane se rapprocha pour déchiffrer la date.

« 1374… »

Elle se tourna vers Julia.

« Les archives que tu as correspondent. »

Julia réfléchit à haute voix.

« Il est donc parvenu à reconstruire la ville en trois ans. C'est prodigieux. Nous savons qu'il a repris le château en 1371…

— 1372. »

Elle fut coupée dans sa phase. La voix avait lancé cette date de manière sèche et directe.

Tous se retournèrent. Arthur s'approchait du groupe. Il continua.

« 1372. C'est à cette date qu'Hervé a récupéré le château. Il fut repris aux Anglais par Bertrand du Guesclin[i] et confié ensuite à Hervé d'Anjou jusqu'à sa mort en 1374. »

Hervé d'Anjou avait hérité du village d'Angles, ravagé par des années de guerres. Il avait fait son possible pour reconstruire la ville et lui donner son rayonnement d'antan. Après sa mort, les évêques de Poitiers furent possesseurs des lieux.

C'était au tour de Julia de le fixer d'un regard noir. Les connaissances de son ex-compagnon avaient beau être excellentes, tout le monde le savait, elle ne supportait pas d'être humiliée devant ses collègues. Même si leurs enseignants eux-mêmes s'inclinaient parfois devant ses dires, elle n'avait pas l'intention de faire de même.

Arthur et David procédèrent à l'ouverture du sarcophage, supervisés par le responsable d'opérations qui coordonnait chacun de leurs mouvements à la manière d'un chef d'orchestre. Le couvercle était suspendu au-dessus du sol par un treuil.

Julia agrippa la main de Mégane et retint sa respiration, prête à découvrir la dépouille de l'homme qui occupait toutes ses pensées.

Une fois le sarcophage ouvert, tous s'approchèrent lentement. Julia lâcha la main de Mégane.

Le corps d'Hervé d'Anjou était là, allongé devant eux, les mains repliées sur le torse, tenant fermement son épée. Il portait une armure qui le protégeait de la tête aux pieds. Elle était recouverte de poussière. Certaines parties étaient totalement rouillées et très détériorées. Le métal s'effritait entièrement au niveau de son bras gauche, laissant apparaître ses ossements. Son heaume, cependant, avait l'air en bon état. Sur son plastron, on pouvait distinguer les armoiries au phénix sur fond jaune. Une fleur de lys très travaillée ornait la lame de son épée.

---

[i] Connétable de France. Né en 1320 et mort en 1380.

Il n'y avait plus un bruit sur le chantier. Chacun semblait se recueillir face au grand homme qui se trouvait allongé face à eux.

Seul Arthur ne se réjouissait pas. Il quitta le chantier d'un pas rapide, sans prononcer le moindre mot, vexé de ne pas être à l'origine de cette découverte.

***

Julia était assise sur son lit. La nuit était tombée et il n'y avait plus aucun bruit dans la maison. Elle ne parvenait pas à dormir, partagée entre l'euphorie de sa découverte et l'inquiétude suite à la disparition soudaine d'Arthur qui n'avait plus donné signe de vie depuis.

Il n'est de plus grande solitude que celle de la nuit pour celui qui ne parvient pas à trouver le sommeil. Mégane, quant à elle, était endormie et évoluait dans d'autres mondes.

Julia navigua dans le menu de son téléphone, cherchant une personne avec qui communiquer. Personne n'était en ligne à cette heure tardive, tous ses messages restèrent sans réponse. Elle était seule, quoi qu'elle fasse.

Cela faisait maintenant quatre jours que le tombeau d'Hervé d'Anjou avait été découvert, et Arthur n'était toujours pas réapparu. L'armure de l'ancien seigneur avait été minutieusement dégagée, déposée et maintenant soigneusement conservée. Une anthropologue devait arriver le lendemain matin afin d'analyser le squelette et tenter de le faire parler. Ils allaient connaître l'âge exact d'Hervé au moment de son décès, ses éventuelles blessures, s'il souffrait d'arthrite ou de malformation. Malgré l'excitation que ces découvertes provoquaient chez Julia, une question venait noircir ce tableau et amoindrir son bonheur : où était passé Arthur ? Il avait quitté le chantier sans un mot, sans même lui adresser un regard.

Malgré le fait qu'ils suivaient à présent des chemins différents, elle ne pouvait s'empêcher de s'inquiéter pour lui.

Elle aurait aimé qu'il lui parle, qu'il la félicite et surtout qu'il lui donne les raisons de son départ. Le message qu'elle lui avait envoyé restait sans réponse. Elle était donc assise, face à son téléphone, le touchant du bout de son doigt dès que l'écran commençait à baisser en luminosité pour s'éteindre. Elle fixait la conversation numérique, espérant voir apparaître une réponse.

Elle se leva et tenta de trouver une occupation. Elle fut attirée vers la porte d'entrée et décida de sortir de la maison. L'air frais des soirs d'été lui fit du bien. Face à elle s'étendaient des champs à perte de vue. Située en sortie de ville, la vieille demeure n'avait pas à souffrir de la proximité des voisins et n'offrait aucun vis-à-vis. Julia ferma les yeux, écouta les sons de la nature et laissa le vent caresser son visage. Elle prit une profonde inspiration et desserra la ceinture de sa robe de chambre. Le vent s'y engouffra et fit rapidement onduler le tissu. L'air frais parcourut tout son corps nu. Elle bascula la tête en arrière. En ouvrant les yeux, elle s'aperçut que le ciel était criblé de milliers de petites étoiles que l'absence de pollution lumineuse de la campagne permettait de distinguer parfaitement. Sa nudité ainsi offerte librement aux regards de cette nature lui donnait l'impression d'être incroyablement vivante, désirable, et avait quelque chose d'érotique. Le vent lui donnait l'impression de caresses qui la parcouraient entièrement, librement et sans limites. Julia se mit à imaginer les mains d'Arthur, qui avaient tant de fois parcouru ses courbes et pouvaient être aussi douces et sensuelles que ce vent. Elle revint rapidement à elle lorsqu'un grondement de tonnerre se fit entendre au loin, referma sa robe de chambre et rentra dans la maison.

Toujours chamboulée par ses pensées érotiques, elle se dirigea dans le salon, cherchant une chose sur laquelle fixer son esprit et l'apaiser.

Mais Arthur avait fait de nouveau irruption dans sa tête et elle ne cessait de retourner continuellement vers son téléphone afin de vérifier si une réponse était arrivée. Elle se prit la tête dans les mains violemment, s'arrachant presque les cheveux. *Comment peut-on être aussi dépendant d'une personne ?* pensa-t-elle. L'indisponibilité de l'interlocuteur crée malheureusement souvent ces effets. Si Arthur s'était empressé de lui répondre, elle aurait sûrement pris un livre en même temps afin d'attirer le sommeil plus rapidement en sollicitant ses yeux et n'aurait pas été aussi dépendante d'un simple message. Mais à cet instant, obtenir une réponse ou une simple marque d'attention de sa part valait tout l'or du monde et pouvait faire disparaître la boule qu'elle avait dans l'estomac.

Julia ne supportait pas d'être dépendante, que ce soit d'Arthur ou d'un autre. C'est d'ailleurs pour cette raison qu'elle s'était toujours refusée à fumer des cigarettes. Pour ne pas céder à une nouvelle crise, elle alla dans la bibliothèque musicale de son téléphone. Elle trouva le dossier de musiques médiévales qu'elle s'était constitué, la seule chose qui lui permettait d'échapper à sa réalité et de plonger dans une époque où Arthur n'existait pas.

Elle s'endormit au bout d'une heure, oubliant ainsi pour quelque temps toutes ses angoisses.

***

L'Anthropologue était présente sur le chantier, penchée sur la dépouille de l'ancien seigneur du village. Elle était pour le moment en phase d'observation, examinant le crâne en détail et les dents encore visibles. Julia était à côté, attendant un premier verdict. L'anthropologue s'attarda longuement sur les dents. Elle fronça les sourcils, puis examina les mains, les genoux et enfin le bassin. Elle se redressa sans dire un mot, les sourcils toujours froncés.

Plusieurs côtes étaient brisées, blessures survenues peu avant la mort ou dégradation après enfouissement ? Le plastron de l'armure n'était pas enfoncé, il s'agissait donc de blessure pré-mortem.

« Quelque chose ne va pas ? demanda timidement Julia.

— À quel âge théorique est censé être décédé votre… »

Elle consulta ses notes.

« ... seigneur, Hervé d'Anjou ?

— Trente-sept ans selon les archives. »

L'anthropologue eut un rire moqueur.

« Il faudra revoir vos archives, la personne allongée devant nous semble en avoir au moins le double. »

Julia afficha une mine étonnée, elle se mit à rire nerveusement.

« C'est impossible. Le couvercle du sarcophage mentionne son nom et la date de décès, les armoiries sur son armure sont les mêmes que celle gravée dans la pierre. Il ne peut pas y avoir d'erreur.

— Écoutez… un échantillon doit obligatoirement être envoyé en analyse, nous verrons bien le résultat… mais à première vue, nous sommes face à une personne d'environ soixante-dix ans, si je me fie à l'usure des dents et à l'effritement des articulations. »

Julia se retourna vers la dépouille qui gisait face à elle.

« C'est impossible… nous n'avons pas pu faire d'erreur… tous les éléments sont là.

— Vous n'avez pas fait d'erreur… si quelqu'un s'est trompé, c'est lors de l'inhumation de cet homme ou de la gravure du sarcophage. »

Un fragment de doigt, des dents, du crâne et un morceau de la hanche furent prélevés et de nombreuses photos effectuées pour les reconstitutions 3D. Les analyses révéleraient son âge avec plus de certitude. Par la suite, des examens isotopiques allaient permettre d'en savoir plus sur ses habitudes de vie, notamment son alimentation.

Les jours et les nuits passèrent. Des journées pleines d'interrogations et des nuits sans sommeil pour Julia qui ne cessait de passer en revue toutes les archives, cherchant un élément qui aurait pu lui échapper.

Elle restait face au tombeau, observant la dépouille qu'elle avait devant les yeux. Elle n'en revenait pas. Pourquoi le sort s'acharnait-il ? Qu'y avait-il qu'elle ne devait pas découvrir à propos de cet homme ? Elle fut tirée de ses réflexions par la voix d'Arthur.

« Tu n'as commis aucune erreur, rassure-toi. »

Elle se retourna, bouche bée. Il continua.

« J'ai bien eu ton message… »

Elle coupa violemment.

« Tu n'imagines pas les nuits que j'ai passées ! À attendre une réponse, à guetter le moindre son de mon téléphone ! Pourquoi tu fais ça ? Où tu étais ? »

Il eut un mouvement de recul devant cette réaction à laquelle il ne s'attendait pas. Il tenta de se justifier, mais elle ne lui en laissa pas le temps.

« Je n'en peux plus d'attendre un signe de ta part, une marque d'affection, une marque de considération… »

Il la prit dans ses bras alors qu'elle fondait en larmes. Elle était parvenue à ne pas tomber dans une spirale dépressive à la suite de sa rupture en se plongeant dans son travail. Elle avait reporté toute sa tristesse et son attachement sur Hervé d'Anjou, ce même homme qui avait pris trop de place dans sa vie et qui faisait partie des choses qui avaient fait fuir Arthur, elle en était persuadée.

La découverte de son tombeau apparaissait comme un objectif qu'elle se devait d'atteindre, une sorte de catharsis nécessaire pour en finir avec cette partie de sa vie. Elle avait besoin de réussir quelque chose. Arthur s'était éloigné d'elle, plein de secrets et de mystères. Elle ne supporterait pas qu'Hervé d'Anjou fasse de même. Elle se devait de percer le mystère de sa tombe.

Alors qu'elle était dans les bras d'Arthur, ses yeux se portèrent sur le sarcophage ouvert contenant la dépouille. Il n'y avait aucun effet personnel, hormis une chevalière qui avait glissé de son doigt lorsque la peau et les matières organiques s'étaient désagrégées, ainsi qu'un crucifix apparemment en or accroché à une petite chaîne autour de son cou. Tout textile avait disparu, seuls l'armure, l'épée et les os avaient tant bien que mal résisté à l'assaut des micro-organismes.

Un détail attira cependant le regard de Julia. Elle se dégagea lentement des bras d'Arthur et avança vers le tombeau. Elle retira ses chaussures afin de descendre sur le parterre de fouille, se pencha sur le sarcophage et observa les parois latérales. Julia prit une brosse à poils fins et épousseta doucement la pierre calcaire. Les marques qu'elle observa n'étaient pas des marques de ciseaux de taille ou des traces de burin. Elles n'avaient pas été faites au moment de la taille de la pierre. Arthur s'approcha, intrigué.

« Qu'est-ce que c'est ? »

Julia laissa tomber son pinceau et releva la tête pour lui répondre, tentant de paraître le plus détachée possible.

« Rien, des petites traces que je pensais intéressantes, mais il n'y a rien à en tirer. »

Arthur acquiesça et s'éloigna légèrement.

Ce que Julia avait sous les yeux lui glaçait le sang. Il n'y avait aucun doute possible. Ce qu'elle observait était des traces d'ongles et de griffures contre la paroi intérieure du sarcophage.

Un téléphone portable sonna bruyamment sur le chantier. Le professeur décrocha.

« Allô ? Oui, Victoria. »

Julia et Arthur s'avancèrent tout en écoutant la conversation. Il s'agissait du laboratoire chargé de faire analyser les échantillons d'os. Victoria était la directrice du département datation depuis peu, Julia la connaissait bien. Elle avait été un brillant maître de conférences pendant de nombreuses années. Elle sentit son pouls s'accélérer. Elle prenait cette découverte beaucoup trop à cœur, elle le savait. Il fallait absolument qu'elle prenne du recul par rapport à la situation.

Le professeur écoutait toujours ce que lui disait Victoria avec attention.

« Oui… très bien… d'accord… quoi ? »

Il se tourna vers Julia.

« Mais comment ? oui… oui, je comprends… nous allons en discuter. »

Quelque chose n'était pas normal, Julia le sentait. Le regard d'Arthur se posa sur elle, il lui prit la main.

« Oui Victoria… oui, je te la passe… »

Il s'approcha de Julia et lui tendit le téléphone.

Hésitante, elle le prit et le porta à son oreille.

« Allô ? »

« Julia, c'est Victoria. Les observations de l'anthropologue venue faire le relevé sur le site étaient justes concernant la dépouille retrouvée. Il s'agit d'un homme âgé d'environ soixante-dix ans. »

Julia ne répondit rien, elle se contenta d'écouter.

« L'usure des articulations que nous avons pu observer d'après le relevé ne correspond pas à celle d'un cavalier, mais plutôt à celle d'une personne n'ayant pas connu les champs de bataille. Un cavalier expérimenté aurait eu des déformations d'alvéoles osseuses au niveau des hanches, or ce n'est pas le cas ici. D'après les photos prises sur le chantier, il y a bien une déformation dont l'origine sera précisée par l'analyse détaillée du squelette, mais elle ne semble pas due au cheval, j'en suis persuadée. Les analyses isotopiques indiquent qu'il était coutumier d'une alimentation riche, et ce, depuis l'enfance, loin de celle supposée d'Hervé d'Anjou qui a d'abord servi comme soldat. Quant aux côtes brisées, elles semblent avoir été causées par une arme blanche dont le coup aurait été porté au niveau du dos. Cette blessure a dû entraîner sa mort… »

Elle se retourna pour observer les traces de griffures contre les parois. Elle remettait cette dernière information en cause. Victoria continua.

« Mais… il ne s'agit pas d'Hervé d'Anjou… c'est une certitude. »

Chapitre 4

52 avant J.C.
camp provisoire de Vercingétorix[i]*,*
non loin de l'oppidum d'Alésia

Les oiseaux commençaient à faire entendre leurs chants, le soleil allait bientôt se lever. Le bruit de la rivière accompagnait calmement le réveil d'une partie des hommes. Certains avaient déjà allumé des feux, mais s'étaient rapidement fait réprimander par leurs chefs. Il ne fallait pas être vu ni senti. Ils étaient à découvert. Aucune forêt ne pouvait les dissimuler aux yeux de leurs ennemis. Leur extrême discrétion était la seule chose sur laquelle ils pouvaient compter pour vivre un jour de plus. S'établir pour la nuit dans un lieu aussi exposé ne faisait pas partie des coutumes habituelles. Mais ils se devaient d'approcher au plus près de l'ennemi afin de le prendre par surprise. Pour la victoire, le chef des Arvernes[ii] était prêt à prendre tous les risques. Il croyait en la réussite de cette attaque.

L'air était doux, l'herbe épaisse, les arbres fleuris, la vie battait son plein. Une partie du camp était encore endormie. Garos faisait partie de ceux qui étaient encore plongés dans leurs rêves. Il était agité de petits soubresauts, ses songes n'étaient pas agréables.

« Comment vous… ? Vous connaissez Amenia ?

— Oui ! Elle vivait ici ! Savez-vous où elle est à présent ? C'est très important, je vous en prie…

---

[i] Chef du peuple celte des Arvernes. Né en 82 av. J.-C. et mort en 46 av. J.-C.

[ii] Peuple de la Gaule celtique, situé sur l'actuel territoire de l'Auvergne.

— Mais… Amenia est morte il y a bien longtemps »

Le visage de Garos afficha une grimace de douleur. Il se mit à respirer plus rapidement. Il ne cessait de faire le même rêve, encore et encore.

« Comment ? … c'est impossible… non ! »
Le vieil homme ne savait comment réagir face à cet inconnu qui était venu des montagnes désertes et qui prenait tant à cœur la mort de cette femme. Agyrrhios était tombé à genoux, les yeux pleins de larmes. Il tenta d'articuler.
« Quand est-elle morte ? Comment est-ce arrivé ? Jusqu'à quand est-elle restée à la ferme ? Et qui êtes-vous ? »
Il paraissait terriblement affecté par cette nouvelle aux yeux de son interlocuteur rabougri. Il tremblait à présent, attendant des réponses. Le vieil homme se pencha malgré les douleurs dorsales qui l'assaillaient afin de l'aider à se relever.
« Amenia était ma mère. »

Garos était maintenant en position fœtale, tremblant et transpirant abondamment. Un des soldats déjà levés l'aperçut. Ce n'étaient pas les premières campagnes qu'ils menaient et il était courant de voir des soldats hantés par le souvenir des batailles. Il ne s'en inquiéta pas.

Agyrrhios resta interdit un instant. Il releva lentement la tête.
« Qu'avez-vous dit ? »
Son regard s'était assombri. Le vieil homme eut un mouvement de recul.
« Je… euh… Amenia était ma mère. Elle est morte il y a plus de quarante années… »
Agyrrhios ne comprenait pas. Pendant quelques secondes, il fut envahi par un élan d'espoir. Ils ne devaient pas parler de la même Amenia. Sa femme était encore en vie il y a deux ans. Ce vieillard devait perdre la tête.

« Il y a erreur, l'Amenia dont je parle était encore en vie il y a environ deux ans et habitait cette ferme ! »

L'homme écarta les bras en signe d'incompréhension.

« Je suis désolé de ne pas pouvoir vous aider… Mais la seule Amenia que je connais est morte il y a fort longtemps. Son cousin Minos l'a aidée à m'élever. Mes frères Aegon et Nikos sont morts assez jeunes alors… je vis aujourd'hui seul ici. »

Les pensées d'Agyrrhios oscillaient entre le désespoir et la panique. Il était totalement perdu. Il avait l'impression que toute sa réalité s'écroulait autour de lui. Il se demandait pourquoi cet homme s'amusait à le torturer de la sorte.

« Minos… Aegon… Nikos… quel est votre nom ? »

L'homme recula de nouveau. Son interlocuteur s'avança, le regard plus noir que jamais. Il réitéra sa demande sur le même ton.

« Quel est votre nom ?

— Pourquoi ? Que me voulez-vous ? »

Agyrrhios empoigna le vieil homme par sa tunique et se rapprocha de lui. Le vieillard tenta de se débattre et appela de l'aide. Agyrrhios se mit à hurler.

« Vous me demandez pourquoi ? Ma femme s'appelait Amenia, tout comme votre mère, mes fils s'appelaient Aegon et Nikos, tout comme vos frères. Ils sont tous les deux morts et enterrés dans ces montagnes… mon autre fils, Sanos, n'était lui qu'un enfant… alors, je vous le redemande une dernière fois, quel est votre nom ? »

Le vieil homme écarquillait à présent de grands yeux et tentait toujours de se débattre. Il balbutia un moment. Des larmes coulèrent de ses yeux, tout comme de ceux de son agresseur. Il articula difficilement.

« Sanos… »

Garos se réveilla en sursaut. Son front était couvert de sueur. Il s'essuya le visage avec ses mains, se leva et alla s'asseoir autour du feu. Trois hommes de la tribu des Arvernes, tout comme lui, étaient déjà réunis autour du foyer. L'un d'eux, qui l'avait vu s'agiter durant son sommeil, l'interpella.

« Tes songes n'avaient pas l'air très enivrants. Laisse-moi deviner. Il ferma les yeux et leva une main vers le ciel comme pour consulter une entité divine. Gergovie ! »

Il fut contredit par l'homme à sa droite.

« Non, Correos, il tremblait, c'était donc un mauvais souvenir. Gergovie c'est notre victoire ! »

Il prononça cette dernière phrase en brandissant le poing.

Les trois hommes se mirent à réfléchir. Garos prit la parole, ne souhaitant pas s'attarder sur le sujet.

« Bien pire que ça. Ma femme ! »

Tous rirent bruyamment. Un homme accourut vers eux en leur signalant de faire moins de bruit. Ils étaient en campagne militaire afin de surprendre l'armée romaine en fuite vers le sud de la Gaule. Jules César les devançait de peu, mais la distance était assez grande pour plonger le chef des Arvernes dans d'importants tourments.

Garos avait volontairement détourné la conversation avec humour. Il n'avait aucunement l'envie d'expliquer les motifs de ces mauvais rêves. Une explication aurait été bien trop longue. Sa vie entière était un cauchemar.

Après avoir appris que le vieil homme n'était autre que son fils Sanos, il l'avait lâché et s'était enfui, le laissant dans l'incompréhension la plus totale. Il avait marché sans s'arrêter pendant près de deux heures. Il ne parvenait pas à comprendre ce qu'il lui arrivait. Comment cela était-il possible ? Il n'avait certes pas eu la notion du temps durant sa captivité, mais son exil ne pouvait avoir excédé deux ans. Comment son fils avait-il pu devenir un vieillard ? Il s'agenouilla près d'un petit lac. L'eau stagnante lui permit d'observer son reflet. Il n'avait pas vieilli, mis à part une maigreur excessive, il n'avait pas pris une ride. Quelque chose n'était pas normal.

Il leva la tête vers le ciel. Est-ce que les dieux l'avaient maudit une fois de plus ? Mais pour quelle raison ? Il se mit à hurler. Il plongea sa tête dans l'eau froide et hurla de plus belle sous l'eau.

Il tenta de reprendre ses esprits. Après être parvenu à ralentir son rythme cardiaque, il fit le point sur la situation et sur les éléments qu'il avait en sa possession.

De toute évidence, son absence avait duré environ soixante ans et Amenia était décédée. Pour lui, il n'y avait qu'une seule explication : les dieux l'avaient condamné. Condamné à subir des épreuves, à souffrir et à voir tout son monde s'écrouler et mourir autour de lui. Mais pour quelle raison ? Qu'avait-il commis comme mauvaises actions ? Il avait toujours honoré ses dieux tutélaires avec soin et dévotion. Il ne comprenait pas.

Il devait retourner voir son fils. Il devait en apprendre plus sur ce qu'il s'était passé. Il devait trouver la tombe de sa femme. Il se releva et courut le plus vite possible vers la ferme. Le soir commençait à tomber et apportait avec lui un vent frais. Il dérapa sur les pierres. Agyrrhios arriva finalement à la ferme. Alors qu'il prenait une profonde inspiration pour se présenter à nouveau devant son fils, il l'aperçut au loin. Son corps se balançait sous l'impulsion du vent. Agyrrhios n'était pas le seul à avoir été bouleversé par cette découverte. Sanos s'était pendu à l'olivier de la cour. Ce même olivier qui avait nourri sa famille de nombreuses années auparavant. Ce même olivier au pied duquel ils avaient tous joué ensemble soixante ans plus tôt. Agyrrhios avait vu sa famille tout entière mourir.

***

Garos n'avait pas entièrement menti à ses compagnons. Sa femme faisait bien partie de son rêve. Un homme s'approcha d'eux, leur faisant signe qu'il était temps de partir. Tous s'activèrent, empoignant leurs armes et piétinant les feux afin de les éteindre sans provoquer d'importantes fumées. Garos saisit son bouclier, sa lance et glissa rapidement son épée dans son fourreau. Cette dernière était émoussée.

À cette époque, l'équipement des soldats dépendait grandement de leur statut social et de leurs moyens. Garos était un simple paysan, c'est ce qu'il avait toujours été. Il avait dû s'adapter aux changements de climat, le soleil de Gaule n'étant pas celui de Crète. Il avait également dû s'adapter à de nouvelles langues. Le monde avait changé, tout avait changé. Il était le seul à rester le même. Il avait appris à vénérer de nouveaux dieux, qui possédaient tout de même des similitudes avec ses anciennes divinités crétoises. Il y avait retrouvé une adoration de la déesse mère, attachée à la terre, et d'une divinité masculine du ciel. Il avait appris à combattre d'autres ennemis et à obéir à de nouveaux chefs. Il avait également aimé une nouvelle femme, Elantia, qui l'attendait probablement dans leur chaumière en guettant avec impatience son retour sain et sauf. Il ne la connaissait que trop bien et savait qu'elle devait se précipiter à la porte au moindre bruissement de feuilles. Mais, quoi qu'il arrive, il ne la reverrait plus. Chaque nouveau pas en avant était pour lui accompagné d'un choix dont les répercussions s'étendaient sur de nombreuses années.

Les légions romaines étaient en vue. Elles tentaient de rejoindre la province romaine du sud de la Gaule, la *Gallia narbonensis,* comme l'appelaient les ennemis des Celtes. Les éclaireurs étaient revenus dans la nuit. Les Romains étaient nombreux et assistés par des Germains qui s'étaient ralliés à leur cause. Ces derniers pressentaient les avantages pouvant résulter d'une victoire romaine sur la rébellion celte.

Les hommes coururent tous dans la même direction pour aller chercher leurs montures.

Les cavaliers chevauchèrent un long moment. Il n'y avait aucun bruit dans la plaine, tous avançaient en silence. Un des hommes en tête, monté sur un cheval à la robe brune, leva sèchement le bras et s'immobilisa. Un autre cavalier l'imita cinquante mètres derrière lui. L'ordre d'arrêt se propagea ainsi tout le long du détachement. Les soldats se regardèrent, inquiets.

Le sol se mit à trembler légèrement et un bruit sourd se fit entendre au loin. De nombreux volatiles s'élevèrent à l'horizon en poussant des cris. Le cavalier au côté de Vercingétorix désigna du doigt les soulèvements de poussière que l'on apercevait au-delà des collines. Le vent les portait dans leur direction

Correos, qui chevauchait près de Garos, se pencha vers lui.

« Ce bruit, tu crois qu'il s'agit du tonnerre ? »

Garos remarqua les nombreux oiseaux qui volaient au-dessus d'eux. Il secoua la tête.

« Non. Taranis[i] n'a rien à voir là-dedans. »

Il n'en était pas à son premier combat, Vercingétorix n'était pas le premier chef qu'il servait et les Romains n'étaient pas ses premiers ennemis. Les choses se répétaient de manière étrange à travers le temps. Il marqua un temps d'arrêt puis reprit :

« César approche. »

Les troupes de Vercingétorix étaient dissimulées derrière une colline qui les rendaient invisibles aux yeux des Romains. Ne faisant aucun mouvement et tentant de maintenir leurs chevaux dans le calme, les Gaulois sentaient toujours le sol trembler sous les pas des troupes de César. La colonne de légionnaires s'étirait sur plusieurs kilomètres et comptait plus de quatre-vingt mille âmes.

Le chef de la coalition celte ferma les yeux, écoutant le bruit sourd parfaitement rythmé de ces hommes nés pour combattre, prêts à donner leur vie pour l'aigle impériale de Rome. Il regarda en arrière, jugeant l'étendue des forces qu'il avait mobilisées. Le plus gros de son armée n'était pas présent, seuls ses cavaliers les plus redoutables étaient réunis. Quinze mille hommes tout au plus, des paysans et des artisans, mais tous nés pour être sur le dos d'un cheval. Il ajusta son casque, leva le bras pour que tous se tiennent prêts à l'assaut. Ils n'étaient peut-être pas aussi nombreux que leurs ennemis, mais le chef arverne avait déjà mis des troupes romaines en déroute. Une chose était certaine, la devise « *Senatus PopulusQue Romanus* » ne serait jamais la sienne.

---

[i] Dieu celte gaulois du tonnerre et du ciel.

Il abaissa le bras. Tous les cavaliers talonnèrent les flancs de leur monture et s'élancèrent du sommet de la colline.

Le choc avec les boucliers romains fut violent. Garos fut rapidement désarçonné et faillit être piétiné par les montures de ses compagnons d'armes. Il parvint à ne pas être blessé durant la première heure de combat, mais les choses se compliquèrent par la suite. Alors qu'il reprenait son souffle, il fut projeté au sol par un soldat romain. Ce dernier tenta de s'en prendre à lui avec son glaive. Il donnait des coups rapides que Garos parvenait à éviter en roulant de gauche à droite dans l'herbe boueuse. Il chercha son épée, mais celle-ci n'était plus dans son fourreau. Sentant ses réflexes diminuer sous le coup de la panique et de l'épuisement, il envoya un violent coup de pied dans le genou du légionnaire qu'il entendit craquer. Dépourvu de toute arme, il arracha le glaive des mains du soldat romain et s'élança de nouveau dans la bataille. Cette arme serait sûrement en meilleur état que la sienne.

Il se retrouva de nouveau pris d'assaut par un soldat qu'il parvint rapidement à mettre en déroute. Les coups de glaive qu'il envoyait contre ses ennemis étaient accompagnés d'effusions de sang dont les gouttes lui maculaient le visage. Alors qu'il cherchait ses compagnons autour de lui, il ressentit une atroce douleur dans les côtes. Une lance venait de percer sa tunique et de s'enfoncer dans sa chair, disloquant les os. L'homme à qui elle appartenait la tira violemment en la faisant tourner. Ses côtes cédèrent et sa peau s'arracha dans une gerbe de sang. Garos hurla et, dans un élan de rage, s'acharna sur son agresseur. Il frappa de toutes ses forces avec le pommeau de son glaive, si bien que le casque du soldat romain finit par se fendre. Le crâne fut brisé en plusieurs morceaux, l'homme s'écroula.

Les combattants hurlaient autour de lui. Des Romains, des Celtes, des soldats, des paysans à qui l'on avait mis une arme dans les mains. Il voyait tous ces hommes mourir. Certains blessés tentaient de trouver une once de pitié dans les yeux de leurs bourreaux, qui finissaient par les achever. D'autres hurlaient le nom des dieux en espérant une délivrance. Il vit un homme tenant son propre bras qui venait d'être coupé. Un cavalier avec qui il avait chevauché tentait de remettre ses intestins dans son ventre ouvert d'un coup de *gladius*[i]. La tête de Garos commença à tourner sous l'effet de la douleur.

Après tout, peut-être allait-il enfin mourir ici ? Et si son calvaire prenait fin sur ce champ de bataille ? Essoufflé, il sourit à cette idée. Il avait assez vécu, assez vu de morts, assez vu d'hommes et de femmes tomber autour de lui. Son existence comprenait davantage de souffrance que de bonheur. Le visage couvert de sang, il tomba à genoux. Son regard se porta vers le ciel. Il écarta les bras en signe de soumission. Il se donnait totalement aux dieux. Ces dieux si nombreux qu'il avait connus, toujours vénérés de la même manière. Il appela la mort du bout des lèvres. Elle se manifesta sous la forme d'un légionnaire qui arriva en courant derrière lui. Voyant Garos à genoux, ne cherchant même pas à se battre, il profita de cette victime qui s'offrait sans défense. L'homme retira son casque, qu'il brandissait à présent comme une arme. Il ne prit même pas la peine de s'arrêter. Continuant sa course, il donna un violent coup à l'arrière du crâne de Garos. Une gerbe de sang jaillit de sa tête et il s'écroula sur le sol.

Il ouvrit lentement les paupières. La première vision qu'il eut fut celle des brins d'herbe verts qui ondulaient sous l'impulsion du vent. Toujours allongé sur le sol, il ne bougea pas. Il avait peur de faire le moindre mouvement et de découvrir ses blessures dans la douleur. Peur de ne plus être capable de remuer ses jambes. Le vent lui caressait doucement le visage. Les cris des guerriers ne retentissaient plus. Il envoya une impulsion dans les muscles de ses membres inférieurs. Ces derniers bougeaient toujours et cette action n'était pas douloureuse. Il

---

[i] Mot latin désignant une épée courte utilisée par les soldats romains

fit de même avec ses bras. Une fois redressé, il observa le paysage autour de lui. Tout le monde avait disparu, plus de guerriers, plus d'ennemis, plus aucun corps, juste une plaine verte à perte de vue. Son corps ne lui faisait plus mal. Il porta la main à sa tête, elle ne saignait pas et n'était pas douloureuse. C'était donc cela, ce que les hommes redoutaient tant, la mort. Une vaste plaine, calme, sans un bruit, sans aucune douleur, un état de flottement. Il se mit à courir, presque euphorique.

« Attention ! Ne le fais pas tomber ! »

Correos et Brennos transportaient le corps de Garos, l'un le tenant par les jambes et l'autre par les épaules. Ils le posèrent à même le sol dans une grande salle où de nombreux blessés poussaient des cris et des râles de douleur. Tout comme le champ de bataille qu'ils venaient de quitter à plusieurs lieues d'ici, l'atmosphère sentait le fer et le sang. La paille au sol se mélangeait au liquide vermillon et collait aux bottes des deux soldats. Des hommes et des femmes s'activaient, transportant des seaux remplis d'eaux, du linge propre, et apportaient quelques soins aux blessés. L'oppidum était en pleine effervescence. Suite à la défaite que les Romains lui avaient infligée, toute l'armée de Vercingétorix avait battu en retraite. N'étant plus en état de livrer bataille, ils avaient trouvé refuge dans le camp fortifié le plus proche. Les hauts remparts de bois ne tiendraient peut-être pas longtemps, mais ils auraient au moins le mérite de ralentir les légions de César et permettraient au chef des Arvernes d'organiser sa contre-attaque. Les grandes portes de bois de l'oppidum se refermèrent lourdement. Le grand bruit qu'elles firent parcourut toute la cité, porté par le vent jusque dans les chaumières. Correos et Brennos se retournèrent en sursautant.

Garos ralentit sa course. Il observa le ciel un moment. Un coup de tonnerre venait de retentir et de gros nuages noirs commençaient à apparaître. Taranis paraissait en colère. Ces nuages avaient quelque chose d'effrayant. Ils déferlaient sur lui comme des vagues prêtes à l'engloutir. Alors qu'il s'apprêtait à fuir devant la colère divine, il fut arrêté par une vision du passé.

Amenia et ses fils Aegon, Nikos et Sanos se tenaient à présent face à lui. Il fut pétrifié, ne pouvant plus faire aucun mouvement. Il était partagé entre l'amour, la joie et la crainte. Il n'avait jamais retrouvé la sépulture d'Amenia. Elle ne reposait pas dans les grottes crétoises avec ses fils. Il y avait enterré Sanos, qui s'était donné la mort à cause de lui. Garos portait leur mort à tous sur ses épaules. Aegon et Nikos étaient morts pour lui venir en aide, Amenia était morte abandonnée et Sanos s'était suicidé suite à ses révélations. Un poids qui le faisait souffrir jour après jour. Mais tout cela était terminé. Il était mort à présent et pouvait à nouveau les retrouver. Amenia portait Sanos dans ses bras, ce dernier était encore un nourrisson. Ils venaient l'accueillir afin qu'ils puissent de nouveau retourner vivre dans leur ferme sur la montagne. Ce lieu qu'il aurait tout donné pour retrouver, ne serait-ce que pour vivre une journée près de sa famille. Garos s'approcha lentement, débarrassé de toute angoisse et de toutes douleurs. Mais, alors qu'il tendait la main vers sa femme, elle ouvrit la bouche et poussa un cri strident. Un cri porteur de douleurs, qui semblait provenir du plus profond de son être et lui arracher la gorge. Garos se boucha les oreilles et se replia sur lui-même, réaction naturelle du corps face à un danger afin de protéger ses organes vitaux.

Les deux hommes au chevet de leur ami se bouchèrent rapidement les oreilles en grimaçant. L'homme allongé près d'eux venait de rendre son dernier souffle. Il fixait le plafond en bois du bâtiment avec un regard figé, vide de toute vie et de tous sentiments. Sa barbe rousse était maculée de sang au niveau de la bouche. Sa poitrine ne se soulevait plus au rythme de ses respirations. Il ne rirait plus jamais, ne pleurerait plus, n'éprouverait plus jamais de joies ni de peines. Cet homme avait donné sa vie pour une cause qui à présent n'avait plus aucune importance pour lui, ni pour sa femme qui hurlait en refusant de lui lâcher la main. Il fallut trois personnes pour la faire sortir.

Même de l'extérieur, sa souffrance parvenait toujours aux oreilles des deux hommes.

« Il est hors de question que Garos y reste ! Ce n'est pas aujourd'hui qu'il ira dans le monde d'Antumnos[i] ! »

Correos mit une violente claque au visage sans expression de Garos. Devant le manque de réaction de ce dernier, il frappa de toutes ses forces sur son torse, comme pour relancer son cœur.

Alors qu'il tentait toujours de rejoindre Amenia, Garos ressentit un choc à la poitrine, venu de nulle part. Le coup le plaqua au sol. Les dieux refusaient qu'il retrouve sa famille, ils refusaient qu'il retrouve la vie qu'on lui avait volée. Il tenta de se relever, mais les nuages noirs le rattrapèrent et l'engloutirent. Il eut l'impression de sombrer dans la mer, il était trempé. Il avait l'impression d'être écrasé par le poids de l'eau qui lui comprimait la poitrine et l'empêchait de respirer correctement. Il n'arrivait pas à reprendre son souffle. Le fait de se débattre en agitant les bras et les jambes ne faisait que l'entraîner vers le fond. Alors qu'il n'avait plus d'air et qu'il sentait ses yeux prêts à exploser sous la pression, il vit le visage souriant de son ami Correos.

« Par Anna[ii], tu es revenu parmi nous ! Ces bâtards de Romains ne t'auront pas eu aujourd'hui ! »

Garos se redressa rapidement. Il était affolé et jetait des regards autour de lui.

« Il ne sait plus où il est, ajouta Brennos inquiet.

— Je suis toujours vivant ? Je suis toujours vivant !

— Eh oui mon ami, tu es toujours vivant ! Grâce aux dieux ! » Il lui mit une tape dans le dos.

Garos commença à hyperventiler. Ses yeux se remplirent de larmes. Les muscles de sa gorge se crispèrent, il allait craquer. Il ne voulait pas revenir, il en avait assez. Pourquoi ne pouvait-il pas mourir ?

---

[i] « Monde souterrain » ou « autre monde » dans la mythologie celtique gauloise.
ii Déesse mère de la mythologie celtique gauloise. Parfois appelée « Dana ».

Il jeta un long regard à l'épée qui pendait à la ceinture de son ami Brennos, maintenant debout. Il pensa empoigner cette épée et se l'enfoncer dans la poitrine. Tous les hommes et femmes qui se trouvaient dans cette pièce cherchaient à repousser la mort. Tout était mis en œuvre afin de gagner quelques minutes, voire quelques secondes de vie. Pour Garos, la mort était une chance.

Ses amis perçurent son angoisse.

« Garos… »

Il se retourna violemment lorsque Correos lui posa la main sur l'épaule. Il était en sueur, les yeux presque exorbités.

« Tout va bien… tu t'en es sorti…

— Ce n'est pas le cas de la moitié de notre armée… » Ajouta Brennos.

Garos l'interrogea du regard. Il reprit :

« Nous avons dû nous replier dans l'oppidum le plus proche.

— Quel oppidum ? »

Ce fut Correos qui lui répondit :

« Alésia. Les Mandubiens[i] nous ont ouvert leurs portes. Les cavaliers germains qui ont rallié César nous ont mis en déroute.

— Ils savent bien qu'ils n'ont aucune chance de tenir tête aux armées romaines. Les avantages de ces alliances doivent être nombreux… mais notre chef est plus entêté…

— Je me demande bien ce qui a pu briser les alliances entre Vercingétorix et César pour en arriver à un tel massacre ? »

Brennos avait le regard dans le vide.

« Je n'en sais rien, mais ce qui est sûr, c'est que je serais prêt à porter une armure romaine si cela pouvait empêcher de telles atrocités. » Il désigna l'homme sans vie allongé près d'eux.

Correos se courrouça.

« Tu serais prêt à devenir comme eux ? À te battre pour l'aigle romaine ?

— Tu préfères voir tes frères se faire assassiner les uns après les autres ? Voir ton fils réduit en esclavage ? De nombreuses

---

i Peuple de la Gaule celtique résidant à Alésia et ses environs.

tribus se sont alliées aux Romains ! Elles vivent maintenant en paix en profitant des avancées qu'ils ont apportées. Sans parler du soutien politique que cela nous ferait gagner sur d'autres envahisseurs ! »

Garos ne prit pas part à cette conversation qu'il jugea stérile. Il avait vu trop de peuples se battre pour les paroles d'un chef. Il avait vu ce même chef destitué par un autre qui promettait de bien belles choses. Il avait vu les dirigeants se succéder. Tous parlaient d'un avenir meilleur, d'avancées technologiques et de paix. Les envahisseurs venaient, repartaient, et d'autres leur succédaient. Les langues anciennes tombaient en désuétude, puis, un jour, les nouvelles langues tomberaient à leur tour dans l'oubli. Les choses se déroulaient toujours de la même manière.

Garos n'en pouvait plus. En portant la main à l'arrière de sa tête pour vérifier sa blessure, il s'aperçut que cette dernière ne saignait plus. Il en avait toujours été ainsi, une plaie ne restait jamais ouverte plus de quelques heures chez lui. Il était conscient que quelque chose n'était pas normal.

Il se leva brusquement et sortit en courant, ignorant les protestations de ses compagnons qui l'appelaient.

Il sauta sur le premier cheval qui se trouvait sur son chemin. Sa plaie aux côtes le faisait toujours souffrir malgré l'arrêt des saignements. Il manqua de renverser plusieurs personnes.

« Ouvrez les portes ! Ouvrez les portes ! »

Voyant le soldat lancé à vive allure dans leur direction, les gardes qui protégeaient l'entrée n'eurent pas le temps de réfléchir ni de se poser la moindre question. Les portes s'ouvrirent juste assez pour laisser passer la monture. Vercingétorix et ses généraux, placés sur les remparts de bois, observèrent ce cavalier foncer seul droit sur les fortifications qu'avaient dressées les Romains devant la ville.

« Qui est cet homme ? demanda le chef arverne.

— Aucune importance, il ne vivra pas longtemps. »

Brennos et Correos n'avaient pas réussi à rattraper leur ami. Ils virent les portes d'Alésia se refermer. C'était la dernière fois qu'ils le voyaient. Tous deux allaient mourir durant les affrontements des prochains jours. Leurs dépouilles resteraient à jamais dans le sol d'Alésia.

Garos tentait d'éviter les fossés que les Romains avaient commencé à creuser çà et là durant la nuit. De longues piques de bois étaient plantées dans le sol. César ne comptait pas attaquer la citadelle, cela aurait été inutile et ses légions étaient épuisées après des mois de marches et de batailles. Il avait l'intention d'empêcher toutes personnes d'en sortir, tout en prenant soin à ce qu'aucune armée ne puisse venir prêter main forte aux assiégés. Il avait pour cela ordonné la construction de doubles fortifications encerclant l'oppidum. Les travaux avaient rapidement débuté après la retraite des Gaulois. Garos, quant à lui, fonçait toujours droit devant. Il devait quitter cet endroit. Où allait-il ? Même lui n'en avait aucune idée. Il devait fuir, c'est tout ce qu'il savait.

Amusé par l'audace de ce soldat isolé défiant ainsi l'armée de Rome, César avait exigé qu'aucun archer ne se charge de lui. Garos finit par trouver une zone non protégée par les armées. Il s'y engouffra, bien que des soldats eussent tenté de lui envoyer leurs piques pour l'arrêter. En passant les lignes romaines, il réussit à apercevoir d'impressionnantes machines de guerre. Elles avaient été recouvertes de peinture noire. Cela permettrait aux Romains de les avancer plus près des murs d'enceinte durant la nuit sans être repérés par les sentinelles gauloises.

Garos talonna les flancs de sa monture pour qu'elle prenne davantage de vitesse. Il l'ignorait alors, mais en agissant ainsi, les soldats de César allaient se concentrer sur sa fuite, délaissant leur surveillance de l'oppidum. Cela donnerait l'occasion aux Gaulois d'entreprendre une sortie à leur tour pour chercher de l'aide.

Le voyant s'éloigner rapidement, César se mit à rire et désigna un groupe de trois cavaliers germains en uniforme romain pour le rattraper.

« Apportez-le-moi vivant ! Je veux saluer son audace avant qu'il meure, le courage fait défaut aux hommes ces temps-ci. Allez ! »

Les trois hommes s'élancèrent à leur tour. Cavaliers aguerris, ils ne tardèrent pas à rattraper le Gaulois en fuite. Les voyant arriver plus rapidement que ce qu'il avait prévu, il vit là une occasion de plus de danser avec la mort. Il avait bien l'intention d'en finir.

« Enfin ! Dis Pater, dieux des enfers et de l'autre monde, accueille-moi par pitié. »

Il prit une profonde inspiration et sauta de sa monture en pleine course. Une fois de plus il avait eu un choix à faire, un choix décisif qui allait changer le cours de sa vie. Il regarda un moment le cheval s'éloigner. Il avait pris sa décision, impossible de faire marche arrière.

Les trois cavaliers mirent pied à terre. Garos fut rapidement encerclé. Les trois hommes échangèrent des paroles que le gaulois ne comprit pas. Cela lui était égal, il ne comptait pas se défendre très longtemps. Les assaillants prenaient leur temps, observant Garos et guettant ses moindres mouvements. Ils cherchaient à deviner ses faiblesses. Au bout de quelques minutes de ce petit jeu, Garos brisa le silence.

« C'est trop long ! »

Il s'élança vers l'un des hommes pour le provoquer. Les trois soldats ne se firent pas prier et fondirent sur lui en même temps.

Chapitre 5

2024, Angles-sur-l'Anglin

Julia se tenait debout face à la sépulture qu'ils venaient d'exhumer. Elle ne comprenait pas, elle devait reprendre la totalité de ses recherches et la tâche lui semblait insurmontable. David s'approcha. Il prit son courage à deux mains et tenta une approche physique en posant délicatement la main sur son épaule. Elle ne sursauta pas.

« Tout va bien ? »

Elle haussa les épaules sans dire un mot.

« Si je peux faire quelque chose, n'hésite pas. »

Elle reprit ses esprits.

« Merci… »

Il allait s'éloigner, se sentant inutile face à son désarroi.

« David ! »

Il se retourna.

« Il y a bien quelque chose que tu peux faire. »

Un sourire apparut sur ses lèvres.

« Je t'écoute.

— Tu es médecin, je ne me trompe pas ? »

Il acquiesça en l'invitant à continuer.

« J'aurais besoin de ton avis sur cette dépouille. Je sais que tu n'es pas anthropologue, mais tu connais le squelette humain et… il faut que nous avancions. Ce n'est pas Hervé d'Anjou, très bien. Mais on doit en apprendre le plus possible sur l'homme qui est là et, surtout, la raison de sa présence à la place d'Hervé. »

David descendit sur la zone de fouille et s'approcha du sarcophage. À vrai dire, lorsqu'il lui avait proposé son aide, il s'était imaginé l'inviter à sortir pour lui changer les idées, pourquoi pas aller dîner ensemble, puis la ramener chez lui. Il était inévitablement déçu. Cependant, il n'imaginait pas que ce qu'il allait découvrir par la suite valait bien mieux que n'importe quelle soirée en compagnie de Julia.

Tous deux étaient à présent penchés au-dessus du squelette. Julia lui donna toutes les informations qu'elle possédait concernant cet homme.

« On sait qu'il s'agit d'un homme âgé d'environ soixante-dix ans, appartenant à une classe sociale plutôt élevée, mais qui ne combattait pas et ne montait pas beaucoup à cheval.

— On peut donc éliminer les chevaliers et même les seigneurs, ces derniers passaient énormément de temps sur les routes ou à diriger leurs armées depuis leurs montures.

— Oui, et les simples soldats.

— Peut-être un homme de loi ? Un moine ? »

David observa minutieusement les ossements, détaillant chaque articulation. Son regard stoppa sa course lorsqu'il arriva au bassin. Quelque chose retint son attention, quelque chose qui ne lui était pas inconnu. Il reprit sur un ton plus calme.

« … Ou un médecin…

— Sûrement oui…

— Arrêtez, avec vos hypothèses ! »

Cette voix, Julia la connaissait parfaitement bien. Arthur les avait rejoints et s'accroupit à son tour pour se rapprocher de la dépouille.

« Tout ça ne tient pas la route. »

David n'osa pas tenir tête à Arthur. Il ne faisait pas partie du milieu archéologique, était bénévole et fraîchement arrivé sur le chantier. Il n'avait donc pas l'intention de faire des histoires ou de tenir tête à ceux qui avaient plus d'expérience que lui.

En observant Arthur, il ne put s'empêcher de remarquer les nombreuses cicatrices sur ses avant-bras, tout comme sur ceux de Julia, Thomas et Mégane.

Cette dernière commençait d'ailleurs à ne plus supporter le comportement d'Arthur. Il avait changé, du jour au lendemain, sans raison apparente et cela la rendait folle. L'incompréhension se mêlait la colère.

« Tu fais un concours ? Être le plus con possible en un laps de temps record ? »

Ni Arthur ni David ne s'attendaient à cette réponse. Le médecin afficha un sourire en coin. Arthur ne releva pas cette remarque, il souhaitait éviter autant que possible, lui aussi, de faire des histoires. Il reprit sur un ton plus calme.

« Votre homme, il a le bassin dévié. »

David releva brusquement la tête, interloqué. Arthur le remarqua immédiatement.

« Tu n'es pas le seul à bien connaître le squelette humain. La déformation que l'on aperçoit au niveau du bassin est signe que notre homme était un cavalier, et pas des moindres à mon avis. »

Julia se tourna vers David, l'interrogeant du regard.

« Ce type de déformation peut en effet être dû à la posture des cavaliers… dans certains cas » ajouta calmement David.

Arthur fit un sourire en coin. Il ne souhaitait pas faire d'histoires, mais il n'avait pas l'intention non plus de laisser ce médecin sorti de nulle part marcher sur ses plates-bandes.

« Dans certains cas… »

David haussa le ton. Il n'appréciait pas la manière qu'avait Arthur de s'en prendre à eux dans le seul but de les humilier.

« Oui, uniquement dans certains cas. Il peut s'agir d'une malformation de naissance, d'une blessure mal remise, d'une maladie des os… »

Arthur se leva et fut immédiatement imité par David. Julia observait la scène, impuissante.

« Une maladie des os aurait laissé bien plus de dégâts !

— Parce que tu connais le stade exact de la maladie ?

— Ce n'est pas la première dépouille de cavalier que j'étudie. Qu'es-tu capable de faire sans tes dossiers médicaux ?

— Tu m'étonnes que l'on connaisse mal notre histoire si les archéologues font des analyses à vue de pif. »

Leurs excès de virilité commencèrent à interpeller les autres membres de l'équipe. Julia aurait voulu les calmer, s'interposer, mais les deux hommes en étaient maintenant à se bousculer et n'allaient pas tarder à en venir aux mains. Elle commença à hyperventiler, ses vêtements la gênaient, elle avait l'impression d'étouffer, qu'on lui comprimait la poitrine.

« Retourne soigner des rhumes et laisse-moi gérer mon chantier !

— Ton chantier ? »

David éclata de rire.

« Va te faire foutre, Arthur ! »

Julia n'en pouvait plus, mais était incapable de bouger. Elle posa ses mains sur ses oreilles et les comprima pour ne plus les entendre. Leurs cris donnaient l'impression d'un lointain écho. Elle s'enfonça de plus en plus dans sa bulle. Il fallait qu'elle trouve une échappatoire. Elle se mit à lister dans sa tête toutes les espèces de dinosaures qu'elle connaissait, une technique qui lui permettait de faire le vide dans son esprit, et ce, depuis toute petite. Connaissant bien plus d'espèces à trente ans qu'à dix ans, cette technique fonctionnait de mieux en mieux.

Arthur baissa les yeux et s'aperçut de son état.

Sans perdre une minute, il ignora les insultes du médecin et s'accroupit à ses côtés.

David, quant à lui, fut emmené à l'écart par le professeur Scoria.

Arthur mit doucement ses mains sur les épaules de Julia et tenta de se faire rassurant.

« Julia, tu m'entends ? Je suis désolé, Julia… écoute ma voix. »

Il posa sa main sur son thorax pour essayer d'accompagner sa respiration et la caler sur la sienne. Julia parvint à ralentir son rythme cardiaque. Elle lui en voulait, elle le détestait même d'avoir provoqué ce conflit avec David. Mais pour le moment, il était le seul capable de la calmer dans ce genre de moment. Elle remit donc ses reproches à plus tard.

« Tu veux quitter le chantier ? Aller prendre l'air ? »

Elle fit « oui » de la tête et tous les deux quittèrent la chapelle.

Le lendemain, après une série de reproches de la part de Julia et de mises en garde de la part du professeur Scoria, les deux hommes s'étaient donné une froide poignée de main et avaient tous les deux promis de ne plus faire de vagues.

« Si vous avez envie de vous provoquer en duel à l'aube, cela ne me regarde pas. Et vu que ça ne me regarde pas, cela n'a pas à intervenir sur mon chantier. Est-ce bien clair ? »

Arthur et David avaient tous les deux acquiescé, n'osant rien dire, comme deux écoliers se faisant réprimander. Le professeur Scoria insista.

« « Mon » chantier, Arthur. Pas le vôtre.

— Bien monsieur. Cela ne se reproduira plus. »

Ils étaient décidés à faire profil bas. À nouveau tous les trois postés devant la dépouille, ils reprirent leur analyse dans le calme. Arthur prit la parole en premier.

« Nous avons donc bien affaire à un homme qui passait beaucoup de temps à cheval. »

Il leva les yeux vers David qui ne réagit pas. Il continua.

« Quel âge était censé avoir Hervé d'Anjou au moment de son décès ? »

Julia sentait cependant que cette conversation n'allait pas lui plaire.

« Trente-sept ans.

— Il serait donc né en 1337, c'est bien ça ?

— Où tu veux en venir, Arthur ? »

Il baissa la tête en soupirant. Contredire cette femme pour qui il éprouvait toujours des sentiments ne lui procurait aucun plaisir. Il voulait sincèrement qu'elle trouve ce pour quoi elle était venue. Mais Arthur avait toujours été quelqu'un de maladroit. Consoler une personne en souffrance était pour lui la pire des épreuves. Il ne manquait pas d'empathie, bien au contraire. Mais il était incapable de trouver les mots justes et ses paroles provoquaient souvent plus de malaise que de réconfort. Julia le savait très bien et en avait plus d'une fois souffert.

« Dans combien de documents est-il fait mention d'une date de naissance concernant Hervé ? »

Julia ne répondit pas immédiatement. Elle savait très bien où il voulait en venir.

« Un seul… »

Il grimaça.

« Et quand a été écrit ce document ? »

Elle le fixa droit dans les yeux. Plusieurs secondes s'écoulèrent ainsi.

« En 1570… par un chroniqueur anglais. »

Arthur acquiesça et se leva sans dire un mot. Il quitta le chantier après avoir salué plusieurs de ses collègues.

Mégane et Thomas, qui étaient appuyés contre un des murs de l'église n'avaient pas perdu une miette de la scène.

« Je ne sais plus quoi faire pour l'aider. Ces deux-là, c'est une histoire qui n'en finira jamais… »

Thomas acquiesça d'un mouvement de tête.

« Je ne sais plus quoi faire non plus, crois moi…

— Ce n'est pas encore le moment pour toi, elle l'a trop dans la peau. »

N'ignorant rien des sentiments de Thomas pour Julia, elle se doutait du déchirement qu'il devait ressentir en la voyant s'attacher autant à Arthur.

Julia se prit la tête entre les mains. David n'osait plus dire quoi que ce soit, préférant la laisser gérer ses émotions. Ce fut elle qui rompit le silence.

« Il a raison. Cette espèce… d'enfoiré… a raison. »

Elle prononça ces mots en pointant du doigt la direction dans laquelle Arthur était parti.

David cherchait à comprendre le fond de leurs échanges qu'il avait suivis sans réellement en saisir la portée.

« Mais à propos de quoi ?

— Rien ne prouve qu'Hervé d'Anjou soit bien né en 1337 comme je l'avance. Le seul document qui mentionne sa date de naissance a été écrit par un chroniqueur anglais, près de deux cents ans après les faits. On sait très bien qu'Hervé a combattu les Anglais et s'est particulièrement illustré à la bataille de Poitiers en 1356. On peut donc dire que ce n'est pas vraiment un héros national en Angleterre.

— Tu penses que cette date est fausse ?

— Je pense que, quand ton histoire est écrite deux cents ans après ta mort, par une personne venant du pays avec lequel le tien a été en guerre pendant cent seize ans, on ne peut pas espérer trouver que des vérités dans ta biographie. »

Elle s'excusa, se leva et quitta le chantier à son tour.

***

Le soir commençait à tomber sur le village d'Angles. Tout le monde avait quitté le chantier, épuisé par une journée de fouilles sous une chaleur écrasante. Alors qu'il était en pleine montée vers la ville haute, David tâta les poches de son jean à la recherche de ses clefs.

« Et merde… je les ai oubliées sur le chantier. »

Il se mit à courir, espérant qu'il ne trouverait pas l'église fermée et qu'un travailleur tardif serait toujours présent. Julia venait de fermer la lourde porte en bois et remontait en sens inverse. Il s'arrêta à sa hauteur.

« Julia, j'ai laissé mes clefs sur le chantier. Tu pourrais m'ouvrir ? »

David avait beau afficher le plus beau de ses sourires, Julia n'avait pas vraiment passé une agréable journée et avait pardessus tout envie de rentrer. Les révélations de Victoria et ses échanges avec Arthur l'avaient quelque peu abattu, et ce, depuis plusieurs jours. Elle tendit les clefs à David.

« Tiens. Pense simplement à bien fermer derrière toi. »

Il prit les clefs et la regarda s'éloigner.

« Si je peux faire quelque chose… »

La fin de sa phrase se perdit dans le vent. Julia continua sa route sans se retourner.

Bien qu'il ne soit pas insensible à son charme, David se réjouissait de la tournure que prenait cette soirée. Être seul sur le chantier allait lui permettre d'étudier librement et de plus près la déformation qu'il avait notée sur la dépouille d'Hervé d'Anjou.

Alors qu'il arrivait au détour du mur de l'église, il fut violemment bousculé par une personne arrivant précipitamment en sens inverse. Le choc le surprit, si bien qu'il manqua de chuter. L'inconnue s'excusa.

« Oh ! Je… je suis vraiment désolée ! Je ne regardais pas devant moi. »

David reprit ses esprits, prenant l'incident avec philosophie.

« Ne vous en faites pas, vous n'avez rien ? »

Il releva la tête et découvrit alors une femme à la longue chevelure rousse et aux yeux bleu océan. Sans lui répondre, elle afficha un sourire gêné, s'excusa encore une fois et reprit sa route de manière précipitée.

David la regarda un instant s'éloigner. Un détail physique plutôt atypique chez cette femme avait attiré son attention. Il ne s'y attarda pas plus longtemps, son esprit était orienté vers autre chose.

Arrivé devant la grande porte de l'église, David eut un moment de flottement. La serrure semblait avoir été forcée. Métal rayé, tordu, impact d'outil, il aurait pu jurer qu'il ne l'avait pas vue dans cet état ce matin.

Il se mit alors à courir, tentant de rattraper cette femme dont la présence ici devenait de plus en plus suspecte. Bien entendu, elle était déjà loin.

David ne perdit cependant pas son objectif de vue, bien que tout cela soit étrange, les pilleurs de chantiers archéologiques étaient nombreux et il aurait tout le temps d'en avertir le responsable d'opérations le lendemain. Il chassa cet événement de son esprit et entra dans l'église.

***

Comme à leur accoutumée depuis le début du chantier, Mégane et Thomas étaient attablés à la terrasse du café de la ville haute, sur la place principale. Dès leur rencontre au début de la campagne de fouille, les deux archéologues s'étaient liés d'amitié.

« Et tu me dis que tu parles combien de langues ? »

Thomas n'avait plus du tout la même attitude que sur le chantier, il était à présent plus décontracté, à son aise, et sûr de lui. Il afficha un large sourire avant de répondre :

« Six couramment et trois que je peux comprendre, mais difficilement parler. »

Mégane était abasourdie. Il lui était déjà arrivé de remarquer que Thomas maîtrisait parfaitement bien le latin. Il était capable de traduire les inscriptions retrouvées et les anciens documents comme s'il s'agissait de sa langue maternelle. Mais six langues couramment, elle était impressionnée.

En cette saison, Angles était une ville assez touristique et la terrasse du café était occupée par de nombreuses familles et couples en vacances dans la région. Mégane décida de tester les connaissances de Thomas.

« Le groupe derrière toi, quelle langue parle-t-il ? »

Thomas se recula légèrement en arrière pour capter tous les intonations et tonalités de la langue.

« Du grec. Sans hésiter. Mais je ne pourrai pas te traduire leur conversation parfaitement. Je suis plus à l'aise avec le grec ancien.

— À notre gauche. »

Thomas tendit l'oreille.

« Facile, hongrois. Bien qu'encore une fois, je maîtrise plus facilement le dialecte ancien des langues finno-ougriennes.

— Tout le monde n'en a qu'après Arthur, mais, si tu veux mon avis, je trouve que tu es un archéologue bien plus impressionnant que lui… plus discret, certes. »

Thomas eux un faux sourire gêné, il reposa sa bière.

« N'essaie pas de me draguer Mégane, mon cœur appartient déjà à une autre, tu sais.

— Non sans rire, tu es capable de traduire l'ancien celte, le grec ancien, le latin, sans déconner, on dirait que tu as vécu mille ans ! »

Il ne répondit rien, se contentant de boire une nouvelle gorgée de bière en acceptant le compliment.

***

Environ une demi-heure plus tard, David emprunta le pont qui séparait la ville en deux. Il faisait encore doux. Le soleil ne brillait plus, mais éclairait le ciel d'une lumière rose qui lui semblait presque irréelle. Il s'arrêta un moment, s'appuya contre la rambarde et observa le vieux moulin à eau toujours en fonctionnement. Rien n'avait changé. Lorsque l'on observait le vieux château médiéval perché fièrement sur son rocher, les maisons en pierre et ce vieux moulin dont les pales de la roue en bois fouettaient l'eau de la rivière, on aurait pu se croire plongé à nouveau au XIVe siècle. Cette idée enchantait David. Il n'avait jamais aimé son époque et était nostalgique de ces temps reculés.

Bien que médecin, et avant tout une personne tournée vers l'avenir, il vouait une véritable passion au passé. Il souhaitait préserver la vie et combattre la mort à tout prix. Il voulait voir des mondes se construire, voir la manière dont allaient évoluer les sociétés, les mœurs, les religions et les langues. Mais il était bien conscient que ce type d'évolution était réparti sur des centaines d'années, voire des milliers pour certaines. Qu'en était-il de l'espérance de vie humaine ? Quatre-vingt-dix ans pour les chanceux. Cela ne lui suffisait pas. Quelles grandes évolutions pouvait-il observer sur un laps de temps aussi court ?

Au bout de plusieurs minutes de montée vers la ville haute, ses jambes commencèrent à le faire souffrir et il dut s'arrêter pour reprendre son souffle. S'il voulait vivre au moins quatre-vingt-dix ans, il devait déjà commencer par faire plus d'exercices physiques.

Parvenu enfin devant sa maison, il lâcha un long soupir.

Il entra chez lui, referma la porte et ne prit même pas le temps de retirer ses chaussures.

Ce qu'il avait observé sur la dépouille retrouvée dans l'église le travaillait. Il n'avait pas voulu faire de vagues et n'avait pas contredit la théorie d'Arthur, mais il savait pertinemment que la déformation qu'il avait vue n'était pas due à une activité cavalière et son observation de ce soir le confirmait. Pour lui, aucun doute, il s'agissait d'une malformation de naissance.

Il monta les escaliers et arriva dans son bureau. La pièce ne possédait qu'une grande fenêtre sur le mur donnant sur la rue. Le bureau du médecin était placé dos à celle-ci. Les autres murs étaient recouverts par des bibliothèques anciennes au bois vermoulu qui montaient jusqu'au plafond. Les étagères semblaient prêtes à céder sous le poids des livres, dont certains semblaient dater de plusieurs siècles. Les livres en cuir du passé côtoyaient les manuels actuels de médecine. Sur le sol, on pouvait retrouver de nombreux ouvrages empilés les uns sur les autres. Le lieu ressemblait plus au repaire d'un vieux bouquiniste du XIXe siècle qu'au bureau d'un médecin.

David se laissa tomber lourdement dans son fauteuil. Il renversa sa tête en arrière et resta ainsi un long moment. Il prit de grandes bouffées d'air qu'il expirait lentement. Il releva soudain la tête.

Son goût pour le passé n'était pas si éloigné des études de médecine qu'il avait faites. Les différentes branches de sa généalogie possédaient plusieurs médecins, et ce, depuis l'époque médiévale. L'un d'entre eux était originaire du village d'Angles et s'adonnait, en parallèle de ses activités, à l'alchimie.

David s'était toujours senti très proche de cet homme ayant vécu ici même au XIVe siècle.

Tout comme lui aujourd'hui, cet illustre ancêtre possédait une vision du temps qui ne s'étendait pas sur la durée d'une vie humaine. Il voyait bien au-delà et avait laissé de nombreux manuscrits adressés à ses descendants, peu importe leur nombre et leurs activités. Il y avait consigné ses recherches, des notes sur l'alchimie et sur les résultats obtenus, ainsi que des dossiers complets sur les patients qu'il avait soignés durant son temps d'activité. Son but ? L'étude de l'immortalité. Il n'était pas parvenu à percer ce secret, mais avait été bien décidé à tout faire pour que ses descendants y parviennent.

Devant un tel héritage, de nombreux membres de la famille s'étaient tournés vers des études de médecine ou sur le fonctionnement de la nature, des éléments cosmiques et les sciences. La plupart avaient continué à alimenter carnets de recherches sur carnet de recherches, qu'ils avaient ensuite transmis à leurs enfants. Tous les écrits qui avaient pu résister aux dommages du temps étaient à présent dans cette pièce. David quitta son fauteuil. Il était le gardien de plusieurs siècles de mémoires familiales.

Une déformation due au cheval… Mon cul, oui !

Il se dirigea vers l'une des bibliothèques surchargées de livres et attrapa délicatement celui qui était sans doute le plus précieux de sa collection. Le manuscrit était assez lourd, avec une magnifique couverture en cuir. Cette dernière était craquelée suite à plusieurs siècles d'alternance entre milieu sec et milieu humide. Les épaisses pages de parchemin étaient légèrement ondulées et certaines présentaient des traces de moisissure.

Ce manuscrit appartenait à Melchior de Buxeuil, l'illustre ancêtre de David qui avait donné à sa lignée sa destinée scientifique et qui avait été médecin à Angles au XIVe siècle.

Il posa délicatement le livre sur son bureau et en parcourut les premières pages. Melchior y avait décrit le début de sa vie. Son année de naissance, 1301, son éducation, le nom des maîtres qui l'avaient inspiré, sa découverte de la médecine et ses différentes rencontres avec des seigneurs de l'époque. Il avait également pris soin, toujours dans un désir de postérité, d'effectuer un autoportrait associé à une description physique. Il y mentionnait sa taille, son poids et ses particularités. Ce sont ces informations que recherchait David. Il parcourut les quelques lignes.

« Taille… vêtements… état de la dentition… allez, où es-tu ? démarche boiteuse ! »

Il l'avait enfin sous les yeux.

« Malformation du bassin… de naissance. »

Il se précipita à nouveau vers la bibliothèque afin de consulter un livre un peu plus récent, datant du XIXe siècle et rédigé par son arrière-arrière-arrière-grand-père. Cet ouvrage contenait un arbre généalogique complet de sa famille.

« Melchior de Buxeuil… 1301… décès… 1374, Angles-sur-l'Anglin… 73 ans. »

Il se laissa retomber sur sa chaise de bureau, le livre ouvert posé sur ses genoux. Il fit pivoter le siège en direction de la fenêtre. De ce point de vue, il pouvait admirer l'église dans laquelle la dépouille avait été découverte. Il l'observa un moment, puis sourit.

« Ravi de t'avoir trouvé… cher ancêtre. »

Chapitre 6

121, Britannia,
camp militaire romain

Le bruit que faisait la pluie en tombant sur la toile de tente dressée à la hâte en début d'après-midi berçait les réflexions de l'homme attablé à son bureau. Cela devait faire plus d'une heure qu'il écrivait. Les phrases lui venaient naturellement. Les faits qu'il citait étaient récents et encore frais dans son esprit, mais le choix des mots revêtait pour lui une importance capitale. Il avait toujours été un homme de lettres, et ce, depuis son plus jeune âge. Beaucoup l'avaient considéré comme un étranger, lui reprochant sa manière de parler et son accent qui trahissait sa naissance dans une autre province de l'Empire. Ils avaient tout fait pour l'empêcher d'accéder à la charge qui était aujourd'hui la sienne. Il avait dû se battre, serrer les dents et accepter d'obéir à ces hommes politiques enroulés dans leur toge. De nombreuses nuits blanches et un mariage forcé plus tard, il se retrouvait à la tête de l'empire le plus puissant du monde. Ces mêmes hommes qui avaient autrefois pris plaisir à l'humilier le craignaient aujourd'hui dans leur sommeil.

Un groupe de soldats passa près de sa tente. Les bribes de leurs discussions vinrent jusqu'aux oreilles de l'empereur et le tirèrent de ses réflexions. Il entendit leurs pas s'éloigner dans la boue. L'air était humide, il se sentait moite et sa tunique sentait mauvais.

De retour des frontières germaniques de l'Empire, il était à présent dans le nord de la province que ses ancêtres avaient nommée Britannia. À quelques lieues de là se trouvait la limite la plus au nord de son territoire. Au-delà, les Pictes n'obéissaient pas à l'aigle romaine et porter un uniforme de la légion était synonyme d'un aller direct pour le monde des morts.

En cette année 121, il n'était pas venu en ces terres reculées pour apporter la guerre, bien au contraire, c'est un tout autre objectif que visait l'empereur Hadrien[i].

Aussi ambitieux que généreux, sévère que magnanime, il travaillait à un projet plus grand que l'expansion territoriale débutée par ses prédécesseurs. Être à la tête de l'Empire romain était une chose, mais être le plus grand empereur que cet empire ait connu était pour lui une nécessité. Attribuant sa réussite au bon vouloir des dieux, il ne pouvait que les remercier en étant l'homme qui ferait le plus pour l'Empire. Quand Rome s'était fondé sur la guerre au point d'y attribuer une entité divine, l'Empereur souhaitait être celui qui apporterait la paix. Il avait vu des hommes mourir, des familles entières agoniser dans les rues en récupérant le peu d'eau qu'elles pouvaient trouver dans les flaques croupies. Il avait vu les corps encore chauds et éviscérés tomber sur les champs de bataille, dans le but de repousser les frontières de quelques dizaines de kilomètres. Il ne serait pas cet homme-là.

Cela faisait plusieurs mois que l'Empereur avait entrepris de se rendre dans toutes les provinces de son empire. Il souhaitait vérifier l'état de chaque camp fortifié, connaître l'étendue exacte de chaque frontière et rencontrer les populations les plus éloignées de Rome. Hadrien souhaitait nouer des alliances avec les peuples les plus dangereux qui menaçaient son pouvoir, nourrir les populations qui étaient dans le besoin et renforcer les légions en leur affectant plus d'hommes. Il voulait que son règne soit une période de paix, d'abondance et de gloire pour Rome.

---

i Empereur de Rome de 117 à 138.

Alors qu'il écrivait maintenant rapidement avec son stylet, soufflant par moments sur sa tablette de cire afin d'en chasser les fins copeaux qui s'en détachaient, un homme en uniforme militaire pénétra sous la tente et salua l'Empereur.

« Ave Caesar ! »

L'Empereur releva la tête, apparemment mécontent d'avoir été interrompu en pleine écriture. Il aimait ses hommes, qui lui étaient dévoués et possédaient un courage indéniable. Mais en tant que chef, il ne devait pas se montrer trop familier. Se montrer trop proche d'eux au point de s'adonner à certains jeux de boisson à leurs côtés lui avait déjà valu le rejet du Sénat. Bien qu'il ne portât pas dans son cœur ces vieillards en liquette et qu'un simple geste de sa part pût les envoyer directement chez Pluton[i], il avait besoin de leur appui politique et ne souhaitait pas être ce genre de dirigeant.

L'opinion publique se souvenait encore des faits de Néron qui fut empereur de Rome de l'année 54 à l'année 68. Toujours décrit comme un tyran et un bourreau, toujours craint et détesté près de cinquante ans après sa mort. Son nom était murmuré avec crainte, et la peur qu'il revienne du monde des Manes[ii] pour continuer ses atrocités était toujours présente au sein du peuple.

Hadrien était un homme instruit. C'était grâce à ses nombreuses lectures qu'il avait appris tout ce qu'il savait et tout ce que le peuple savait sur ses prédécesseurs. Il était conscient que les futurs écrits le concernant allaient être déterminants pour sa postérité et l'image que les générations prochaines se feraient de lui. Il rendit son salut au chef de guerre.

« Ave ! »

---

i Dieu des Enfers dans la mythologie romaine.

ii « Monde des Manes » signifie « Monde des morts ». Les Manes étant considérés comme les esprits des ancêtres.

Le militaire marqua un temps d'arrêt. Hadrien perçut son malaise. Il brisa le silence.

« La neuvième légion est arrivée ?

— Non Imperator... »

Hadrien se pencha sur sa tablette de cire et continua d'écrire.

« J'avais pourtant demandé à n'être dérangé que lorsque la légion serait arrivée.

— La Légio IX Hispania a quitté Noviomagus en Pays Batave il y a plusieurs semaines et devait...

— ... faire une halte de plusieurs jours dans la garnison de Juliobona en Gaule, puis remonter vers Camulodonum, dans la province où nous nous trouvons. Mes éclaireurs m'ont bien informé ?

— Oui Imperator. La légion a bien quitté Noviomagus, mais nous perdons ensuite sa trace. »

Le stylet de l'empereur s'arrêta net. Il ne leva toujours pas la tête. L'homme continua son rapport.

« Elle n'est toujours pas arrivée à Juliobona. Les éclaireurs évoquent l'idée qu'elle aurait pu être attaquée en traversant les forêts de la Gaule Belgique. Certains généraux sur place l'ont vue y pénétrer... Elle n'en serait apparemment jamais ressortie. »

Hadrien laissa échapper son stylet. Il soupira longuement, il lui fallait organiser ses idées.

« Qui était le légat de la légion ?

— Lucius Quartus Celtio

— Un celte ?

— D'une famille celte, le quatrième Lucius de la famille. Son ancêtre Lucius Celtio est le premier à avoir rejoint la Légion comme simple légionnaire dans la quatorzième, sous l'Empereur Claude. »

Hadrien acquiesça.

« Très bien, envoie des éclaireurs sur place. Je veux tout savoir sur cette disparition. Allez ! »

Le général salua l'Empereur puis sortit de la tente. La pluie n'avait toujours pas cessé.

L'empereur Hadrien se devait de rester ferme et de ne montrer aucun signe de faiblesse. Ses hommes devaient absolument croire qu'il maîtrisait ses émotions et la situation. Mais la disparition de cette légion l'inquiétait. Ses soldats étaient dévoués à l'Empire, ils étaient jeunes et méritaient mieux que de terminer leur vie éventrés dans un fossé alors que cette dernière venait de débuter. Les muscles de sa mâchoire se contractèrent, ses mains jointes tremblèrent. Toute une légion envolée, cela était impossible. Rome avait maté les rébellions gauloises en prétendant apporter la civilisation, les écoles, les aqueducs, le modernisme et le raffinement. À cet instant, il prit davantage conscience du rôle qu'était le sien. Il devait pacifier l'Empire et empêcher coûte que coûte les attaques extérieures, sans pour autant minimiser les échanges commerciaux et les bonnes relations.

Hadrien chercha une nouvelle tablette de cire. Ses désirs de paix l'avaient déjà poussé à entreprendre des fortifications au niveau des frontières germaniques de l'Empire, une zone où les attaques extérieures étaient particulièrement nombreuses, comme en témoignait le massacre probable de la neuvième légion. Il fut sorti de ses réflexions une fois de plus par des cris d'alerte venant de l'extérieur. Un légionnaire passa en courant devant la tente et Hadrien n'eut aucun mal à comprendre ses paroles. Il hurlait, la voix chargée de peur :

« Les Pictes ont attaqué la patrouille ! »

Aucune de ses provinces n'était en sécurité. La Calédonie ne se laisserait pas annexer par Rome et, de toute manière, cela n'était pas dans les projets de l'empereur. Il refusait de sacrifier plus encore la vie de ses soldats et des civils. Des fortifications devraient également être construites en ce lieu. Mais pour l'heure, la neuvième légion occupait toutes ses pensées. Que s'était-il réellement passé dans cette forêt du nord de la Gaule ?

***

La brume qui recouvrait l'épaisse forêt plongeait les soldats survivants dans la confusion. Le froid et l'humidité des sous-bois, ajoutés au souffle des chevaux et à la respiration paniquée des hommes, provoquaient un brouillard qui réduisait le champ de vision. Les légionnaires avaient l'impression de se battre contre du vide, ne voyant pas plus loin que le bout de leur glaive. Certains avançaient lentement, leurs armes pointées droit devant eux à la recherche d'un ennemi. Ceux qui n'osaient même plus bouger avaient l'impression d'être encerclés par les cris et les supplications de leurs frères agonisants. Ceux qui tentaient tout de même de se battre envoyaient des coups à l'aveugle dans la brume, entourés par le bruit des montures des Celtes.

Les soldats se retournaient dans tous les sens, hurlant contre le vent, frappant de toutes leurs forces les arbres qu'ils prenaient pour leurs assaillants. Certains s'entre-tuaient même par mégarde. Les légionnaires finirent par être fauchés les uns après les autres par des ombres sorties tout droit du brouillard. Elles leur sautaient parfois dessus depuis les hautes branches des arbres. Les Romains ne connaissaient pas ce territoire et ne parvenaient pas à utiliser le terrain à leur avantage. Excellents en tactique militaire, cette compétence ne leur était d'aucune utilité si on les privait de la vue. Le peu d'hommes encore en vie s'enfuit, courant au hasard et dérapant sur les corps ensanglantés de leurs frères d'armes.

Un cavalier romain tentait de se repérer à l'aveugle, motivant les hommes qu'il entendait courir et hurler autour de lui. Il leur criait des phrases d'encouragement qui se perdaient dans l'air, n'atteignant jamais leurs destinataires. Les cris cessèrent peu à peu et finirent par s'éteindre totalement. Il n'y eut bientôt plus un bruit dans la forêt. L'homme tournait la tête nerveusement dans tous les sens. Il avait du mal à déglutir et respirait rapidement. Sa monture tremblait, harassée par la fatigue des derniers jours de marches forcées et par le stress de la situation. Le silence de quelques secondes lui sembla durer une éternité, un moment en suspens où tout semble ralenti et où tous les sens paraissent surdéveloppés. Lucius Quartus Celtio entendit près de lui un oiseau prendre son envol. À sa droite, un léger sifflement attira son attention. La flèche qui fendit l'air lui transperça l'épaule. Il mit une seconde à réaliser ce qu'il venait de se passer et une seconde de plus à ressentir la douleur. Le temps qu'il éperonne sa monture pour fuir, un deuxième sifflement se fit entendre. La deuxième flèche lui transperça la main. Il poussa un cri de douleur. Son cheval fila droit devant. Le commandant de la neuvième légion ne savait pas dans quelle direction fuir, redoutant à tout moment la collision avec un arbre ou un cavalier. Un soldat ennemi le suivait de près. Il l'entendait se rapprocher de plus en plus. Plusieurs flèches frôlèrent son cheval. Il ne pouvait pas s'arrêter, ni même ralentir.

S'il est une chose positive dans la mort, c'est que vos souffrances finissent par prendre fin, quoi qu'il advienne. Julius savait que si les Celtes s'apercevaient qu'ils ne pouvaient pas le tuer, ils se livreraient à toutes sortes de tortures et d'expériences macabres. Il n'avait donc pas d'autre choix que de fuir, une fois de plus. Le manque de visibilité eut finalement raison de lui. Son cheval trébucha dans un fossé caché par la brume et les branches disposées par les rebelles. Le cavalier et sa monture basculèrent en avant et s'écrasèrent sur le sol dans un bruit sourd. Ils roulèrent dans la boue sur plusieurs mètres. Des mottes de terre volèrent dans toutes les directions. Lucius heurta le sol violemment et son dos s'écrasa sur des branches dont l'une lui transperça les reins. Son cheval s'écrasa sur lui de tout son poids. Il sentit les os de ses côtes craquer et poussa un hurlement qui se perdit entre les arbres. Au bout de quelques secondes, le calme se fit autour de lui et tout redevint silencieux. Son cheval ne bougeait plus. Lucius tentait de respirer malgré le poids de l'animal qui lui comprimait la cage thoracique.

Perdant presque connaissance, ses souvenirs vinrent une fois de plus se bousculer dans son esprit. À l'approche de la mort, certains humains ont la possibilité de voir les moments les plus importants de leur vie. Une sorte de récapitulatif de leur passage sur terre. Beaucoup expliquent ce phénomène comme une action neurologique permettant d'appréhender ses derniers instants avec plus de sérénité. Mais lorsqu'on a plus de deux mille cinq cents ans de souvenirs, il est difficile pour le cerveau de faire le tri. Lucius fut transporté vers son passé celte, cent cinquante ans plus tôt, à l'époque où il portait encore le nom de Garos.

Après la défaite de la coalition gauloise à Alésia et après être venu à bout des trois cavaliers qui l'avaient pris en chasse, Garos était résolu à disparaître. Il s'était réfugié dans les épaisses forêts du pays des Bituriges, peuple celte occupant le territoire de l'actuel Berry dans le centre de la France. Il avait vu tout ce qu'il avait à voir en ce monde et avait été témoin de l'évolution de ce dernier.

Les petits villages de fermiers avaient disparu et avaient donné naissance à des villes abritant les demeures imposantes des chefs. Ces villes étaient devenues des cités avec à leur tête de nouveaux dirigeants. Ceux qui se présentaient comme de grands hommes parvenaient toujours à convaincre d'autres hommes que leurs vies seraient plus agréables s'ils réussissaient à anéantir la cité qui se trouvait de l'autre côté des collines. Alors, les hommes obéissaient et s'entre-tuaient. Les cités en ruines redevenaient de petits villages agonisants, témoins d'une grande civilisation passée en phase d'être oubliée et finissaient par être désertées. La forêt reprenait ses droits et ainsi une civilisation s'éteignait à jamais.

Puis, d'autres groupes commençaient à défricher les forêts, se réappropriant les anciennes ruines en apportant avec eux de nouveaux dieux toujours aussi nombreux, dont les noms et les caractéristiques ressemblaient étrangement aux précédents.

L'Empereur actuel, Hadrien, était arrivé au pouvoir avec des désirs de paix, de prospérité et d'honnêteté. Il n'était pas le premier et ne serait pas le dernier à essayer.

Garos était donc résolu à s'isoler du monde des hommes. Il avait vécu dans la forêt, dans les ruines d'une ancienne maison de bois, vestige d'un village qui avait sûrement été florissant dans le passé. Il avait chassé, pêché et appris à se fondre dans la nature comme un animal. Il avait dû se cacher dans les fourrés au passage des troupes romaines et même simuler sa propre mort lorsque des vagabonds égarés s'étaient infiltrés dans son refuge. Le croyant victime de maladie, ils n'avaient pas mis longtemps à quitter les lieux en promettant de ne jamais revenir.

C'était la première fois qu'il restait aussi longtemps au même endroit. En ce lieu, il n'y avait personne pour s'apercevoir qu'il ne prenait pas une ride, que ses cheveux ne blanchissaient pas, que son dos ne se courbait pas et que ses mouvements n'étaient pas ralentis par les années.

Sa retraite loin du monde se déroulait selon ses plans jusqu'à ce matin de l'année 37 du calendrier julien.

Pour l'Empire romain, auquel allait bientôt appartenir Garos sous le nom de Lucius Celtio, l'année 37 fut une année tristement symbolique.

L'empereur Caligula, surnommé parfois « l'Empereur fou », fut propulsé à la tête de L'Empire en mars. Six mois plus tard, Lucius Domitius Ahenobarbus prenait sa première bouffée d'air et poussait son premier cri. Ce nouveau-né, porteur d'espoir et symbole de l'arrivée d'une nouvelle génération à une époque où atteindre un âge avancé était un luxe, prendrait un jour la tête de l'Empire sous le nom de Néron[i]. Un halo de sang allait s'abattre sur les rues de la cité durant les règnes de ces deux Empereurs.

Mais pour l'heure, la forêt dans laquelle résidait Garos était baignée de lumière. Le soleil se faisait de plus en plus chaud. La fête d'Ostara était passée, les couples d'animaux commençaient

[i] Empereur de Rome de 54 à 68.

à mettre bas, les fleurs réapparaissaient dans les bosquets et les arbres se couvraient de leurs épais manteaux feuillus.

Tout comme pour le monde des hommes, Garos remarqua à quel point la nature était cyclique. Il avait assisté à de nombreuses renaissances. Il avait vu la nature s'éveiller plus d'une fois devant ses yeux. Après toutes ces années, les hommes continuaient d'attacher une importance toute particulière à fêter ce retour des beaux jours. Ils étaient porteurs d'espoir. Tout comme ceux qui avaient réussi à survivre aux froides journées d'hiver dans l'obscurité, il se sentait à nouveau revivre, prêt à embrasser tout ce que la vie était capable de lui offrir.

Garos se réveilla, s'étira longuement et garda les yeux fermés un moment. Il parvenait à deviner les rayons de soleil qui filtraient à travers les planches qui constituaient le toit de sa maison. Il afficha un large sourire. Le printemps produisait sur lui le même effet que sur n'importe quelle créature. Il avait été désabusé par les conflits, par tous ces morts et le peu de leçons que l'être humain en tirait. Mais pour la première fois depuis environ cent cinquante ans, il se réveilla apaisé, heureux et plein d'espoir.

Cette sensation si agréable se dissipa bien vite lorsqu'il ouvrit les yeux. La première chose qu'il vit fut le manche d'une lance pointée droit sur sa gorge. Il tenta d'attraper l'épée qui se trouvait à sa droite, mais il sentit la pique de l'arme se coller contre sa trachée, prête à la transpercer. Il déglutit difficilement et ne fit plus aucun mouvement. Ses pupilles tentèrent de s'habituer à la lumière du jour. Il cligna plusieurs fois des yeux et découvrit son agresseur.

Au milieu d'une imposante tignasse châtain et bouclée, il découvrit deux yeux verts qui le fixaient avec agressivité. La femme qui le menaçait était vêtue d'une longue tunique verte nouée avec une ceinture de cuir brune qui soulignait les courbes de sa taille. Elle ouvrit la bouche :

« Qui es-tu ? »

Elle s'exprimait en langue celte que Garos comprit immédiatement. Il fut rassuré. N'ayant aucune notion du temps au milieu de cette forêt, il n'avait aucune idée des évolutions qu'avait connues la société. Les langues n'avaient apparemment pas changé dans cette partie du monde.

« Garos… je suis un rescapé d'Alésia, j'étais dans les armées du chef Arvernes Vercin… »

La pique de la lance s'appuya davantage contre son cou. Il leva les mains en signe d'apaisement, montrant qu'il n'avait pas l'intention de se battre.

« La coalition celte a été défaite à Alésia il y a presque quatre-vingt-dix ans. Tu me sembles bien portant pour un vieillard ! »

Quatre-vingt-dix ans… le temps était passé plus vite qu'il ne l'aurait imaginé. Il balbutia, cherchant désespérément comment se sortir de cette situation. Il plongea son regard dans celui de cette femme qui paraissait davantage méfiante que mal intentionnée. À y regarder de plus près, ses yeux n'étaient pas verts. L'un des deux était de couleur noisette avec de légers reflets émeraude. Ils se toisèrent ainsi un long moment. Elle reprit ses menaces.

« Je vis dans cette forêt depuis de nombreuses années, j'y suis en sécurité et je n'ai pas l'intention de changer quoi que ce soit à cette situation. Donc soit tu me dis qui tu es et ce que tu fais dans ma forêt, soit cette matinée de printemps sera la dernière que tu vivras. »

Garos aurait aimé que ses menaces soient une réalité envisageable. Il tenta le tout pour le tout.

« Je… je suis différent. Je ne peux pas vivre avec les autres humains. »

Cette fois-ci, elle appuya si fort que la pointe de la lance pénétra dans sa chair de quelques millimètres. Un filet de sang chaud coula le long de son cou. Il trouva tout de même le courage de continuer.

« Transperce ma gorge. »

L'assaillante resta incrédule et relâcha légèrement la pression qu'elle mettait sur la lance.

« Quoi ?

— Vas-y, il ne m'arrivera rien.

— Tu es devenu fou. Ça ne m'étonne pas que tu ne puisses pas vivre avec les autres hommes. Mais ne me tente pas trop ! »

Elle réitéra sa pression.

« Non, fais ce que je te dis ! Transperce ma gorge, tu verras qu'il ne m'arrivera rien... »

Malgré l'assurance qu'elle pouvait laisser paraître, elle était tétanisée. Elle avait dû fuir la ville d'Avaricon, capitale des Bituriges Cubes, il y avait plusieurs années. Elle en avait été chassée par une grande partie de la population qui souhaitait lui faire subir les pires tourments. Apparemment, sa manière de soigner ses semblables n'était pas du goût des druides de son peuple. Ils détenaient les clefs du savoir, de la connaissance, des mystères de ce monde et cela leur convenait parfaitement. Ils tenaient à la supériorité de leur caste.

La société celte était une culture basée sur la tradition orale et ne couchait pas ses écrits sur les tablettes de cire. Les connaissances du monde environnant, les secrets de la médecine, le dialogue avec les dieux et les grands mythes se transmettaient de druide en druide et il était nécessaire de faire appel à eux dans de nombreuses circonstances.

Mais la femme biturige avait décidé de briser ce cercle ancestral en tentant de communiquer d'elle-même avec le divin, en étudiant les plantes et la manière dont ces dernières pouvaient être utilisées pour agir sur le corps et la santé. Les migraines, les douleurs dues aux maux de ventre, aux menstruations, les rhumatismes et même les maux liés à l'anxiété pouvaient être soignés par les plantes qu'elle utilisait. Elle avait choisi de mettre son savoir au service des personnes dans le besoin. Les druides en avaient eu vent et n'avaient pas apprécié de voir leur utilité pour la population et leur emprise ainsi diminuée. Elle avait été dans l'obligation de fuir face à la décision que ces derniers avaient prise. Elle allait être offerte en sacrifice aux dieux afin de réparer l'affront qu'elle avait pu leur faire.

Elle vivait maintenant dans cette forêt, loin de tout et surtout loin de tout être humain. Elle n'avait en aucun cas l'intention de changer cela.

Elle respirait rapidement. Garos perçut son inquiétude. Il comprit rapidement qu'il avait affaire à une personne cherchant à se protéger et non à un agresseur. Il reprit calmement.

« Si tu fais ce que je te dis, tu verras que je ne suis pas comme les autres hommes… si on apprend ce que je suis, on cherchera à me faire du mal. Beaucoup de mal. »

Sa respiration ralentit légèrement. Garos se rendit compte qu'elle n'avait pas l'habitude de croiser d'autres êtres humains dans cette forêt et que cela devait représenter un danger à ses yeux. Il reprit.

« D'un paria à un autre… laisse-moi partir. Je ne te causerai aucun trouble. »

Elle le fixa dans les yeux. Sans pouvoir l'expliquer, elle décela en effet quelque chose de différent. Elle ressentit une chose qu'elle n'aurait pas réussi à décrire. Une sorte d'intuition lui disant que cet homme en avait vu bien plus que le commun des mortels. Elle ne décela pas de menace dans son regard.

Elle cessa de le mettre en joue.

« La rivière qui court entre les deux grands chênes à environ une lieue d'ici. Tu ne la franchis pas et peut-être que je ne serai pas un problème pour toi ! »

Elle fit volte-face et sortit.

Il se leva rapidement et tenta de la rattraper.

« Quel est ton nom ? »

Elle s'arrêta et mit quelques secondes avant de se retourner.

« Quelle importance ? »

La femme s'élança dans la forêt sans attendre la réponse.

Garos resta un instant interloqué par ce qu'il venait de vivre. Il eut même un léger rire nerveux. Il avait vite compris que cette femme avait, elle aussi, été rejetée par sa communauté. Lorsque on côtoie les êtres humains pendant plus de deux mille ans, il y a des signes que l'on arrive rapidement à percevoir.

La rivière qu'elle avait établie comme frontière était la seule source d'eau potable à proximité. S'il était obligé de s'y rendre pour ramener de l'eau, ce devait aussi être le cas de la femme. Il alluma un feu et s'installa autour du foyer devant sa modeste demeure. Il réfléchit un moment. Garos n'avait pas été insensible au charme qui se cachait derrière son apparente agressivité. Il savait que cette attitude était surtout une émotion en réaction à une peur profonde. Ce faisant, il irait dès le lendemain s'approvisionner en eau.

Il tint la promesse qu'il s'était faite et se retrouva au bord de la rivière dès le lendemain matin. L'endroit était très calme. Seuls le bruit de l'eau courante et le chant des oiseaux se faisaient entendre. Décidément, le printemps était vraiment magnifique cette année-là. Il ferma les yeux pour apprécier ce moment. La vie loin des hommes, de la guerre, des massacres, de la politique et des villes avait quelque chose d'apaisant. Il avait l'impression de renouer avec sa nature profonde, connecté à son environnement, en harmonie avec les saisons. Il s'assit en s'adossant contre un arbre et décida de se reposer un moment. Une fois de plus, sa méditation fut perturbée. Il perçut un sifflement dans l'air, un son qu'il ne connaissait malheureusement que trop bien. Une flèche vint se planter dans l'arbre, à peine dix centimètres au-dessus de sa tête. Il sursauta et ouvrit les yeux. La femme qui l'avait menacé la veille se tenait sur la berge opposée, un arc à la main. Elle lui lança un regard noir.

« Nan, mais je rêve ! Qu'est-ce que tu fous ici ? »

Garos resta assis, tentant de paraître le plus possible calme et détendu. Il ne put cependant retenir un large sourire. Elle était encore plus séduisante que la veille.

« Je suis venu m'approvisionner en eau. Je n'ai pas franchi la frontière. »

Elle le mit à nouveau en joue et décocha une flèche qui vint se planter dans le sol à quelques centimètres de son entrejambe. Elle s'enfuit de nouveau avant qu'il ait eu le temps de réagir. Décidément, les bonnes relations entre voisins débutaient mal. Durant un instant, il hésita à traverser la rivière et à la suivre. Mais il lui avait promis de ne pas franchir la frontière et il était un homme de parole.

Elle courut aussi vite qu'elle le put, tout en jetant parfois des regards en arrière pour vérifier qu'il ne la suivait pas. Avait-il traversé la rivière ? Elle se stoppa net, se retourna et banda son arc droit devant elle, attendant sa venue. Elle ne perçut aucun bruit de pas, aucun mouvement de feuilles, à part celles que le vent faisait onduler dans les arbres. Elle se détendit et repartit d'un pas plus lent. D'où pouvait bien sortir cet homme ? Pourquoi ne pouvait-il pas vivre parmi les siens ? Était-il un criminel ? Un sorcier ? Elle se méfiait de lui, comme elle se méfiait de tout le monde…

Elle rejoignit l'abri sous roche qui lui servait d'habitation, posa son arc et s'activa à réanimer le feu.

Alors que le lapin qu'elle avait chassé cuisait au-dessus des braises rouges, elle s'allongea, le regard tourné vers le ciel et tenta de se détendre. Elle souhaitait remercier Cernunnos[i] pour cette bête qu'il lui avait permis d'attraper. Elle ferait une libation

---

[i] Divinité celte gauloise associée à la nature et la forêt.

à Epona[i] et Rosemerta[ii] pour le renouveau de la nature et tous les bienfaits que cela allait apporter.

Mais alors qu'elle se concentrait sur les énergies divines qu'elle pouvait ressentir, l'image de cet homme qu'elle avait menacé trois fois en l'espace de deux jours lui apparut. Son visage s'imposa à elle sans aucune raison. Elle se rappela son regard plongé dans le sien lors de leur première rencontre. Elle avait en effet perçu quelque chose. Quelque chose de différent, mais qui ne pouvait être réel, quelque chose qui, selon elle, ne pouvait exister en ce monde.

Les hommes vivaient et mouraient, il ne pouvait en être autrement. Il dégageait cependant une énergie qu'elle n'avait encore jamais ressentie. En plus de le trouver séduisant, elle se sentait connectée à lui. Cela pouvait venir du fait qu'ils avaient été tous les deux rejetés. Mais elle refusait de se laisser attendrir par ce genre de ressenti et de sentiment. Elle devait avant tout se protéger et assurer sa survie. Elle mit du temps à s'endormir, partagée entre le désir de retourner à la rivière dès le lendemain et la peur de ce qu'il pourrait arriver s'ils décidaient tous les deux de franchir la frontière.

On dit souvent que la nuit porte conseil. Elle n'aurait su dire quelle partie d'elle-même avait pris le dessus pour la conseiller dans son inconscient, car elle se retrouvait de nouveau bel et bien au bord de la rivière en ce matin de mai. Qu'attendait-elle ? Qu'espérait-elle ? Elle n'en avait absolument aucune idée. Elle attendit cependant, guettant le moindre mouvement des arbres, le moindre craquement de branche sur le sol. Rien ne lui assurait qu'il serait là. Elle l'avait menacé et avait failli le tuer à plusieurs reprises. Comment pouvait-elle espérer qu'il revienne aujourd'hui ? Elle ne le reverrait pas de sitôt à moins qu'il ne soit totalement fou.

---

[i] Divinité celte gauloise associée aux chevaux et à l'abondance

[ii] Divinité celte gauloise associée à l'abondance et la fertilité.

Les branches craquèrent de l'autre côté de la rive. C'était lui. Il apparut devant elle. Elle eut une fois de plus le réflexe de le mettre en joue avec son arc.

« Encore ? Tu ferais mieux de me tuer pour de bon, qu'on en finisse »

Elle baissa son arme et tenta de garder un ton autoritaire.

« Tu es revenu !

— Toi aussi. »

Il quitta ses bottes et s'assit sur le bord de la berge, laissant tremper ses pieds dans la rivière. Elle resta un moment plantée devant lui, à l'observer. Il fouilla dans le sac de toile qu'il avait apporté.

« J'ai du lapin, si ça te dit ? »

Elle s'assit à son tour sur la berge, lui faisant face. Elle restait méfiante et s'efforçait de le fixer avec un regard noir. Il lui lança un morceau de lapin qu'elle attrapa au vol.

« Merci. »

Il lui répondit par un léger signe de tête. La méfiance de la femme était légitime et il était préférable de rester en retrait. Elle lui parlerait si elle en avait envie, quand elle en aurait envie.

Sa souffrance était visible. Elle était meurtrie et avait besoin de réapprendre à faire confiance.

Garos prit une bouchée de lapin, l'air détendu et nonchalant, observant le mouvement de l'eau, l'envol des oiseaux et la nature qui l'entourait. Elle brisa le silence au bout de quelques minutes.

« Tara. »

Il leva les yeux vers elle.

« Mon nom est Tara. »

Il sourit doucement.

« Garos. Mon nom est Garos. »

Elle entrouvrit la bouche, partagée entre son intuition et la peur de le faire fuir si elle allait trop loin. Elle ne parvint pas à retenir ses mots.

« Depuis combien d'années ? »

Il se figea et sentit l'anxiété monter en lui.

« Qu'est-ce que ça veut dire ? »

Elle avait été trop loin. C'était maintenant son tour à lui de se montrer méfiant, comme un animal apeuré que le moindre mouvement brusque ferait fuir. Elle ne voulait cependant pas le voir disparaître.

« Tu m'as dit être différent. Ton regard est celui d'un homme qui a souffert, qui a souffert bien plus que les autres. Tu as vu plus de choses que tu aurais dû en voir, depuis bien trop longtemps. »

Il se redressa rapidement. Garos n'avait jamais parlé à quiconque de sa situation. L'unique fois où il l'avait évoquée était sous la menace de sa lance et il le regrettait. Tara remarqua qu'il était sur le point de fuir. Prise de panique, elle se leva à son tour.

« Attends ! »

C'était désormais au tour de Garos de lui lancer un regard noir. Malgré cela il ne lui en voulait pas, il ne ressentait aucune colère contre elle, bien au contraire.

Ils se fixaient à présent, n'osant faire un mouvement ni prononcer le moindre mot. Une fois de plus, ce fut Tara qui brisa le silence face au mutisme dans lequel il s'était enfermé.

« Je… je me moque de ton passé. Enfin… je… ce n'est pas ce qui m'importe, ce que tu as pu être ou ce que tu as pu faire. Tu sembles blessé, terriblement blessé et tu ne guériras pas seul. »

Il l'écoutait, toujours impassible.

« Je n'ai pas l'intention de fouiller dans les méandres de ta mémoire pour voir ce qu'il s'y cache. Mais tu sembles avoir assez fui, assez tenté d'échapper à ce qui te poursuit. Tout comme moi, tu as besoin de te reposer. De vivre réellement sans craindre d'être rattrapé par quoi que ce soit… »

Elle avait raison. Il n'avait plus dormi sereinement, ne serait-ce qu'une seule nuit, depuis qu'il avait quitté sa ferme de Crète. Il se réveillait chaque matin avec la même sensation de vide, la même angoisse permanente qui lui rappelait que ses souffrances ne prendraient jamais fin. Les derniers jours qu'il avait passés dans cette forêt étaient les premiers qu'il appréciait pleinement, depuis plus de deux mille cinq cents ans. Tara continua :

« Quant à moi… J'ai dû fuir tout ce que je connaissais, toutes les personnes qui me voulaient du bien se sont finalement retournées contre moi. J'aimerais moi aussi arrêter de fuir, arrêter de craindre le moindre humain que je croise. »

Des larmes commençaient à couler le long de ses joues. Ses cheveux ondulaient sous l'effet du vent. Sa voix tremblait.

« J'aimerais simplement savoir que je suis chez moi, avec quelqu'un qui me comprend, m'accepte et me soutiendra quoi qu'il arrive… »

Garos restait toujours de marbre, seule sa respiration faisait se soulever légèrement son torse par moments. Elle se ressaisit et essuya ses larmes de sa manche. Blessée par son silence et son manque de réaction alors qu'elle venait de se livrer sans retenue, elle ajouta simplement :

« Je pensais que tu recherchais la même chose. »

Elle fit demi-tour et s'éloigna lentement, préférant retourner à sa solitude plutôt que de s'humilier plus longtemps face à lui.

Sa fuite fut cependant interrompue par le bruit que faisait l'eau dans la rivière. On aurait dit que le débit du courant avait considérablement augmenté, comme si l'on brassait l'eau.

Toujours sur ses gardes malgré l'attirance qu'elle ressentait pour lui, elle se retourna rapidement. Garos se tenait devant elle. Ils n'avaient jamais été aussi proches. Qu'il s'agisse d'une rivière ou d'une lance, il y avait toujours eu quelque chose entre eux qui les empêchait d'aller l'un vers l'autre. Il n'y avait à présent plus aucun obstacle. Il se risqua à passer délicatement sa main dans ses cheveux et posa sur elle un regard à la fois intense et bienveillant. Tara avait tout de suite remarqué que quelque chose de bon émanait de lui, mais qu'il n'était cependant pas facile de le découvrir tant il était renfermé sur lui-même. Elle savait pertinemment qu'elle n'apprendrait rien sur son passé, tout du moins, que rien ne viendrait de lui. Mais elle n'en avait que faire, c'était son présent qui l'intéressait. Un présent dans lequel elle pouvait se trouver.

Ainsi, ils ne furent plus seuls, et ce, pendant plusieurs années. Ils vécurent tous les deux loin des hommes, loin de leur folie, loin des avancées politiques et technologiques. Ils n'avaient aucune idée de ce que pouvait bien devenir le monde et cela leur convenait. La forêt était à eux. Ils finirent par en connaître le moindre recoin. Ils chassaient, pêchaient et cultivaient leur nourriture, fabriquaient leurs vêtements et leurs armes.

Confronté ainsi au bonheur, ce dont il n'avait pas vraiment l'habitude, Garos s'ouvrit peu à peu. Il ne révéla jamais sa vraie nature à Tara, car lui-même ne savait pas réellement ce qu'il était. Allait-il mourir un jour ? Il n'en avait aucune idée. Mais il n'avait pas besoin de parler, Tara savait pertinemment que le temps allait la rattraper. Elle était consciente qu'elle allait vieillir, mourir et qu'il lui survivrait. Les druides de sa communauté avaient peut-être raison finalement, elle était certainement bel et bien une sorcière capable de voir l'invisible. Il arrivait par moments que Garos laisse échapper ses pensées, trahissant ce qu'il était vraiment. Alors que Tara évoquait l'implication de sa tribu dans la bataille d'Alésia, il l'avait coupée en plein milieu de sa phrase :

« … Ce n'était pas une bataille, mais un massacre. Un sacrifice qui n'a servi à rien. »

Conscient de ses paroles, il se reprenait.

« Enfin… c'est ce que j'ai entendu. Je n'y étais pas. »

Elle ne cherchait pas à en savoir plus.

Il savait qu'un jour viendrait où il serait dans l'obligation de partir et de disparaître. Il souhaitait cependant être présent pour Tara le plus longtemps possible. Il en venait presque à ne plus souffrir à la pensée d'Amenia, son premier amour disparu. Il ne parviendrait jamais à l'oublier, cela va sans dire, elle resterait à jamais celle qui lui avait fait connaître le bonheur pour la première fois. Mais avec Tara, il parvenait à goûter de nouveau à ces moments de repos de l'esprit. Ces instants où l'on sait qu'on est là où l'on est censé être. Que l'on a trouvé sa place. Il se sentait apaisé et heureux.

De cet amour loin du monde naquit une fille, qu'ils prénommèrent Maëlenn. Un prénom qui signifie « princesse », car c'est tout simplement ce qu'elle était pour eux. Une princesse, un don que les dieux leur avaient accordé. Leur bonheur était complet et tous deux ne pensaient pas à ce qu'il adviendrait dans le futur. Ils profitaient simplement de ce que la vie leur accordait.

Les années passèrent.

En cette année 49, la petite Maëlenn atteignit l'âge de dix ans.

Garos était parti chasser. Il se déplaçait lentement parmi les arbres, choisissant avec minutie les chemins à emprunter afin de ne faire aucun bruit. Cela faisait trente minutes qu'il suivait un cerf à la trace. L'animal s'arrêta enfin pour manger. Il relevait la tête de temps en temps, tendant l'oreille pour guetter le moindre danger. Garos s'immobilisa, banda son arc et mit la bête en joue. Il ne fut apparemment pas assez discret. Le craquement que fit la corde de l'arc en s'étirant interpella l'animal qui releva la tête brusquement, aperçut le chasseur et s'enfuit à toute allure. Garos ne se découragea pas et coursa l'animal à pied. Cela faisait plusieurs jours que sa famille n'avait pas eu de viande à manger et il ne comptait pas revenir bredouille ce soir-là.

Il ne tarda pas à être distancé par l'animal. Il rassembla toutes les forces qu'il possédait pour accélérer, mais finit par le perdre de vue. Tenace, Garos continua tout de même à courir. Mais au détour d'un imposant buisson, il fut stoppé net dans sa traque.

Ce qu'il avait en face de lui n'était pas un cerf, mais quatre légionnaires romains en patrouille. D'ordinaire, ils ne venaient jamais dans cette partie de la forêt. Il ne réfléchit pas plus longtemps et, avant qu'ils aient eu le temps de l'interpeller, il détala aussi vite qu'il le put. Les soldats le prirent en chasse. Garos les entendait lui intimer l'ordre de s'arrêter, proférant toutes sortes de menaces à son encontre.

Qu'allait-il lui arriver ? Il serait sûrement pris pour un rebelle celte et exécuté. À moins qu'ils ne le prennent pour un déserteur romain. Mais Garos maîtrisait bien mieux la langue des Celtes que le latin romain. Ces éclaireurs n'allaient certainement pas s'encombrer d'un vagabond.

Décidé à fuir et à rentrer se cacher, il réalisa alors qu'il était en train de mener ces Romains droit sur Tara et Maëlenn. Il connaissait la cruauté des hommes.

***

Tara était en train de tisser une tunique avec sa fille. Plusieurs peaux d'animaux étaient tendues sur des cadres de bois à l'extérieur de la maison. Elles séchaient en attendant d'être tannées. Tara décomposait tous les mouvements qu'elle faisait lors de la confection de cette tunique afin d'apprendre à sa fille la maîtrise des techniques de tissage. Elle devait être capable de se débrouiller seule. Elle serait appelée, elle aussi, à vivre une partie de sa vie dans la forêt. Ici, il fallait être capable de tout gérer seul.

Tara fut un moment déconcentrée. Elle perçut des cris. Des cris qui semblaient se rapprocher.

Maëlenn vit rapidement que son attention ne se portait plus sur leur travail.

« Qu'est-ce qu'il se passe, maman ? »

Tara scrutait l'horizon.

« Je ne suis pas sûre…

— Sûre de quoi ?

— Chut ! »

Elle coupa sa fille et se leva rapidement. Les voix se rapprochaient, elle en était certaine.

« Rentre à l'intérieur. »

Maëlenn se leva à son tour. Elle parvenait, elle aussi, à entendre les voix.

« Tu crois que c'est papa ? »

Tara se tourna vers sa fille et haussa le ton.

« Maëlenn ! Va te cacher ! Vite ! »

Devant l'insistance et l'inquiétude perceptible de sa mère, la petite s'exécuta.

Tara comprit rapidement ce qu'il était en train de se passer. Elle empoigna sa lance et s'élança dans la forêt en direction des cris. Son cœur battait à tout rompre. Elle était inquiète, inquiète pour celui qu'elle aimait, inquiète car elle savait que leurs instants de bonheur et leur idylle loin du monde touchaient à leur fin. Des larmes perlaient de ses yeux alors qu'elle courait en tentant de localiser les voix.

***

Garos continuait de courir. De fines branches lui fouettaient le visage. Les paroles des quatre hommes qui le poursuivaient se faisaient de plus en plus distinctes. Ils gagnaient du terrain. Il prit soudain conscience qu'il ne leur échapperait pas. Ils finiraient par le rattraper, quoi qu'il arrive. Ils ne cessaient de se rapprocher et finiraient par atteindre le campement où Tara et Maëlenn l'attendaient. Il n'avait pas le choix.

Ses jambes se mirent à ralentir leur mouvement. Sa course effrénée ne fut bientôt plus qu'une calme marche. Il s'arrêta et tomba à genoux, s'offrant à ses agresseurs, ne cherchant même pas à résister. Les légionnaires fondirent sur lui et l'encerclèrent, le menaçant de leurs lances et de leurs glaives.

« Ne bouge plus !

— Qui es-tu ?

— Ah tu croyais pouvoir nous échapper ?

— Parle ! »

Le plus petit des soldats se posta devant lui. Son poing s'abattit sur le visage de Garos, l'atteignant en pleine mâchoire. Le légionnaire agita la main en grimaçant. Garos avait les os plus solides qu'il n'y paraissait.

Les trois autres rirent aux éclats.

« Ne te fatigue pas, Caius. Il a l'air d'être coriace. »

Celui qui avait parlé dégaina son glaive et plaça le tranchant de la lame sous la gorge du prisonnier. Ce dernier ferma les yeux, acceptant son sort et préparant son corps à encaisser la douleur. Avec un peu de chance, ce soldat irait au bout de son geste. La douleur serait atroce, mais ils le laisseraient sûrement pour mort, se vidant de son sang. La plaie serait refermée d'ici quelques heures et il pourrait s'enfuir. Mais le soldat n'en fit rien.

Garos maîtrisait mal la langue des Romains. Il les entendait argumenter les uns après les autres, ne saisissant que quelques bribes de phrases.

Un mouvement dans les buissons au loin attira son attention. Il détourna légèrement le regard. Dissimulé parmi les branches, le visage de Tara était à peine perceptible pour l'œil non habitué aux détails de la forêt.

Elle les observait, agrippant sa lance de toutes ses forces, attendant le bon moment pour bondir. Son cerveau analysait la situation et les différents scénarios possibles. Sa respiration était rapide. *Si j'attaque tout de suite, je pourrai avoir le plus petit par-derrière, il ne me verra pas venir. Celui posté à sa droite a déjà son glaive à la main. C'est donc lui qu'il faudra que je maîtrise ensuite. Mais je me retrouverai alors face aux deux autres… S'ils m'encerclent, je suis foutue.*

Elle observa les mains de Garos, qui n'étaient pas attachées. *Ils ne lui ont pas lié les mains… Il pourrait avoir le temps de voler le glaive du premier que j'aurai attaqué pour m'aider avec les trois autres. Si deux d'entre eux sont de dos au moment de l'attaque, nos chances sont plus grandes…*

Elle tentait d'analyser les moindres détails de la situation.

« Allez… retourne-toi, sale chien de Romain… allez… »

Les quatre soldats débattaient toujours sur le sort qu'ils voulaient réserver à leur prisonnier.

« Arrête, Quintus ! Range ton arme, on le ramène au camp, Marcus se fera une joie de s'en occuper lui-même. »

Quintus n'en fit rien.

« Pourquoi tu veux toujours avoir l'avis de Marcus ? Arrête d'essayer de te faire bien voir et prends des décisions !

— Il dirige la légion ! Il a fait couper les doigts d'Hector parce qu'il a fait tomber sa lance durant sa ronde, que crois-tu qu'il nous fera s'il apprend qu'on a exécuté un prisonnier sans son accord ? »

Quintus ne répondit rien, mais ne baissa pas son glaive pour autant. L'autre reprit :

« Si tu as envie de finir empalé à l'arrière du camp ou au milieu d'une arène, libre à toi ! Mais ne nous demande pas de t'accompagner ! »

Caius, dont la main commençait à devenir moins douloureuse, perdit lui aussi de son courage.

« Je ne ferai pas le poids face à un gladiateur ou à un lion… Range ton arme Quintus, on le ramène à Marcus. »

Le regard de Garos agrippa celui de Tara. Il devina immédiatement quelles étaient ses intentions et secoua la tête de gauche à droite, tentant de lui faire comprendre qu'elle ne devait pas intervenir. L'incompréhension s'empara d'elle. Pourquoi ne voulait-il pas être secouru ? À deux, ils pouvaient venir à bout de ces soldats. Elle fit un léger mouvement en avant pour se lancer. Garos s'en aperçut immédiatement.

« Non ! »

Le son était sorti de sa bouche sans qu'il puisse le retenir. Pour lui, elle n'avait aucune chance face aux quatre Romains. Tara se figea. Garos continuait de la fixer dans les yeux avec force. Il mit tout l'amour qu'il put mettre dans ce regard. Tara comprit le message. Les larmes qu'elle était parvenue à sécher se remirent à couler le long de ses joues.

« Quoi non ? »

Quintus s'approcha de lui. Il se mit à sa hauteur et le fixa droit dans les yeux.

« Parce que tu crois que tu as encore quelque chose à dire ? »

Garos restait impassible. Il n'avait qu'une seule envie, qu'ils partent tous loin d'ici afin que Tara et Maëlenn soient en sécurité.

Après l'avoir violenté une dernière fois, ils lui lièrent les mains dans le dos à l'aide d'une corde, l'aidèrent à se relever et l'emmenèrent. Son regard put une dernière fois croiser celui de celle qu'il aimait, par-dessus son épaule.

Tara ne retint pas ses larmes. Elle voyait s'éloigner la seule personne avec qui elle s'était vraiment sentie elle-même. La seule personne avec laquelle elle s'était sentie en sécurité, la seule qu'elle avait aimée. En le voyant ainsi disparaître, elle savait que ces instants de bonheur qu'elle avait connus ne reviendraient plus jamais. Elle allait mourir sans espoir de le revoir. Elle ne saurait jamais ce qu'il allait advenir de lui. Reviendrait-il un jour en ce lieu ? Se recueillerait-il sur sa tombe ? Allait-il les oublier, elle et sa fille ?

L'ignorance est le pire des tourments, car l'esprit se met alors à imaginer tous les scénarios possibles et ne retient que les pires. On se fait souvent bien plus de mal avec les pensées qu'avec les véritables faits.

De nouveau à leur campement, alors qu'elle était assise en train de fixer les braises rouges du foyer à l'extérieur de leur maison, Maëlenn vint se blottir contre elle. Tara prit alors une grande inspiration qu'elle retint quelques secondes. Elle allait se montrer forte, elle ne devait pas montrer son inquiétude ni sa tristesse à sa fille pour ne pas l'affliger davantage. Le véritable amour réside avant tout dans la protection. Tara devait se maîtriser pour sa fille et aurait tout le temps de pleurer la disparition de Garos lorsqu'elle serait seule.

Pour le moment, il fallait continuer, se nourrir, chasser, survivre, faire en sorte que Maëlenn puisse grandir en comprenant la situation. Une fois la nuit tombée, cette dernière alla se coucher, remplie de tristesse suite à l'arrestation de son père.

Une fois encore, le chagrin laissa rapidement place à une autre émotion qui prit le dessus. Tara fixa le feu, comme si elle espérait déchiffrer un message dans les flammes. Elle prit sa lance et la plongea dans les braises jusqu'à en faire rougir le fer.

« Puissant Lug[i], dieu porteur de lance. Puisses-tu mettre toute ton habileté et ton courage dans mon arme. Taranis, donne-moi la rage et la force de tes éclairs pour anéantir mon ennemi ! Rome tombera. J'en fais le serment devant tous les dieux de mon peuple… par ma lignée, Rome tombera ! »

***

Garos fut violemment assis sur une chaise en bois plus qu'inconfortable. Face à lui, un homme attablé était en train de manger une pomme. Il n'avait pas encore levé les yeux vers lui. Avec son couteau, il mettait une attention toute particulière à éplucher la peau du fruit. Il brisa le silence sans même relever la tête. Sur le bureau devant lui trônaient de nombreuses cartes de la région.

« Que t'ont promis les soldats qui t'ont amené ici ? »

Il avait prononcé cette phrase la bouche pleine, tout en mâchant un quartier de pomme. Garos ne comprenait pas certains mots. Le Romain releva la tête.

« Les hommes… Il pointa l'index vers l'extérieur de la porte. Que t'ont-ils dit ? Que j'allais te couper les mains ? T'empaler au sommet d'une colline ? Peut-être même te couper les oreilles et te crever les yeux ? »

Il mima ses paroles, Garos n'eut aucun mal à comprendre les supplices proposés.

Son cœur se mit à accélérer, ce programme ne lui donnait pas vraiment envie.

« Quelque chose comme ça, oui… »

---

[i] Divinité celte aux multiples fonctions, dont la guerre, la force et les arts. Son attribut principal est la lance.

L'homme qui se faisait appeler Marcus et qui était apparemment le commandant de la légion, le Légat, comme l'appelaient les hommes, posa violemment son couteau sur la table. Le bruit fit sursauter le prisonnier.

« Ah ! Ils ne manquent pas d'imagination, ces fainéants ! Je n'ai aucun plaisir à voir souffrir quelqu'un, sache-le. »

Garos, dont les mains étaient toujours liées dans le dos, sentit la boule qu'il avait dans le ventre diminuer petit à petit. L'homme continua :

« Cependant… j'ai à peine de quoi nourrir mes hommes. Et ils ont besoin de force, de réconfort dans ton pays où le soleil est aussi pâle que doit l'être ton cul. Je ne peux pas me permettre de te nourrir… et tu te doutes bien que, maintenant que tu sais où se trouve notre camp, je ne peux pas te laisser repartir. Je suis désolé. »

Le prisonnier baissa la tête, il fallait qu'il trouve un moyen de s'enfuir. Avec un peu de chance, sa mise à mort n'aurait pas lieu immédiatement. La nuit lui laisserait l'occasion de tenter une évasion ou de simuler sa propre mort afin d'être jeté dans une rivière ou abandonné dans la forêt.

« À moins que… »

Marcus se leva et vint se placer en face de Garos, en s'adossant à son bureau. Il termina sa phrase.

« Tu te débrouilles comment avec un glaive ?

— Je… j'étais soldat… je… je sais me battre.

— Avec une lance ?

— Oui. »

Marcus acquiesça d'un air songeur.

« Qui as-tu combattu ? »

Garos hésita à mentir. Il n'en fit cependant rien.

« Vous… Rome. »

Le légat eut un sourire en coin et retourna s'asseoir derrière son bureau.

Je n'aurais peut-être pas dû me montrer si honnête, pensa Garos.

« Eh bien… Je te donne une occasion de te racheter pour toutes les pertes que tu as fait subir à l'Empire. Si je dois te nourrir, autant que tu nous sois utile. Il y a une légion, actuellement en poste dans le sud de Britannia, ils acceptent les rebelles dans ton genre qui veulent porter l'uniforme et servir l'empereur Claude. »

Il désigna avec la pointe de son couteau le buste en marbre situé dans un coin de la tente. Il représentait l'empereur coiffé d'une impressionnante couronne de lauriers.

Garos dévisagea l'homme le plus puissant de l'Empire. Son regard dégageait une certaine autorité.

« Ne te fie pas à cette représentation. Il n'est pas plus fait pour diriger l'Empire que toi pour être légionnaire… mais la vie est ainsi faite, on s'adapte à ce qui se présente. »

Garos resta un moment songeur face au buste de l'empereur Claude.

Caligula[i] *n'est donc plus empereur…* Il n'avait eu aucun repère temporel pendant toutes ces années coupées du monde. Sa seule préoccupation durant cette courte partie de sa vie avait été Tara et Maëlenn.

Marcus l'imita et fixa la représentation de l'empereur durant un moment.

Claude n'était en rien destiné à être empereur pour sa famille et pour le peuple romain. Ses nombreux handicaps physiques et sa méconnaissance des rouages politiques avaient même poussé les complotistes agissant sous le règne de l'empereur Tibère[ii] à se désintéresser de lui. Claude était pourtant le neveu de l'empereur. Mais il ne représentait en rien une menace, sa passion n'étant pas dans la politique, mais dans l'érudition.

« Je peux te dire qu'être à la tête de Rome était bien le dernier de ses souhaits… »

---

[i] Empereur de Rome de 37 à 41

[ii] Empereur de Rome de 14 à 37

Quelques années plus tôt, en 41, l'empereur Caligula avait été assassiné dans un couloir du palais royal par des membres de la garde prétorienne alors qu'il se mettait en route avec sa suite pour se rendre au théâtre. Plusieurs de ceux qui l'accompagnaient avaient tout fait pour fuir les assaillants. L'empereur lui-même avait désespérément tenté d'éviter les lames qui s'abattaient sur lui en courant vers sa chambre et en se cachant sous sa couche. Il ne fut pas le seul à tenter de fuir. Les gardes prétoriens avaient retrouvé l'un des membres de sa suite caché derrière un rideau.

Apeuré et sentant sa dernière heure arrivée, l'homme avait affiché une grimace et s'était mis à trembler. Il avait fermé les yeux, prêt à recevoir un glaive en plein ventre. Mais rien de tout cela n'était arrivé, il n'y avait plus eu aucun bruit. L'homme s'était alors aperçu que les gardes face à lui avaient mis un genou à terre et baissaient la tête. Celui que l'on nommait alors Tiberius Claudius Drusus venait d'être reconnu comme empereur par la garde prétorienne, il prit le nom de Claude.

« Tu te rends compte ? L'empereur assassiné ! Les champs de bataille ne sont pas assez grands, il faut qu'ils s'adonnent à la guerre au sein même du palais maintenant. »

Encore un assassinat, l'homme n'en a donc jamais assez de la guerre ? Pourquoi l'espèce humaine redoute-t-elle tant la mort ? Elle semble pourtant tellement lui plaire. Garos réalisa que son espèce était la créature qui donnait la mort le plus facilement sur cette terre. Il devait y avoir un sens caché à tout cela, mais il ne l'avait pas encore saisi. Était-ce ce même humain, capable de construire des édifices monumentaux, de sculpter la grâce dans le marbre avec finesse, de prôner des idéaux de paix, d'amour, de donner sa vie pour une amitié, qui envoyait des hommes et des femmes se faire dévorer par des animaux sauvages au milieu d'une arène en guise de spectacle ?

Marcus tapa du poing sur la table. Garos revint à lui.

« Il ne voulait pas être empereur, mais il a fait ce qui devait être fait… tout comme tu le feras. Il pointait à présent le prisonnier du doigt. Tu partiras demain pour Britannia avec une partie de la légion. »

Il appela un garde chargé d'emmener Garos jusqu'à une tente où il serait sous surveillance pour lui éviter tout désir de fuite.

Tout en se remettant à son repas, Marcus ajouta une dernière phrase :

« Ah, et au fait, remercie l'Empereur dans tes prières aux dieux. C'est grâce à lui que le sud de Britannia est à nous et que tu ne finis pas pendu derrière ma tente. »

Garos fut donc envoyé dans le sud de l'île anglaise, occupée à cette époque par un grand nombre de tribus bretonnes qui donnaient du fil à retordre aux Romains. La poliorcétique romaine avait ses failles face au courage et à la détermination des peuples celtes. Après avoir subi les nombreux bizutages et passages à tabac de la part de certains Romains qui n'appréciaient pas de voir un nouveau celte rejoindre leurs rangs, Garos participa à plusieurs campagnes au sein de la quatorzième légion et prit le nom de Lucius.

Il profita d'une bataille particulièrement difficile et chaotique pour simuler sa propre mort et rejoindre alors la vingtième légion. Il répéta la même opération et finit par intégrer la neuvième légion.

C'est en cette année 60 qu'éclata la grande révolte celte, menée par la reine des Icènes[i], Boadicée[ii]. Garos, qui avait toujours du mal à s'habituer à sa nouvelle identité romaine, admirait secrètement cette femme. Bien que sa légion ait dû la combattre et réprimer sa révolte, elle lui rappelait sa Tara. Ce même esprit de justice, de vérité et cette même passion pour les nobles causes. Lucius aurait parfois aimé combattre à ses côtés, mais il se rappelait régulièrement les paroles de Marcus et s'adaptait à sa nouvelle situation.

---

[i] Peuple celte brittonique occupant les territoires des actuels Norfolk et Suffolk.
[ii] Reine des Icènes. Née en 30 et morte en 61.

La révolte celte menée par cette reine guerrière fut à nouveau un événement de taille qui ralentit les progressions romaines en Grande-Bretagne. Le mari de Boadicée avait passé un accord avec Rome. À sa mort, ses territoires devaient revenir à l'Empire, mais devaient être gérés par son épouse qui serait alors reine des Icènes. Mais Rome ne l'entendait pas ainsi. Ce que Rome possédait, Rome l'administrait.

Boadicée fut humiliée, fouettée en public, les Romains brisèrent son autorité et son image. De lourds impôts furent réclamés par le gouverneur romain de la province et les terres des paysans icènes leur furent arrachées pour constituer le patrimoine des nouveaux légionnaires qui s'installaient dans cette région nouvellement acquise.

C'en était trop pour la reine celte. Tout comme l'avait fait Vercingétorix plus de cent ans auparavant, elle parvint à rallier plusieurs tribus bretonnes à sa cause. Elle n'était pas la seule à subir ces abus du pouvoir romain. La douleur et les humiliations alimentaient sa rage et son courage. La cité de Camulodonum, mal défendue et non préparée, fut attaquée et les symboles du pouvoir impérial détruits. Rome l'avait humiliée, elle souhaitait lui rendre la pareille. Claude n'était plus empereur depuis maintenant six ans et Néron dirigeait l'Empire à sa guise. L'empreinte de Claude était cependant toujours visible dans cette cité et Boadicée fit en sorte que cela ne soit plus le cas.

Avertie de ce siège, la neuvième légion fut appelée afin de mettre les Celtes en déroute. Plus de deux mille cinq cents hommes et cavaliers se mirent alors en marche.

Lucius avait entendu toutes sortes de récits sur cette Boadicée, certains lui semblaient réels, d'autres étaient empreints de superstition et hautement caricaturaux. Il allait rapidement se faire sa propre idée sur la question.

Les troupes celtes les prirent par surprise et fondirent sur eux avant qu'ils aient eu le temps de s'y préparer. Ils se mirent maladroitement en ordre de bataille. Le son des cornes de guerre celtes résonnait jusqu'au cœur des légionnaires. Ce son grave, ajouté aux cris et au tremblement que provoquaient les sabots des chevaux sur le sol, donnait l'impression que la terre allait s'ouvrir et qu'une créature géante allait engloutir toute la vallée. Ce n'était pas la première bataille que vivait Lucius, mais à cet instant précis, il était terrorisé.

« C'est elle ! Lucius, regarde, c'est elle ! »

Le soldat qui se tenait à côté de lui avait la voix qui tremblait. Il lui montrait une masse informe qui se tenait en tête de l'armée celte.

« Je ne vois rien Titus ! Je ne peux rien voir ! »

La tactique de défense romaine, dans ce genre de charge, imposait aux soldats de former une sorte de mur infranchissable avec leurs boucliers qui les couvraient presque entièrement. Lucius avait du mal à voir ce qu'il avait devant lui. Il décala légèrement son bouclier.

« Je… je la vois, Titus… il se mit à murmurer : comme tout droit sortie des enfers… »

Il vit pour la première fois de ses propres yeux la reine rebelle.

Elle était montée sur un char tiré par deux chevaux lancés au galop. Sa longue chevelure rousse volait et s'agitait dans tous les sens sous l'impulsion du vent. Elle hurlait des paroles d'encouragement à ses hommes qui la suivaient en courant, ne craignant plus leurs ennemis. Alors qu'elle ne se trouvait plus qu'à quelques pieds de l'armée de l'Empire, elle brandit sa lance dans un cri qui fit trembler tous les légionnaires. Son regard agrippa celui de Lucius qui se trouvait en première ligne. Le temps sembla alors se ralentir. Il la fixa droit dans les yeux et y décela cette même force qu'il avait vue dans les yeux du chef arverne au siècle passé.

Les Celtes combattaient à nouveau la même armée ennemie. Ils avaient à leur tête un chef plein de courage, en quête de justice et d'un avenir meilleur pour les siens. La rage de la rebelle celte eut raison de la neuvième légion qui subit de nombreuses pertes ce jour-là. Mais la victoire est capricieuse, ce qu'elle donne, elle peut aisément le reprendre. Tout comme pour Vercingétorix, ce soulèvement contre l'Empire aurait finalement raison de la courageuse Boadicée.

La même année, elle s'élança à nouveau pleine de rage contre la quatorzième et la vingtième légion, mais la destinée ne lui fut pas aussi favorable.

Voyant ses hommes mourir les uns après les autres, et refusant de tomber une fois de plus entre les mains des tortionnaires romains, elle s'empoisonna sur le champ de bataille, au milieu des cris, des fracas d'épées et de l'agonie. Elle porta rapidement une fiole de verre à sa bouche, sans hésiter ne serait-ce qu'un instant. Le liquide était acide et lui brûla presque la langue. Peu de soldats remarquèrent son acte, trop occupé à lutter pour leur propre vie.

En attendant que le liquide mortel fasse son effet, la reine eut le temps d'observer une dernière fois le monde qu'elle quittait avant de fermer les yeux à jamais. L'herbe si verte de ces régions de l'Angleterre était à présent maculée de sang. Les hommes à qui elle avait promis la liberté ne trouveraient que la mort sur cette terre qui était la leur. Elle sentit son estomac se contracter, le poison agissait. Le sang qui coulait dans ses veines devint chaud, épais et commença à la brûler de l'intérieur. Elle ne s'était pas laissé faire et avait lutté jusqu'à son dernier souffle. Elle mourait certes, mais mourait en reine libre.

Ses soldats les plus fidèles emportèrent son corps et l'inhumèrent avec les honneurs dans un lieu qui encore aujourd'hui reste inconnu.

Lorsque Lucius apprit sa mort, il resta songeur un moment. Cette femme lui avait tant rappelé Tara. Que pouvait-elle bien devenir ? Où était passée sa fille ? Étaient-elles toujours en vie ?

À vrai dire, Tara n'était plus en vie. Elle avait été tuée. Tuée par les armées romaines sur ces mêmes champs de bataille où la reine Boadicée avait rendu son dernier souffle. Elle s'était juré de faire payer à Rome ce qu'elle avait perdu par sa faute. Elle n'avait donc pas hésité à quitter la forêt pour rejoindre la coalition celte dès que Maëlenn, âgée alors de vingt-et-un ans, lui avait parlé de cette reine au courage exceptionnel. Maëlenn, qui connaissait beaucoup mieux les villes que sa mère, l'avait accompagnée et s'était, elle aussi, jointe à la rébellion.

Lucius, Tara et leur fille auraient tous éclaté en sanglots s'ils avaient su que, par moments, ils ne se trouvaient qu'à quelques pieds les uns des autres à la bataille de Camulodonum où la neuvième légion avait été appelée. Mais leurs regards ne s'étaient pas croisés une seule fois.

***

Lucius revint soudain à lui, dans cette forêt du nord de la Gaule où sa légion venait d'être décimée. Il était toujours coincé sous son cheval qui ne faisait plus un seul mouvement. Il ne percevait plus les soulèvements de sa cage thoracique sous l'effet de ses inspirations. Le poids d'un cheval mort est une juste expression. Il sentait ses côtes qui n'étaient pas encore cassées subir cette pression et prêtes à céder. La brume commençait à se dissiper au fur et à mesure que le soleil se levait et réchauffait la forêt. Il allait bientôt être à découvert. Si des ennemis étaient encore dans les parages, il devait agir sans tarder. C'est dans les moments où la vie d'un homme est menacée que le corps libère des forces que l'on n'aurait pas soupçonnées posséder afin de se sortir de ces situations. L'instinct de survie fait faire des choses hors du commun. Mais dans le cas de Lucius, la mort n'était pas une option, il devait donc compter sur les capacités qu'il possédait et uniquement sur celles-ci. Il parvint, après presque une heure de lutte, à décaler petit à petit le corps de son destrier et à se libérer.

À bout de souffle, il se mit tout de même à courir droit devant lui. Il reprendrait sa respiration plus tard, il analyserait la situation plus tard. Pour le moment, il souhaitait simplement fuir. Fuir loin de cette forêt, de ces champs de bataille, loin des morts, des guerres et du sang. Fuir, une fois de plus.

Ses poumons le brûlaient, sa respiration devint sifflante sous l'effet du froid et de l'humidité, mais il ne voulait pas s'arrêter. Au bout de longues minutes de course, il parvint au bord d'un précipice qui dominait une grande étendue d'arbres dont il ne voyait pas les limites. Au pied de cette falaise, il aperçut une grande rivière d'une dizaine de mètres de large dont le courant rapide et violent transportait des branches et des troncs d'arbres. Il avait beaucoup plu ces derniers jours. Lucius tomba à genoux au bord du précipice. Il ôta son plastron à l'effigie de Rome et le lança de toutes ses forces dans le vide. Il le vit disparaître dans les remous plusieurs dizaines de mètres plus bas.

Il n'en pouvait plus. Il avait eu la chance d'avoir une vie beaucoup plus longue que les autres hommes. Mais qu'est-ce que cela lui avait apporté ? Il avait perdu tous ceux qu'il aimait, tout ce qu'il avait, il avait vu mourir ses enfants, les femmes qu'il avait aimées, il avait vu mourir des dizaines de milliers d'hommes. Sa vie n'avait été que combats, souffrances et désolation. Ses yeux s'embuèrent, il les ferma, se prit la tête entre les mains et lâcha un cri de rage qui retentit dans toute la vallée. Tous les visages de ceux qu'il avait perdus lui revinrent en tête ; Amenia sa femme, Aegon, Nikos et Sanos ses enfants, Correos et Brennos ses deux frères d'armes dont les corps devaient toujours reposer dans la terre d'Alésia, Elantia sa compagne celte, Tara, la seule à avoir réellement compris qui il était et avec qui il avait pu être enfin lui-même sans crainte, Maëlenn sa fille dont il ignorait le sort. Sa vie n'avait été que perte. Lucius avait trop subi, il subissait depuis deux mille cinq cents ans.

Il releva la tête et fut époustouflé par la beauté de ce qu'il avait devant les yeux. Le bruit de la rivière était la seule source sonore qui rompait le silence de cette nature. Le tout apparaissait comme calme et puissant à la fois. Le monde est un étrange paradoxe où la beauté et la sérénité côtoient la souffrance et la guerre.

Il dégrafa la fibule qui retenait sa cape rouge vermillon, maintenant tachée de boue et déchirée par endroits. À peine libérée, elle s'envola en suivant les impulsions du vent. Il la regarda s'éloigner et flotter vers le vide. C'est ce qu'il aurait aimé faire lui aussi, s'envoler loin d'ici.

Il faut parfois tomber au plus bas de la déchéance pour qu'un changement s'opère, que la conscience réveille chez un homme une autre facette de sa personnalité qui saura prendre le dessus et le faire renaître.

C'est ce qui allait s'opérer chez Lucius. Il ne pouvait pas mourir physiquement. Il pouvait en revanche décider de tuer ce qu'il était, celui qui subissait la vie et qui avait été brisé. Le monde avait été cruel avec lui, il allait avoir sa revanche. Il se redressa lentement, ses genoux lui faisaient mal. Tout son corps était endolori par la chute qu'il venait de vivre. Il retira la totalité de son uniforme qu'il laissa tomber au sol. Il pleurait. C'était un mélange de tristesse et de joie. De la tristesse, car toutes les choses qu'il avait vécues lui revenaient d'un coup en mémoire, et ses souvenirs étaient bien plus nombreux que pour la plupart des êtres humains. Il n'est pas naturel pour l'homme de perdre autant d'êtres chers, l'esprit n'est pas fait pour supporter tant de malheurs. Il ressentait également de la joie, car sa démarche était remplie d'espoir. L'espoir de renaître différent, d'oublier tout, d'obtenir sa vengeance sur la vie qui lui avait tout pris. Il devait prendre sa situation et sa longévité exceptionnelle comme une chance.

Les humains ne manquent pas de bonnes idées capables de changer les choses, ce qu'il leur manque en revanche, c'est le temps de les réaliser toutes. Lui possédait ce temps. Lucius se releva, écarta les bras et observa le ciel. À ce moment, il aurait pu penser à une quelconque entité divine, cela aurait été de circonstance. Mais il avait connu trop de dieux différents, il n'aurait pas su auquel s'adresser.

Il prit une légère impulsion avec la pointe de ses pieds. Son corps nu bascula lentement en avant. Il sentit bientôt son cœur remonter dans sa poitrine sous l'effet de la vitesse prise durant la chute. Le vent, dont le bruit devenait de plus en plus fort, lui fit mal aux oreilles. Il gardait toujours les bras écartés. Ce moment lui rappela sa chute des remparts lors de son agression en Crète deux mille cinq cents ans plus tôt. Son malheur avait débuté dans une chute, il devait se terminer par une chute. Tout devint noir au moment où il heurta violemment la surface de l'eau. Il perdit connaissance. La rudesse du choc et le froid extrême de l'eau avaient eu raison de son système nerveux. Son corps ballotté comme une poupée de chiffon suivit le sens du courant et disparut bientôt dans les remous.

Chapitre 7

2024, Angles-sur-l'Anglin

Il régnait une bonne ambiance ce soir-là dans les bureaux provisoires près du chantier de fouille. Une partie des membres de l'équipe avait décidé de passer la soirée ensemble plutôt que d'aller s'isoler chacun de leur côté. La cohésion était importante dans ce genre de milieu et les événements de ces derniers jours avaient créé quelques tensions au sein du groupe. Après mûre réflexion, David avait décidé de ne pas faire part de l'incident survenu la nuit dernière au responsable d'opérations. Le renforcement de la sécurité ou de la surveillance autour du chantier aurait constitué un frein à son étude clandestine de la dépouille de son ancêtre. Il se montrait tout de même prudent. Il ne connaissait pas les intentions de cette femme qui rôdait autour du site, il devait agir vite.

Mégane, Thomas, Julia et Arthur avaient un débat historique passionné. Ils avaient ouvert des bières et se faisaient passer une cigarette roulée dont la composition n'était pas faite uniquement de tabac. Les nuages de fumée à l'odeur si particulière restaient en suspens dans l'air. Julia avait décidé de se détendre, d'oublier toutes ses interrogations sur la dépouille qu'ils avaient retrouvée et de profiter de la soirée. Arthur et Mégane, quant à eux, s'étaient lancés dans une joute historique qui faisait rire Julia aux éclats.

« Mégane, on ne peut pas savoir ce qu'il s'est passé, certes, mais il n'y a rien de mystique là-dedans ! »

Elle but une longue gorgée de bière avant de répondre.

« La neuvième légion Hispania a été stationnée à Eboracum, dans la province de Britannia en 107, nous avons des données archéologiques qui le prouvent au musée d'York en Angleterre.

— Mais elle n'a disparu que quinze ans après !

— Oui, je sais, les dernières traces écrites des contemporains de cette époque indiquent qu'elle était basée à Nimègue, aux Pays-Bas en 121 et ensuite… plus rien ! »

Elle se mettait à parler de plus en plus fort et ses mains remuaient dans tous les sens. Mégane était habitée par ce qu'elle disait. Solaire, sanguine, passionnée, il n'était pas rare de la voir prendre parti assez houleusement dans certains débats. Il lui était parfois arrivé de s'abîmer la gorge à force d'élever la voix et de s'emporter durant plusieurs heures.

Julia prit la parole en se tournant vers Arthur :

« Et tu penses à quoi ? »

Il haussa les épaules.

« Des embuscades, une attaque qui l'aurait totalement anéantie, peut-être une désertion de masse, qui sait ? »

Mégane se rapprocha du groupe en se penchant en avant.

« Ou peut-être autre chose… » Elle attrapa la cigarette que lui tendait Julia et en prit une bouffée.

Arthur leva les yeux au ciel.

« Et voilà, c'est reparti… tu penses à quoi ? Une abduction des petits hommes verts ? »

Il eut un rire moqueur et prit une gorge de bière.

Mais Mégane était tout à fait sérieuse. Elle n'avait pas forcément les extra-terrestres en tête, mais pensait réellement que quelque chose de mystérieux se cachait derrière la disparition de la neuvième légion.

« Tu imagines… près de cinq mille hommes qui disparaissent sans laisser de traces ? Avec leur équipement, leurs chevaux, tout leur matériel de camp… et on ne retrouve rien ? »

David prit part à la conversation, il se tourna vers Mégane :

« Cinq mille ? Autant d'hommes ?

— Peut-être que la légion n'était pas au complet, mais plusieurs milliers d'hommes, c'est certain. »

Thomas restait silencieux, les observant débattre les uns après les autres, en écoutant les théories de chacun.

Arthur prit à son tour une bouffée de la cigarette que lui tendit Mégane. Il la garda longuement dans ses poumons et expira lentement la fumée.

« On ne saura jamais. Les écrits de l'empereur Hadrien n'en disent pas plus. Aucun légionnaire n'a survécu, et les éclaireurs n'ont même pas retrouvé un glaive. On ne sait même pas où elle a disparu exactement… Il faudrait fouiller chaque mètre carré des Pays-Bas ou de la Gaule, tu imagines le bordel ?

— Ce serait merveilleux. »

Julia avait les yeux qui brillaient.

Chaque kilomètre carré du sol est un potentiel chantier archéologique. Chaque jardin, chaque maison, chaque route sont construits sur des vestiges, qui peuvent être de toutes sortes : ancienne villa, ancien petit château, caves, atelier d'artisanat et même ancien cimetière. Julia était toujours amusée lorsqu'elle discutait avec des personnes qui lui confiaient avoir peur que leur maison soit construite sur un ancien cimetière. Elle ne leur disait rien et se contentait d'aller dans leur sens, mais les rituels funéraires et la pratique de la sépulture étaient déjà d'usage chez les Néandertaliens il y a environ cent trente mille ans. Même si de nombreuses sociétés ont par la suite pratiqué la crémation sur des bûchers funéraires, l'inhumation était largement répandue et le sol sur lequel l'homme marche n'est pas moins qu'un cimetière géant. Il n'y avait qu'à se pencher sur l'actualité archéologique pour s'en rendre compte. Chaque nouveau chantier de construction, qu'il s'agisse d'aménagement d'habitations, de grands axes routiers ou de réfection de route, donnait lieu à un diagnostic archéologique qui menait à la découverte de sépultures médiévales ou antiques.

La porte du bâtiment de chantier s'ouvrit et le responsable d'opérations, ancien professeur d'Arthur et Julia, entra. Arthur cacha rapidement la cigarette qu'il avait dans la main sous la table et souffla discrètement la fumée qu'il avait dans la bouche. Le professeur Scoria s'en aperçut, il était en effet difficile de ne pas remarquer le nuage de fumée et la senteur qui régnait dans la pièce. Il leva la main en signe de salutation et de paix.

« Détendez-vous, monsieur Gauthier, j'ai été étudiant bien avant vous, je connais cette odeur. »

Arthur sortit la cigarette de sa cachette et adressa un signe de tête reconnaissant à son ancien professeur. Ce dernier s'installa avec eux autour de la table. Son ancien élève se redressa et se pencha vers lui en lui tendant la cigarette. Henri Scoria releva la tête.

« Gauthier… n'abusez pas. »

Arthur se rassit en riant.

« Alors les jeunes, de quoi étiez-vous en train de discuter ?

— Des grandes affaires non résolues de l'Empire romain et d'une possible intervention extra-terrestre. »

Arthur adressa un clin d'œil à Mégane qui afficha une grimace et tira la langue en guise de réponse.

« Ah l'histoire regorge d'affaires non résolues, et les interventions extérieures à notre terre n'ont souvent rien à voir là-dedans. »

Il réfléchit quelques secondes.

« Mais le passé n'est que mystère, les théories se coupent et se recoupent entre elles. »

Julia se rapprocha et fut imitée par tous les convives. S'il y a bien une chose que tous avaient en commun, c'était l'admiration de leurs différents professeurs. Ce dernier retira ses lunettes et commença à les nettoyer avec le bas de sa veste.

« L'histoire a une sainte horreur des moments de creux. L'explication la plus farfelue vaut mieux que rien, vous savez ! »

Il remarqua avec amusement que ses anciens élèves étaient tout particulièrement attentifs et s'attendaient à un cours improvisé.

Il attrapa un éclat de silex et un nucleus dans la caisse au milieu de la table. Il lança le nucleus à Arthur, qui se trouvait en face de lui.

« Gauthier ! »

Arthur attrapa le morceau de silex au vol.

« Gauthier, qu'est-ce que c'est ? »

Arthur observa la pierre, la fit tourner entre ses doigts, passa plusieurs fois son pouce contre les parois afin d'en ressentir les aspérités.

« Un nucleus. Une roche dont on a retiré des éclats et des lames pour fabriquer d'autres outils. »

Le professeur acquiesça d'un signe de tête.

« Rainel ! »

Il lança l'autre morceau de silex en direction de Julia. Elle le rattrapa au vol.

« Rainel, même question.

— C'est un éclat que l'on a extrait d'un nucleus à l'aide d'un percuteur. Elle passa son doigt le long de la partie tranchante de l'éclat. Il n'est pas tranchant et il n'y a pas de marque de façonnage. Il n'a donc pas été utilisé. »

Le professeur fit claquer ses mains entre elles, paume contre paume, en affichant un sourire pour valider ce qui venait d'être dit.

« Eh bien, au moins, mes cours n'auront pas servi à rien. Il ne m'a pourtant pas semblé vous voir éveillés… »

Il y eut un rire général dans la salle.

« Je plaisante, je plaisante… Seriez-vous capable de dater ce mobilier ? »

Arthur répondit par la négative.

« En l'absence d'autres éléments… non, pas vraiment. »

Julia examina l'éclat sous toutes ses formes.

« Bien qu'il n'ait pas été travaillé au niveau du tranchant, il semble avoir subi un façonnage sur les autres parties, peut-être avant d'avoir été détaché du nucleus… cela pourrait correspondre à la méthode Levallois. Je dirais, avec une marge d'erreur… Paléolithique moyen, ère du Moustérien ?

— Bravo mademoiselle Rainel ! »

Tous applaudirent devant cette analyse, y compris Arthur qui afficha une mine impressionnée. Cette manifestation d'intérêt de sa part ne laissa pas Julia indifférente. Il s'était montré particulièrement désagréable et mystérieux ces derniers temps, mais ce soir, elle le retrouvait comme elle l'avait connu. Lorsqu'une personne ne montre plus aucun signe d'affection à quelqu'un et ne le considère plus, l'autre tente de se raccrocher aux moindres petits détails qui, d'ordinaire, paraissent anodins. Un simple sourire apparaissait aux yeux de Julia comme une preuve qu'il tenait encore à elle.

Le professeur Henry Scoria reprit, une fois cette ovation terminée :

« Vous avez tous les deux étés capables de faire parler ces pierres. De leur donner une fonction, de les dater dans le temps, qui est immensément vaste ! Vous avez même été capables de recréer les mouvements qu'a pu faire cet homme ou cette femme, ayant vécu il y a plusieurs centaines de milliers d'années… ».

Les deux étudiants jubilaient. Le professeur Henry les coupa dans leur fanfaronnade :

« Alors que ce ne sont que des déchets. »

L'effervescence redescendit d'un coup. Henry souriait en les regardant les uns après les autres, fier de son effet.

« Vous m'avez bien entendu. Des poubelles, des déchets inutiles balancés comme vous balancerez ces bouteilles de bière ou une fourchette à laquelle il manque une dent. »

Julia, Mégane, Arthur, Thomas et David restèrent pensifs. Le professeur continua son explication.

« Vous, Julia, vous avez dans les mains un éclat qui fut détaché dans le but de devenir un outil. Peut-être un racloir, à en juger par la forme qu'ils lui ont donnée, pour le travail des surfaces de bois. Mais ils se sont aperçu que la forme n'était pas idéale, qu'il n'y avait pas assez de tranchant ou bien qu'il était trop petit. Ils ont donc abandonné l'entreprise et l'ont jeté… nous sommes en face d'une erreur, d'un raté qui n'avait pas d'utilité. Mais qui, pour nous, est une mine d'informations considérable. »

Julia réalisa qu'il avait entièrement raison. Archéologue depuis déjà plusieurs années, elle avait toujours vu le potentiel scientifique et la beauté qui se trouvait dans les objets qu'elle sortait du sol. Elle réalisait que ce qui n'avait parfois aucune utilité pour certains pouvait s'avérer précieux pour d'autres. Cela remettait totalement en cause le concept d'échec. Ce dernier n'existait pas si l'on voyait les choses sous cet angle.

Il pointa son doigt dans la direction d'Arthur.

« Et vous, vous avez entre les mains une base qui a été exploitée pour en extraire le potentiel. L'objet que vous avez-là n'a plus d'utilité, il a donné tout ce qu'il pouvait. On ne peut plus rien en tirer, alors on le jette. »

Il ne comptait pas s'arrêter en si bon chemin.

« Dites-vous bien une chose… »

Ils burent ses paroles une fois de plus.

« Tout est archéologie. Réunissez-vous ici tous les soirs, buvez plusieurs bières tous les soirs et, au lieu de les mettre à la poubelle, jetez-les par-dessus le muret qui est derrière ce baraquement… »

Il marqua un temps d'arrêt et les observa d'un air sévère.

« Ne le faites pas ! C'est un exemple. Et bien vous pouvez être certains que, dans environ cinq cents ans, les futurs archéologues étudiant ce site se poseront la question de savoir si un atelier de verrerie ne se situait pas sur ce site. »

David sortit du silence.

« Mais il n'en est rien. Ils se tromperont sur la nature de ce lieu.

— Exactement ! Tout comme nous nous trompons sûrement sur bon nombre d'interprétations à l'heure actuelle. »

Il coiffa sa moustache blanche d'un geste précis.

« L'écriture est apparue il y a approximativement cinq mille cinq cents ans, à la louche. C'est à ce moment-là que des êtres humains, contemporains des événements, ont pu commencer à nous laisser des témoignages de ce qu'ils vivaient. Homo Sapiens est apparu il y a combien de temps, Thomas ? Thomas ! Cessez de dormir ! »

Thomas eut un léger sursaut.

« Euh… je… dirais trois cent mille ans, d'après les dernières découvertes.

— Exact ! Et nous ne parlons ici que d'Homo Sapiens. Si l'on veut être bien plus large et que l'on remonte à Homo Habilis, nous ne comptons plus en centaines de milliers d'années, mais en millions d'années ! Restons sur Sapiens. Cela signifierait qu'entre 300 000 et 3500 avant notre ère, notre histoire n'est faite que de suppositions d'après les biens matériels de nos ancêtres. »

Le professeur n'avait pas prévu de donner de cours ce soir et ses élèves, réunis autour de la table, voyaient leur domaine de recherche sous une tout autre forme. Le travail d'archéologue apparaissait semblable à celui d'un enquêteur qui doit se baser sur le peu de preuves qu'il possède pour fonder une théorie et reconstituer le cours des événements.

« Ajoutez à cela les sociétés dont le système était basé sur une tradition de transmission orale, comme les Celtes ou encore les Vikings au début de leur âge, et vous retrouvez face à une montagne de mystères que vous allez devoir élucider. »

Thomas connaissait tout particulièrement le sujet des Celtes. Leur société était en effet basée sur la tradition orale. Nous ne pouvons observer cette civilisation qu'à travers les écrits que leurs ennemis ont laissés derrière eux. Thomas ne prit pas la parole sur le sujet, mais il aurait pu assurer à toute l'assemblée que l'on était loin de tout savoir sur les sociétés anciennes. Son étude de l'histoire pouvait parfois dépasser la simple passion.

Arthur se leva.

« Je vais à ma voiture, chercher un paquet de cigarettes. »

Il fut imité par le professeur Henry, pour qui la fin du cours n'avait pas encore sonné.

« J'ai un livre passionnant dans le coffre de la mienne sur les affaires non élucidées de l'histoire. Je vous le ramène de ce pas. »

David repoussa sa chaise et se leva difficilement.

« Quant à moi, ces bières font ressentir leur effet sur mon corps, je reviens dans quelques minutes. »

Thomas se leva à son tour.

« Je t'accompagne, c'est pareil pour moi. »

Les quatre hommes quittèrent le préfabriqué et partirent dans des directions différentes, laissant Mégane et Julia à l'intérieur.

Mégane se tourna vers Julia.

« Arthur est différent ce soir. Il semble moins renfermé, qu'est-ce que tu lui as fait ? C'était au médecin que je t'avais dit de dévoiler tes charmes. » Elle lui fit un clin d'œil en lui envoyant un coup d'épaule.

Julia écarquilla de grands yeux.

« Mais rien ! Ça va faire presque trois mois qu'on ne s'est pas retrouvés seuls tous les deux. Mais oui, il a l'air différent. »

Malgré le fait qu'elle appréciait ces contacts avec Arthur lorsqu'il était enjoué, elle ne pouvait s'empêcher de ressentir une certaine inquiétude.

Et s'il était heureux à cause… de quelqu'un d'autre ? Elle le connaissait bien et savait qu'il pouvait avoir ce genre de comportement lorsqu'il tombait amoureux. Elle savait que ce moment arriverait tôt ou tard. Il était plutôt beau garçon, passionné et donc passionnant. Il avait le regard noir et un côté ténébreux qui n'enlevait rien à son charme. Julia était bien trop renfermée pour faire des rencontres et considérait sa solitude comme une bénédiction. Elle savait par conséquent qu'elle assisterait tôt ou tard au renouveau du bonheur d'Arthur au bras d'une autre. Elle se réjouissait pour lui, bien entendu, et ne lui souhaitait que du bien, mais cette image la consumait de l'intérieur, à petit feu.

***

À l'extérieur, la silhouette se déplaçait rapidement. Il fallait non seulement ne pas être vue, mais aussi ne pas être entendue. Elle disposait d'un délai limité. L'ombre s'immobilisa devant la porte en bois de l'église. *Qu'est-ce qu'il ne faut pas faire, décidément...* pensa-t-elle en réalisant que subtiliser les clés du chantier aurait peut-être été une bonne idée et qu'elle allait maintenant devoir fracturer la serrure. Notre cambrioleur se mordit les lèvres sous l'effet de la concentration. Il devait faire le moins de bruit possible, comment pourrait-il justifier son intention de pénétrer sur le chantier s'il était pris ? La vieille serrure ne résista pas longtemps. La porte s'ouvrit enfin, elle ne grinça pas. La silhouette se faufila rapidement à l'intérieur et prit soin de bien refermer derrière elle afin que personne ne remarque sa présence et ne se pose de question.

L'ombre avança rapidement et descendit les niveaux creusés par les archéologues, elle savait parfaitement où elle mettait les pieds. Elle parvint enfin face à la dépouille du supposé seigneur Hervé d'Anjou, les os avaient été parfaitement dégagés et étaient prêts à être totalement extraits pour être envoyés en analyse. Le voleur ramassa les ossements par paquets, sans ménagements, comme s'il avait manipulé de simples cailloux, et les jeta dans le grand sac en toile qu'il avait amené avec lui. À deux mains, il récupérait tout ce qu'il pouvait. Tout devait aller très vite, il n'avait plus le temps d'être discret, il avait prévu trop court. Il ne prenait plus garde au bruit que faisaient les ossements qui s'entrechoquaient dans le sac. Il récupéra le crâne en dernier. La silhouette se releva, courut vers la porte et sortit. On l'entendit souffler, soulagée.

« Voilà une bonne chose de faite… »

Elle disparut dans la nuit, comme si rien n'était arrivé.

David était en train d'uriner l'équivalent de deux litres de bière alors qu'il n'en avait bu que cinquante centilitres. Il observa les étoiles qui se trouvaient au-dessus de lui. C'étaient ces mêmes étoiles que son ancêtre avait observées il y a sept cents ans, dans cette même ville. Il ne parvenait toujours pas à réaliser que l'homme qui se trouvait dans le sol de la nef de cette église était son ancêtre direct, celui à qui sa famille devait sa vocation, celui qui avait tant étudié et laissé tant de connaissances. Cette dépouille lui appartenait, en quelque sorte. Le regard de David s'assombrit, il fronça les sourcils et serra les dents. Les muscles de sa mâchoire se contractèrent. C'était la dépouille qu'il cherchait depuis bien longtemps.

C'est aussi celui qui fut lâchement assassiné par Hervé d'Anjou…

Le professeur Scoria prit soin de bien refermer sa voiture. Il se retourna plusieurs fois sur le chemin pour appuyer sur le bouton « verrouiller » de sa clef. Les feux orange du véhicule s'allumèrent deux fois. Bien que ce village soit un coin tranquille, sa voiture contenait un précieux chargement. Il fallait se montrer prudent. Il se dirigea vers le baraquement, son livre à la main.

Thomas portait son regard vers le château, un sourire aux lèvres. Il imaginait les soldats effectuer leurs rondes sur les remparts, les torches se déplacer comme de lointaines étoiles scintillantes, les chevaliers partir en campagne et les réunions militaires. Aujourd'hui vestige abîmé du passé, ce château lui semblait presque encore plein de vie. Il regarda sa montre, il était temps de rentrer rejoindre les autres.

Arthur referma le coffre de sa voiture. Il ouvrit le parquet de cigarillos cubains qu'il y avait récupéré. Cela faisait plusieurs années qu'il avait arrêté de fumer, il ne s'autorisait que deux paquets de petits cigares durant l'été, habitude tenace de ses péchés d'autrefois. Il marcha jusqu'au bord du cours d'eau qui n'était qu'à quelques pas de leur baraquement. Il craqua une allumette, alluma son cigare et en tira une longue bouffée. Il sentit que cet été, il aurait sûrement besoin de plus de deux paquets. Il reprenait goût aux notes poivrées, boisées et vanillées de ces petits rouleaux de tabac.

Tout comme Thomas, Arthur resta un moment à observer la ville et le vieux château perché sur sa colline que la lune éclairait. Qu'avaient bien pu voir toutes ces pierres ? À quels événements ces rues avaient-elles bien pu assister ? Lorsqu'il passait des soirées enjouées comme celle-ci avec plusieurs personnes, il ressentait toujours le besoin de s'isoler un moment. Le monde, le bruit et les conversations étaient des choses qu'il appréciait à petite dose. Il partit donc se ressourcer, recharger ses batteries, faire redescendre la pression et retournerait dans quelques minutes reprendre ces interactions sociales. On peut dire que, sur ce point, ils s'étaient bien trouvés avec Julia. Lorsqu'ils sortaient faire la fête, ils étaient toujours les premiers repartis. Un simple regard et ils savaient l'un comme l'autre qu'il était temps de rentrer. Il recracha lentement la fumée du cigare et observa le mouvement des fines particules bercées par le vent.

Le professeur entra dans le préfabriqué, les bras chargés d'un gros livre. Il fut suivi par David et Thomas qui retournèrent s'asseoir à leurs places. Le livre fit un grand bruit en tombant sur la table. Henry Scoria passa sa main sur la couverture et lut le titre à haute voix.

« *Les Mystères non résolus de l'Histoire* par Allan Letellier, professeur d'histoire médiévale, en collaboration avec… oh… Ça alors ! Henry Scoria ! »

Mégane et Thomas rirent face à cet étonnement surjoué du professeur. Julia connaissait le professeur Letellier, bien que ce dernier n'ait pas enseigné dans son université. Ils s'étaient mutuellement aidés lors de précédentes recherches, se rencontrant par hasard alors qu'ils se trouvaient tous les deux en Normandie, non loin du Mont-Saint-Michel. Le professeur y effectuait des recherches généalogiques.

Le livre était une sorte de recueil de toutes les questions non résolues de l'histoire classées par ordre alphabétique.

« Commençons par le début. « A », Alexandre « le Grand » et son tombeau toujours introuvable…

— Où est Arthur ? »

Julia ne pouvait s'empêcher de s'inquiéter pour lui et recherchait toujours sa présence.

Ce fut David qui lui répondit :

« Je l'ai vu au bord de l'eau, il fumait. »

Julia se leva et quitta la pièce. Le professeur commença à exposer son enquête devant un auditorium réduit.

Sa vision mit quelques secondes à s'habituer à l'obscurité, cette partie de la ville n'étant pas éclairée. Elle distingua la silhouette longiligne d'Arthur au bord de la rivière. Le bruit d'une allumette que l'on craque retentit alors qu'elle s'approchait, il allumait un deuxième cigarillo.

« Tu refumes de plus en plus, à ce que je vois. »

Il ne sursauta pas, il avait entendu la porte des bureaux s'ouvrir et se refermer.

« Mon médecin dit que c'est bon pour ma santé. »

Elle s'approcha et lui prit le cigare pour en tirer une bouffée. Manquant de s'étouffer, elle recracha la fumée par à-coups.

« C'est dégueulasse, je ne sais pas comment tu fais, tu sens comme mon oncle berrichon de quatre-vingts ans ! »

Arthur récupéra son cigare en rigolant.

« Mon grand-père fumait les mêmes. Les chiens ne font pas des chats, comme on dit.

— Ton grand-père, c'est celui qui a servi durant la guerre de 14 et qui était en photo dans ton bureau ?

— Non, ça c'est mon arrière-grand-père, Philippe Gauthier, né en 1889.

— Le mien aussi a servi durant la Grande Guerre. Thomas Rainel. Il a participé aux combats dans la Somme. »

Il se tourna légèrement vers elle.

« Ça fait longtemps qu'on ne s'est pas retrouvé tous les deux.

— C'est vrai… Tu n'étais pas du genre accessible ces derniers jours. »

Il baissa le regard et afficha une mine gênée.

« J'étais… préoccupé, par pas mal de choses.

— Oui, mais ce n'est pas une raison ! Il t'arrive de te mettre à ma place, parfois ? »

Il fut surpris par son haussement de ton soudain, il l'observa sans dire un mot.

« Et voilà, tu recommences avec ton air impassible, toujours à tout garder en dedans, personne ne sait jamais ce que tu penses ! Il y a un tel bordel dans ta tête, je suis sûr que même toi tu n'arrives pas à le comprendre. »

Il restait toujours de marbre, l'écoutant sans la couper.

« Tu penses à ce qu'il peut y avoir dans ma tête ? Un jour tu es adorable, prévenant, rassurant et le lendemain, sans raison, alors que c'est le moment où j'aurai le plus besoin de toi… tu disparais. Je te retrouve froid, distant et taciturne comme si j'avais un mur en face de moi… »

Elle fut coupée par le contact de la main d'Arthur sur la sienne qu'il attira lentement vers ses lèvres. Il déposa un baiser sur le dessus de sa main en la regardant dans les yeux.

« Je suis désolé. »

Malgré ce que ce contact provoqua en elle, il était hors de question de le laisser s'en tirer si facilement. Elle retira sa main d'un geste sec.

« C'est trop facile une fois que le mal est fait. Tu as besoin de guérir de tes blessures, tu souffres et, inévitablement, tu fais souffrir les autres tant que tu seras dans le déni. »

Elle lui tourna le dos. Arthur se rapprocha doucement et l'enlaça. Il enfonça son visage dans ses cheveux bruns et doux, dont le parfum lui rappela de nombreux souvenirs. Elle lui caressa délicatement les mains en signe de paix et se recula légèrement pour se coller davantage à lui.

« Je suis sincèrement désolé. J'avais des choses à régler… »

Julia se risqua à poser la question dont elle redoutait la réponse.

« Est-ce que tu as quelqu'un dans ta vie ? »

Il se mit à rire et la serra encore plus fort.

« Qui me supporterait, voyons ? Qui aurait assez de patience pour ça ? Non je n'ai personne.

— Moi, je t'ai supporté…

— Oui, mais tu en as vite eu marre.

— Je te rappelle que partir était ta décision ! »

Il resta silencieux quelques secondes avant de répondre.

« Peut-être que c'est moi qui ne me supporte pas, alors. »

Elle se retourna pour lui faire face, tout en restant dans ses bras qui l'enlaçaient. Elle passa les siens autour de son cou.

« Tu as été odieux lorsqu'on a découvert Hervé d'Anjou, tu sais pourtant que c'était important pour moi.

— Je voulais que tu arrêtes de trop réfléchir et de te torturer l'esprit. N'oublie pas que je te connais et on ne peut mieux. »

Il posa son doigt sur son front et ajouta.

« Ce qu'il y a là-dedans travaille beaucoup trop et ce n'est pas bon. Tu as trouvé Hervé d'Anjou, il n'a pas l'âge que tu imaginais et n'a pas forcément mené le style de vie que les sources mentionnent… et alors ? Ce n'est en rien un échec, tu l'as trouvé et il est juste là. »

Il fit un mouvement de tête et désigna l'église du menton.

Julia esquissa un sourire, elle savait qu'il avait raison et qu'il était temps qu'elle se réjouisse.

« C'est vrai. Mais il y a tout de même quelque chose d'étrange, dont je n'ai parlé à personne et que je suis apparemment la seule à avoir remarqué. »

Il se fit interrogateur et l'invita à continuer.

« Promets-moi de garder ça pour toi ! »

Il acquiesça.

« J'ai remarqué des traces de griffures sur le sarcophage d'Hervé, à l'intérieur.

— Peut-être des traces de truelle ou d'outil au moment où on l'a dégagé ? Je croyais que ce n'était pas exploitable. »

Elle secoua la tête en levant les yeux au ciel.

« Oui, bah, j'ai menti, ça arrive, tu devrais t'y connaître. »

Arthur ne releva pas la réflexion et la laissa continuer.

« Il s'agit de griffures faites par un humain, j'en suis persuadé.

— Tu suggères donc qu'Hervé aurait été inhumé alors qu'il était… encore en vie ? »

Elle haussa les épaules.

« Cela semble étrange, je sais. Les seigneurs restaient un certain moment exposés avant d'être enterrés, le temps d'organiser une cérémonie, de faire tailler la pierre si elle n'avait pas déjà été réalisée. L'inhumation a dû avoir lieu plusieurs jours après le décès… »

Arthur écarquilla de grands yeux et parut horrifié à l'idée que cet homme puisse avoir été inhumé vivant. Julia le remarqua :

« Ce n'est pas très joyeux, je te l'accorde, et assez étrange… »

Arthur tenta de se remémorer toutes les informations qu'il possédait sur la vie d'Hervé d'Anjou.

« Il a été mortellement blessé durant des combats, ce n'était pas prévu. L'enterrement n'a donc pas été préparé et, comme tu le dis, il a dû rester plusieurs jours exposé. S'il était simplement inconscient, il se serait réveillé… à moins qu'il s'agisse d'un coma.

— Mais tu sais bien que les sources sont faussées et il a demandé à être rapidement inhumé.

— Tu penses qu'il y a des traces visibles sur les os des doigts de la dépouille ?

— Ça m'étonnerait qu'il se soit abîmé les doigts jusqu'à l'os… Mais si tu veux jeter un coup d'œil aux griffures, tu pourras me donner ton avis. »

Il répondit par l'affirmative et tous deux se dirigèrent vers les bureaux pour récupérer les clefs du chantier.

Lorsqu'ils entrèrent dans la salle qu'ils avaient quittée quelques minutes plus tôt, la chaleur les saisit. Les cerveaux de Mégane, Thomas, David et Henry avaient fait grimper la température. Thomas se prenait la tête entre les mains et avait les paupières lourdes, il connaissait déjà toutes ces histoires sur le bout des doigts. Le professeur avait passé plusieurs chapitres du livre, mais n'en était qu'à la lettre B. Il était certes passionné d'histoire, mais la journée avait été longue. De plus, les différents rapprochements entre Arthur et Julia lui minaient le moral. Il n'avait qu'une envie, rejoindre son lit, seul.

« Boadicée, ou Boudicca selon les sources. La princesse celte qui a mis en déroute les armées romaines… »

Il ne s'interrompit pas lorsque Arthur récupéra les clefs de l'église et sortit.

Ils se dirigèrent vers l'église.

« J'espère qu'ils vont réussir à l'interrompre, parce que, sinon, ils n'auront toujours pas terminé quand le soleil se sera levé. »

Leur rire était le seul son perceptible de cette nuit.

« Regarde, ils n'ont même pas verrouillé la porte, elle est entrouverte… c'est la troisième fois qu'on laisse Thomas fermer seul et la troisième fois qu'il faillit à sa mission. Tu peux être sûr que quand on lui laisse les clefs, elles ne servent à rien.

— Ne t'en fais pas, il n'y a que de vieux ossements là-dedans, aucun matériel intéressant pour des voleurs… Seulement pour des archéologues rats de bibliothèque comme nous. »

Ils entrèrent dans l'église. Le chantier était plongé dans l'obscurité, Arthur chercha à tâtons le groupe électrogène qui alimentait les éclairages provisoires. Il parvint à le faire fonctionner après plusieurs essais. Tous les deux plissèrent les yeux sous l'effet violent de la lumière. Ils y virent clair au bout de quelques secondes.

« Alors, montre-moi ces grif… »

Il laissa sa phrase en suspens.

Julia était figée, ne comprenant pas ce qu'elle avait devant les yeux. Son cerveau mettait du temps à analyser la situation.

Arthur sortit en courant et déboula en trombe dans le baraquement de chantier.

« Venez vite ! Tous ! »

Ils l'interrogèrent du regard, incrédules.

« Dépêchez-vous ! »

Ils arrivèrent en courant sur le chantier. Julia était toujours figée, elle ne bougeait pas et affichait une expression relativement calme, comme si la situation n'avait rien d'étonnant à ses yeux.

David serra les poings face à la scène, les muscles de sa mâchoire se contractèrent.

Julia se retourna vers eux et prit une inspiration. Ses yeux embués trahirent son émotion.

« Hervé d'Anjou a disparu. »

Chapitre 8

1372, Angles-sur-l'Anglin

Les sabots des chevaux s'enfoncèrent dans le sol humide lorsque les cavaliers agrippèrent les rênes. De cette partie de la ville haute, ils distinguaient toute la vallée, la rivière qui traversait la ville basse et le château perché sur son rocher. De nombreuses maisons n'avaient plus leur toit et les charpentes étaient encore noircies des flammes des feux anglais. Les corps ne jonchaient plus les rues, mais la misère se faisait ressentir à chaque intersection. Le château était, lui aussi, en mauvais état. Une partie des remparts s'était écroulée, la charpente du donjon était effondrée et des trous désolidarisant le tout apparaissaient au milieu des murs de la forteresse. Angles avait été au cœur d'une bataille, cela ne faisait aucun doute.

« C'est donc ça le cadeau que vous fait le roi pour avoir combattu les Anglais à Poitiers et dans tout le royaume ?

— Tu as toujours eu du mal à faire fonctionner ton imagination, mon cher Foulques. »

L'homme qui avait prononcé cette phrase ne quittait pas la forteresse des yeux. Son regard était intense et passionné.

« Il est magnifique. »

Celui qui héritait du château repris aux troupes anglaises par Bertrand du Gesclin avait combattu à la bataille de Poitiers seize ans plus tôt, en 1356. Malgré leur nombre important et la qualité des chevaliers du royaume de France, les Anglais avaient remporté la bataille. Il ne suffisait pas d'être nombreux, il fallait un plan, ce que les Français n'avaient pas ce jour-là. Les chevaliers les plus hardis du royaume, dont notre homme faisait partie malgré son jeune âge à l'époque, avaient vu plus de la moitié des leurs tomber sous les flèches anglaises et piétinés par les sabots de leurs chevaux.

Il fronça les sourcils.

« Et ne me parle pas de Poitiers, c'est ce jour où je n'ai pas pu sauver notre roi et son fils. »

Entretenant un rapport de confiance avec le roi Jean II dit « le bon » [i] depuis plusieurs années, ce dernier reconnaissant sa valeur de chevalier, ils avaient combattu l'un à côté de l'autre durant cette bataille. Le chevalier avait fait éviter plusieurs coups anglais mortels au roi. Mais cela n'avait pas suffi, Jean II avait été capturé avec son fils durant les combats.

Il était mort en Angleterre en tant que prisonnier en 1364, huit ans plus tard.

« Ce sont tous mes combats auprès de Bertrand du Guesclin qui se sont vus récompensés, il est proche de notre bon roi et a glissé quelques mots sur ce château et la nécessité de mettre quelqu'un à sa tête.

— Moi, je n'ai pas de courage.

— Et c'est pour ça que tu n'as pas de château. »

Foulques se pencha sur l'encolure de son cheval pour reposer son dos, il laissa pendre ses bras de manière nonchalante.

« Un château à moi ? Quelle drôle d'idée, c'est bien trop de travail ! Je préfère vivre à vos crochets et dormir dans le vôtre, c'est plus économique.

— À quoi aspires-tu donc ? Tu n'as donc aucune envie de gloire ou de grandeur ?

— À quoi est-ce que j'aspire ? »

Foulques fit mine de réfléchir.

« Faire trembler mes ennemis de terreur et hurler vos servantes de plaisir.

— Je ne crois pas qu'il y ait de lupanar dans ce village, penses-tu tenir le coup ?

---

[i] Roi de France de 1350 à 1364.

— En effet, il n'y en a pas. Si c'était le cas, je l'aurais déjà trouvé depuis longtemps. »

Le nouveau seigneur des lieux eut un sourire en coin. Foulques n'était pas que son compagnon d'armes, il était un ami, un ami fidèle qui, malgré ce qu'il laissait paraître, possédait un courage hors du commun. C'était également une fine lame qui ne s'était vu infliger aucune blessure en plus de quinze ans, pas la moindre égratignure. Il était intouchable. Ils s'étaient tous les deux illustrés à la bataille de Cocherelle en 1364. Bataille qui avait vu les troupes françaises de Charles V[i], l'héritier au trône de Jean « le bon », sortir victorieuses du combat. Du Guesclin, à la tête des armées ce jour-là, avait rapidement remarqué l'habileté des deux hommes.

Foulques avait raison sur un point, le paysage qu'ils avaient devant les yeux était désolant. Mais le futur seigneur parvenait à voir son potentiel, il savait comment redonner à ce village perdu sa grandeur d'autrefois, et même plus. Il avait été ambitieux et avait à présent de grands projets. Il comptait bien laisser son empreinte sur ces terres.

« Allez ! Ne tardons pas, les hommes doivent avoir faim ! »

Ils éperonnèrent leurs chevaux qui s'élancèrent avec fougue, faisant voler des mottes de terre dans tous les sens. Ils furent suivis par une quarantaine d'hommes, tous en armures. Tous avaient combattu les Anglais, tous avaient fait partie des troupes qui reprenaient depuis plusieurs années le territoire aux armées de celui que l'on appelait alors « le prince noir », Édouard de Woodstock. Il n'était autre que le fils du roi d'Angleterre Édouard III[ii].

Ce dernier avait donc placé son fils à la tête des possessions anglaises au sein du royaume de France. Ces terres avaient été cédées à l'envahisseur d'outre-Manche à la suite du traité de

---

[i] Roi de France de 1364 à 1380.

[ii] Roi d'Angleterre de 1327 à 1377.

Brétigny, dont le but était, à l'époque, de négocier la libération de Jean II « le bon » emprisonné en Angleterre.

La chevauchée qui s'avançait vers le village fit trembler le sol. Les habitants qui les virent dévaler la colline prirent peur et crurent à une attaque de plus. Certains s'enfuirent en courant et entrèrent se barricader dans leurs chaumières, le château en ruines ne leur offrant aucune protection. D'autres, plus hardis, empoignèrent leurs fourches, prêts à tenir tête aux armées et à mourir pour leur liberté. Un homme mit une pique en bois dans les mains de son fils, âgé d'environ dix ans, et l'encouragea à se battre avec honneur. L'apparition des bannières françaises au sein de la chevauchée rassura les esprits sur les intentions de l'armée. Les fourches se baissèrent et furent remployées à leur utilité première, mais les sourcils restèrent froncés.

Le Poitou avait été possession anglaise pendant plusieurs années et certains s'étaient accoutumé à leur monarque. Tous les cœurs ne battaient pas pour l'actuel roi de France Charles V « le sage ».

Les cavaliers ralentirent la cadence lorsqu'ils arrivèrent au pied de l'édifice. L'homme en tête levait les yeux vers les hautes murailles, le donjon roman et la tour ronde longiligne qui s'élevait le long de la roche. Il observa les entailles et les accrocs sur les pierres. Cette forteresse avait connu des combats, des heures de gloire et des heures sombres. Il ne comptait pas lui faire oublier son passé, mais il savait qu'en étant à la tête de ce domaine, son futur ne pourrait être que prometteur.

Arrivé à proximité de la grande porte, au nord du château, il leva le bras d'un geste sec. Foulques l'imita en criant.

« Halte ! »

Les cavaliers s'arrêtèrent. Chacun levait la tête vers ce qui allait bientôt être leur nouvelle garnison. Certains observaient les paysans et les artisans s'activer à leur tâche. Ces gens seraient bientôt sous leurs ordres. Un sifflement général retentit au sein du groupe lorsqu'une bergère apparut.

« Foulques ! Dis à nos hommes de se tenir, nous ne sommes pas de passage ici et peu aimés pour le moment. Qu'ils respectent les villageois ! »

Son compagnon acquiesça et hurla toutes sortes de menaces aux hommes, qui se turent immédiatement.

Il revint vers la grande porte en adressant un signe de tête accompagné d'un sourire malicieux à la bergère.

Il s'arrêta à la hauteur de son supérieur.

« J'aimerais mieux être à la tête d'un troupeau de chèvres, croyez-moi !

— Moi aussi, mais malheureusement, on ne gagne pas une bataille avec des chèvres. Ils sont dénués de manières, mais pas de courage. Et cesse de me vouvoyer !

— J'ai quand même du mal maintenant que tu as pris en grade. Et devant les hommes, cela renforce ton autorité, ce n'est pas plus mal.

— Comme il te plaira, va m'annoncer, j'ai hâte de prendre un bain et de boire du vin à ne plus faire la différence entre un soldat et une chèvre. »

Il lui envoya une tape dans le dos en riant.

Alors que Foulques s'avançait vers la grande porte, un soldat, une pique à la main, le menaça.

« Arrière ! Ce château ne tombera pas ! »

Foulques garda son calme.

« Halte-là soldat ! Quelle bravoure, menacer seul une armée entière ! Tu seras récompensé ! Mais laisse-nous passer, car le futur seigneur de ces lieux se tient derrière moi. »

L'homme jeta un regard derrière Foulques et vit un homme en armure dont il ne pouvait deviner ni le visage, ni les armoiries sur son plastron de métal.

« Beaucoup d'hommes sont venus ici, prétendant être de nouveaux seigneurs… Il avança d'un pas. Arrière ! »

Au loin, un homme âgé portant une bure de moine arrivait en courant. Son grand âge rendait sa course difficile. Il agitait les bras en l'air en criant le nom du soldat.

« Amaury, non ! Amaury ! »

Le soldat ne comprenait pas cette agitation. Foulques s'adressa de nouveau à lui, portant sa main sur le pommeau de son épée.

« Soldat, j'admire ton courage et il sera récompensé, sois-en certain. Mais si tu ne t'écartes pas immédiatement, je jure par le seigneur qui se trouve derrière moi et celui qui se trouve là-haut que la seule récompense que tu auras sera un écartèlement avant midi. »

Foulques fixait le soldat droit dans les yeux et avait prononcé cette phrase en pointant son doigt vers le ciel.

Le moine arriva enfin à leur hauteur.

« Non messire n'en faites rien ! Il ne sait pas ce qu'il fait. »

Il s'approcha du gardien de la porte.

« Amaury, tu es devenu fou ? Libère-leur le passage ! Il s'agit d'Hervé d'Anjou, le nouveau seigneur du domaine. »

À ces mots, Amaury laissa tomber sa lance. Il écarquilla de grands yeux en détaillant l'homme qui se trouvait derrière Foulques sur un haut cheval à la robe noire. Il se courba et balbutia :

« Pardonnez-moi ! J'ignorais de qui il s'agissait ! Pardonnez-moi, ayez pitié ! »

Foulques éperonna son cheval pour le faire avancer au pas, il toisa le soldat en passant devant lui.

« Ça, ce sera à mon seigneur d'en décider. »

Le soldat tressaillit et sanglota presque au passage d'Hervé. Ce dernier stoppa son cheval à sa hauteur. Le soldat entendit le son clair d'une pièce d'or que l'on fait voler dans les airs à l'aide de son ongle. Le petit disque doré tomba au sol devant lui dans un bruit aigu. Il ramassa l'écu, l'examina et observa l'homme qui se tenait devant lui, l'air fier et autoritaire.

« Montre autant de courage pour défendre mes intérêts, et je ne serai pas une menace pour toi. »

L'homme acquiesça et remercia son nouveau seigneur qui entra au galop dans la cour du château avec son armée. Ils pénétrèrent dans un grand espace entouré de remparts. En face d'eux s'élevait le haut donjon qui séparait le château en deux parties, nord et sud. L'entrée nord du château était entourée de deux importantes tours, l'une abritant une prison et l'autre une chapelle.

Hervé d'Anjou descendit de cheval alors que ce dernier continuait de galoper. Il fut intercepté par ses écuyers. Le seigneur alla à leur rencontre et leur donna diverses directives sur la manière de traiter sa monture, du nom de Bucéphale, nommée ainsi en hommage au cheval d'Alexandre « le Grand ». Il observa le donjon, jaugea sa hauteur et pivota sur lui-même en admirant sa nouvelle forteresse, un large sourire aux lèvres.

De nombreuses personnes vinrent à sa rencontre, soucieuses de présenter leurs hommages et de s'enquérir de ses besoins.

« Mes hommes et moi chevauchons depuis plusieurs jours, j'ai besoin d'un bain, de vêtements propres, que mon armure et mon cheval soient entretenus. »

Tous se courbèrent en signe de servitude et s'activèrent à leurs tâches. Alors qu'il se dirigeait d'un pas rapide vers ses nouveaux appartements, il lança à la volée :

« Que l'on s'occupe de mes hommes, qu'on leur montre leurs lieux de résidence et qu'on leur serve un repas chaud ! »

Le château entier s'activa et fut en pleine effervescence avec l'arrivée du nouveau seigneur.

Alors qu'il se prélassait dans un bain chaud dont l'eau dégageait une importante vapeur, son regard parcourut la pièce. Les murs et les poutres de bois étaient délabrés, les fenêtres n'étaient que des voies de courants d'air et la pièce dénuée de mobilier et de tentures paraissait froide malgré le feu qui brûlait dans l'immense cheminée. Il avait ordonné qu'un grand banquet fût donné le lendemain avec ses hommes et les nobles dépendant de son autorité qui résidaient dans les environs. Ces réjouissances avaient pour but non seulement de se détendre après ses nombreuses batailles et fêter sa réussite, mais également de montrer qu'à présent il était ici chez lui. Les nobles devaient lui prêter allégeance, et le reste de l'assemblée devait voir en lui un seigneur à respecter. Il n'avait pas l'intention de faire des démonstrations de trop grande autorité, il voulait que son peuple voie en lui l'homme qui allait faire prospérer ce village et qui allait sortir les populations de la misère. Il ne s'agissait pas là de pure bienveillance envers son prochain. Hervé aimait le pouvoir, et être aimé du peuple ne pouvait que renforcer ce sentiment de puissance. N'ayant pas encore de prisonnier à installer dans la tour nord, il avait exigé que les lieux soient utilisés pour stocker les nombreux coffres d'écus qu'il possédait.

Le roi était-il au courant de ses richesses ? Heureusement pour Hervé d'Anjou, non. La rançon pour faire libérer le roi Jean « le bon » de ses geôles anglaises en 1360 s'était élevée à environ trois millions d'écus. Cette dépense avait plus qu'affaibli la couronne. Il est certain que si le roi actuel avait eu connaissance de la réelle richesse d'Hervé, il lui en aurait réquisitionné une partie. Mais cette richesse n'était pas vouée à son plaisir personnel. Il souhaitait laisser sa marque sur ces terres. Il n'avait pas l'intention d'alourdir les impôts, il comptait sur ces nombreuses économies accumulées pour reconstruire le village. Pour lui, il ne s'agissait pas de privations de toute une vie. Il avait certes mis plus d'une centaine d'années à amasser autant d'or, mais il aurait bien le temps de se constituer un nouveau pécule dans les cent cinquante ans à venir.

Il sortit sa main de l'eau et l'observa un moment. La grande cicatrice qu'il avait sur celle-ci lui rappela sa chute depuis cette falaise du nord de la Gaule, à l'époque où il commandait la neuvième légion. Ses plaies se refermaient certes à grande vitesse, mais sa peau restait tout de même marquée. Il ne comptait même plus les stigmates qu'il avait sur le corps, les jambes, les épaules, les côtes et l'aine. Même l'arrière de sa tête, souvenir d'Alésia, était marqué. Il passa la main dans ses cheveux et put sentir la boursouflure de la cicatrice. Cela renforçait son image de grand guerrier et nul ne doutait plus de ses exploits. Il est aisé de se lancer avec tout le courage du monde dans une bataille quand la mort n'était pas au programme.

Hervé s'allongea de tout son long, étendit les jambes, plaça ses mains derrière sa tête et se reposa un moment. Il avait pris sa revanche sur la vie. Il avait utilisé sa condition pour défier les champs de bataille, pour gagner des duels dont il ne pouvait bien entendu sortir que vainqueur et pour défendre des personnalités importantes en recevant des blessures qui ne pouvaient lui être fatales. Il avait utilisé sa condition comme un atout au lieu de la subir comme il l'avait fait dans le passé. La vie avait en ce jour un goût merveilleux.

Le soir commença à tomber sur le village. Les rues s'assombrirent, d'épais nuages couvrirent le ciel et le vent se leva. Dans la rue principale qui descendait vers la rivière séparant la ville en deux, une demeure se détachait des autres par sa hauteur et son luxe. Les boiseries qui ornaient la façade étaient richement ouvragées et affichaient des représentations de scènes bibliques ainsi que des maximes sur lesquelles le passant sachant lire pouvait méditer.

Cette maison était celle du médecin de la ville. Il était respecté, admiré et considéré par les villageois comme un saint homme capable d'éloigner la mort. Certaines rumeurs se murmurant dans l'ombre du clocher prétendaient même qu'il rencontrait Dieu en personne afin de lui demander d'accorder la vie aux mourants.

Melchior de Buxeuil était un homme aimé du peuple, cependant les moines se méfiaient de lui. Selon l'abbé de Sainte-Croix, contrecarrer les décisions du seigneur était un péché gravissime. Melchior n'avait jamais craint de s'opposer à lui, ni de lui tenir tête.

« Laissez-moi m'occuper de la santé des humains lorsqu'ils sont vivants, une fois morts, leurs âmes seront tout à vous et je n'interviendrai plus, croyez-moi », lui avait-il lancé sur la place de la ville haute lorsque l'abbé l'avait attaqué publiquement. Les deux hommes avaient fini par trouver un accord, le médecin soignait le corps, le clergé soignait l'âme. Malgré une poignée de main symbolique, la tension était palpable entre homme de foi et homme de science.

Melchior s'activait à revêtir ses plus beaux atours. Il passa la tenue qui traduisait au mieux son statut social. Ce soir avait lieu le banquet organisé par le nouveau seigneur des lieux, Hervé d'Anjou. En tant qu'homme le plus influent du village, il avait bien entendu été invité pour se faire connaître et présenter ses hommages. Après tout, les seigneurs n'étaient pas épargnés par la maladie, les blessures de guerre et la mort. Ce seigneur aurait peut-être besoin de ses services un jour ou l'autre, et s'il parvenait à le sauver, il savait qu'il en serait richement récompensé.

Il ne pourrait cependant plus exercer son activité très longtemps. Le médecin était un homme âgé. À soixante-et-onze ans, il savait qu'il faisait partie de ces miraculés qui avaient la chance d'atteindre des âges avancés. Sa femme n'avait pas eu ce plaisir. Elle était morte en mettant au monde leur fils, lui aussi médecin exerçant dans la prospère ville de Bourges. Bien qu'en désaccord avec l'abbé et l'Église, il embrassa doucement le crucifix en or qu'il portait autour du cou. Il avait appartenu à sa femme et était l'un des rares objets qui le rattachaient à elle. Il ne connaissait pas de femme plus pieuse et pure qu'elle. Leur désaccord face à la religion leur avait d'ailleurs valu plusieurs conflits. Il aurait donné n'importe quoi aujourd'hui pour revivre ces moments de luttes.

Il descendit les marches avec difficulté, ses jambes avaient parcouru bien des lieues dans sa vie et commençaient à être usées. De plus, une malformation du bassin rendait ses déplacements plus difficiles que pour les autres hommes, et ce, depuis sa naissance. Beaucoup pensaient qu'il s'agissait d'une blessure de guerre. Mais il n'avait pas le courage des guerriers. Il arriva en bas des escaliers de bois et s'adressa à ses jambes :

« Soixante-et-onze années à soutenir cette carcasse… le repos est pour bientôt, ne vous en faites pas. »

Il se couvrit de sa cape et sortit.

Le banquet du nouveau seigneur des lieux était un événement qu'il ne pouvait pas manquer. Mais les parades politiques passeraient au second plan, il avait quelque chose à faire avant cela, quelqu'un à qui rendre visite.

Le soir commençait à tomber. Il leva les yeux et observa les gros nuages gris foncé qui commençaient à recouvrir le village. Il n'allait pas tarder à pleuvoir.

Melchior traversa le pont qui menait de l'autre côté de la rive. Le trajet était de plus en plus long et de plus en plus difficile. Il s'arrêta plusieurs fois pour reprendre son souffle. Il porta plusieurs fois la main à son cœur, pensant que celui-ci allait lâcher.

Melchior parvint finalement au bout du petit chemin qui longeait la rivière et entra dans l'enceinte du cimetière de la ville basse. Bien que la plupart des pierres tombales possédaient la même apparence, il n'avait jamais eu aucun mal à reconnaître celle de sa femme. D'un pas toujours lent, il s'avança vers elle. Il observa un moment les lettres gravées sur la pierre « Angélique de Buxeuil 1310 – 1345 ». Melchior prit une profonde inspiration. Lire ce nom, ce nom qu'il avait tant aimé et qu'il avait chéri, inscrit ainsi sur la pierre, lui faisait toujours le même effet. Il ne parvenait pas à l'accepter. Il imaginait ces cheveux dans lesquels il avait passé ses mains, cette peau qu'il avait caressée, cette femme qu'il avait admirée, serrée contre lui et vénérée au-dessus de tout, aujourd'hui desséchée, les orbites des yeux vidées, dévorée par les micro-organismes. Le médecin avait beau se raisonner, il ne pouvait s'empêcher de se demander à quoi ressemblait son amour sous terre depuis vingt-sept ans. Il secoua violemment la tête pour chasser cette pensée de son esprit. Ses yeux s'humidifièrent. Il se mit à sourire.

« Bonjour, ma chérie. »

Il posa sa main sur la pierre tombale, pouvait-elle sentir ce contact ? Son esprit était-il toujours quelque part ? Il ferma les yeux, elle ne pouvait rien sentir.

« Tu n'es plus là… »

Comme il aurait aimé croire à cet instant précis. Il avait toujours le choix, le choix de croire que sa femme et lui seraient un jour réunis, qu'ils seraient à nouveau heureux. Il n'avait qu'à écouter les sermons du curé et s'abandonner à ces paroles, les accepter et les adopter, comme le faisait sa douce Angélique.

« J'ai essayé, tu sais. J'ai essayé de toutes mes forces pour ne serait-ce que sentir ta présence un instant. »

Il écarta les bras en signe d'impuissance.

« Mais tu sais bien que mon esprit est trop rationnel pour cela… je ne nie pas l'existence de Dieu, ma chérie, je sais bien que cela te décevrait. Mais un monde dans l'au-delà où tout mal aurait disparu… cela me semble un peu trop idéaliste. »

Melchior déposa un baiser sur sa main qu'il posa à nouveau sur la pierre. Il se mit à rire.

« Cela dit, le fait de parler à une pierre et lui déposer des baisers depuis une trentaine d'années, n'est-ce pas là une forme de croyance en un monde invisible ? Tu vois, tu arrives à me faire changer même en étant absente… »

Il resta quelques minutes de plus, en silence, essuya une larme au coin de son œil, puis quitta le cimetière. Un banquet l'attendait.

La pluie s'était mise à tomber, mais l'air restait doux. Ses longs cheveux blancs qui lui tombaient sur les épaules s'agitèrent dans tous les sens sous l'effet d'une bourrasque. Sa barbe, blanche elle aussi, suivait ce mouvement. Il leva la tête pour observer le ciel, la pluie fouetta son visage ridé par les années. Melchior passa sa cape par-dessus sa tête pour se protéger et s'élança en boitant vers le château.

***

Dans la grande salle du donjon située près de la tour dite « aux oignons », l'atmosphère était bien plus chaleureuse. Le nouvel occupant des lieux n'avait pas encore eu le temps de faire installer toutes ses affaires, ni d'effectuer tous les aménagements de décoration qu'il prévoyait pour l'occasion, mais la salle du banquet reflétait déjà le luxe et la puissance. Un grand feu brûlait dans l'immense cheminée où les hommes pouvaient se tenir debout sans difficulté. Les flammes parvenaient à chauffer l'intégralité de la pièce. Des torches et des torchères couraient sur tout le pourtour des murs. Les flammes et les tapisseries installées pour l'occasion donnaient au lieu des teintes rougeâtres qui renforçaient la sensation de chaleur dans l'inconscient collectif. Les tables du banquet formaient un « U » imposant. Les tables latérales étaient réservées aux nobles et aux membres éminents de la garde alors que celle du milieu accueillait des membres plus importants.

On pouvait y retrouver Foulques à la droite d'Hervé d'Anjou, suivi de Jean de Lusignan qui représentait l'autorité du Poitou. Il était accompagné de son épouse qui siégeait à ses côtés. À la gauche d'Hervé, on pouvait retrouver une personne dont l'autorité surpassait tous les convives, y compris le maître des lieux. En route pour La Rochelle, Bertrand du Guesclin, connétable de France, discutait avec Hervé de ses projets pour le village d'Angles repris aux Anglais par ses soins.

« Mon cher Hervé, je serais fort curieux de voir ce que tu vas faire de ce domaine. La campagne du royaume est totalement dévastée. »

Hervé était installé de manière nonchalante sur sa chaise de bois dont le dossier montait à au moins un mètre au-dessus de sa tête.

« Et nous sommes en partie responsables de cette désolation, il fallait bien reprendre ces places à l'envahisseur.

— Le royaume n'a plus de moyens et je dois me débrouiller pour reconquérir une partie du pays avec peu d'hommes. De combien de soldats disposes-tu dans ta garnison ? »

Hervé répondit sans cesser de mastiquer les morceaux de poulet qu'il portait à sa bouche.

« Une quarantaine, mais j'en ai besoin pour défendre le château, assurer la sécurité des routes. Il est même possible que je doive les réquisitionner pour reconstruire les habitations. Nous disposons de peu de moyens ici, vous savez… »

Le connétable prit une longue gorgée de vin et reposa son verre violemment. Hervé reçut plusieurs éclaboussures sur sa tunique.

« La guerre, la rançon pour le père du roi, les révoltes paysannes… sans oublier la peste ! Mais qu'est-ce que le Seigneur a contre nous en ce moment ? »

Hervé savait pertinemment que le Seigneur n'avait rien à voir là-dedans. La peste noire n'était pas un fléau envoyé par le ciel, mais une maladie qui avait, tout comme les marchands, voyagé par mer et terre en suivant la route de la soie. Elle avait atteint l'Europe aux alentours de 1346 et en était repartie, emportant dans son sillage près d'un tiers de la population[i].

Mais il en fallait bien plus pour arrêter la folie guerrière des hommes. Quelques années plus tard, le prince noir menait des raids dans le royaume de France et faisait tomber les places fortes les unes après les autres.

Bertrand, sur qui le vin commençait à faire ressentir ses effets, énumérait les autres malheurs s'abattant sur le pays.

« Notre bon roi Jean capturé, une rançon qui nous laissa sans le sou…

— Et notre politique consistant à vider le territoire de toutes ses ressources avant l'arrivée des ennemis… »

Bertrand se redressa pour protester, prenant ces paroles comme des reproches.

« Avions-nous le choix ? Il est préférable de récupérer un pays anéanti que de le perdre, ne crois-tu pas ? »

---

[i] La peste noire décima entre 35 et 60% de la population en Europe. Officiellement, les derniers cas sur le continent furent recensés en 1835.

Lorsque les troupes anglaises avaient pénétré de manière significative dans le pays à partir de 1359 et fait plier les armées françaises une à une, le roi Charles V avait opté pour appliquer la politique de la « terre déserte ». Cette technique consistait à mettre la population à l'abri dans les forteresses, en y entreposant toutes les ressources que les campagnes pouvaient fournir. L'ennemi se retrouvait à parcourir un pays qui n'avait plus rien à offrir.

Hervé sourit à cette idée, elle n'était pas sans lui rappeler la technique de la « terre brûlée » opérée par Vercingétorix lorsque les armées romaines tentaient de soumettre les peuples celtes à leurs juridictions. Les places fortes étant plus nombreuses, plus résistantes et les tactiques militaires évoluant, entreposer toutes les ressources des campagnes permettait aux villes de tenir en état de siège durant plusieurs mois sans difficulté.

Plusieurs personnes défilèrent devant Hervé afin de se présenter et de présenter leurs hommages au nouveau seigneur. Se prêtant au jeu et comprenant l'importance d'entretenir de bonnes relations avec les nobles poitevins, il affichait de grands sourires et se montrait particulièrement aimable. La présence du connétable à ses côtés impressionnait d'autant plus les convives.

Un homme richement vêtu et aux manières particulièrement raffinées se dirigea droit vers lui. Il portait un long manteau pourpre, noué à la taille par une ceinture ornée de pierres rouges qu'Hervé identifia comme de la cornaline. Foulques s'amusa de cet accoutrement en totale opposition avec le sien.

« Eh bien, regardez ce que le vent nous amène, mon seigneur… »

Il exagéra ses mimiques et prit un accent noble très marqué, presque théâtral tout en continuant.

« Je suis un noble poitevin, j'ai acquis ma fortune grâce au commerce de la fiente de poules… Il me semble cependant que l'ennemi anglais a laissé une de ses lances coincées dans mon… »

Hervé lui envoya un coup de coude dans les côtes qui le coupa dans sa tirade. Il murmura en tentant de garder un ton autoritaire.

« Montre du respect à ces gens, nom d'un chien ! Ils n'attendent que le retour des Anglais, ne l'oublie pas. »

De nombreuses places étaient tombées aux mains de l'ennemi, mais avaient fini par s'adapter à cette situation et même par apprécier la vie sous gouvernement anglais. Les troupes françaises qui s'étaient pensées comme « libératrices » avaient dû faire face à des difficultés pour déloger les troupes britanniques défendues par une partie de la population. Hervé devait donc avant tout gagner la confiance de toute la population sans distinction sociale.

Il n'avait jamais aimé ces nobles ampoulés. Il devait se montrer respectueux avec eux uniquement car ces derniers possédaient des influences politiques. Mais pour lui, c'étaient les paysans qui faisaient la richesse d'un domaine, qui transformaient une terre désolée en corne d'abondance capable de nourrir la population et d'apporter des revenus réguliers.

L'homme arriva à leur hauteur, les salua et se présenta. Hervé et Foulques se redressèrent sur leurs sièges et écarquillèrent de grands yeux quand l'homme leur présenta ses deux filles âgées de vingt-cinq et et vingt-sept ans, toutes deux richement vêtues. Elles s'inclinèrent à leur tour pour les saluer et affichèrent de larges sourires. Les deux hommes les leur rendirent avec un air niais. Bertrand du Gueslin fut lui aussi tiré de ses rêveries à la vue des deux femmes dont la beauté n'était plus à prouver. Foulques se pencha discrètement vers Hervé.

« Celle de gauche est pour moi…

— Si tu ne fais rien pour ton haleine, tu finiras cette soirée avec une truie dans l'écurie ! »

Les grandes portes de bois s'ouvrirent devant le vieil homme qui venait de s'annoncer. La chaleur qui se dégageait de la grande salle le saisit. Il avança au milieu de l'assemblée en boitant. Beaucoup reconnurent sa longue cape, sa chevelure blanche et sa barbe. Plusieurs têtes s'inclinèrent en guise de salut et de respect. Sa jambe commençait à lui faire de plus en plus mal, il songea au fait qu'un bâton sur lequel s'appuyer lors de ses prochains déplacements ne serait pas une mauvaise idée.

Il avançait lentement, laissant à toute l'assemblée le temps de l'observer. Tous les membres de la table centrale levèrent la tête et remarquèrent son entrée. Jean de Lusignan, qui connaissait les lieux et ses habitants influents, fit signe à Hervé de se pencher vers lui.

« Il s'agit de Melchior de Buxeuil, le médecin, il réside dans la grande rue non loin du château.

— De Buxeuil… un noble médecin ?

— Un parent éloigné des seigneurs de Buxeuil, mais les affaires de sa famille ne l'intéressent guère. Sa raison de vivre est d'éloigner la mort de la vie des gens. Sa ferveur s'est intensifiée depuis la mort de sa femme. »

Melchior se présenta face à eux et s'inclina difficilement. Il exposa ensuite ses activités à Hervé qui s'intéressa poliment au vieil homme.

Melchior remarqua soudain la cicatrice sur la main d'Hervé. Son œil expert admira la perfection de la cicatrisation, témoignage de l'intervention d'un confrère habile qui connaissait son travail. Il ne put tenir sa langue.

« Pardonnez-moi messire, mais quelle est la cause de cette ancienne plaie sur votre main ? »

Hervé releva sa manche et exhiba fièrement sa blessure.

« Une flèche m'a transpercé la main alors que j'étais à cheval. »

Le médecin se rapprocha pour mieux l'observer et afficha une mine impressionnée.

« Il n'y a pas eu d'infection à ce que je vois, c'est plutôt rare. Et il n'y a aucune boursouflure, il m'a rarement été donné d'observer pareille œuvre d'art, si je peux me permettre. Qui en est l'auteur ? Comment la plaie a-t-elle été cautérisée ? »

Hervé retira sa main de la vue du vieil homme et la cacha sous la table.

« Un médecin de la ville, Bourges. Pour le reste, j'étais inconscient, je ne sais pas, c'était il y a environ huit mois.

— … très bien, très bien mon seigneur. »

Intrigué par ce retrait soudain, le médecin se contenta de s'incliner à nouveau avant de se retirer.

Le chemin pour revenir chez lui fut plus difficile. Il manqua de trébucher, mais se rattrapa de justesse.

« Ma douce Angélique, je serai peut-être là plus tôt que prévu. »

La route descendait et il devait faire d'autant plus attention à ses appuis pour ne pas chuter et dégringoler jusqu'à la rivière. Cette lente marche lui permit de réfléchir. En tant qu'érudit, il ne se lassait jamais d'apprendre, surtout lorsque cela concernait son domaine d'activité. Quel prodige pouvait être l'auteur d'une couture si parfaitement effectuée ? Un médecin de Bourges ? Ce ne pouvait pas être son fils, il connaissait son travail, car c'est lui qui lui avait tout appris, et l'élève ne dépassait pas encore le maître. De plus, la cicatrice paraissait avoir plus de huit mois, les plantes utilisées par le médecin pour permettre aux cellules de se régénérer devaient être particulièrement puissantes.

Il fut lentement sorti de ses réflexions par un bruit de pas rapides qui se rapprochaient. Melchior pivota sur lui-même. Il se retrouva alors face à un homme qu'il connaissait, essoufflé et qui tentait désespérément de reprendre son souffle. Il s'agissait de Jehan, un berger résidant dans le village.

« Jehan ? Que t'arrive-t-il à cette heure avancée ? »

Le berger parvint à articuler quelques bribes de phrases.

« Ma femme… son visage… il y a beaucoup de sang. »

Melchior écarquilla de grands yeux.

« Et bien Jehan, fais-toi mieux comprendre ! »

L'homme retrouva peu à peu un rythme cardiaque normal. Il était petit et modestement vêtu.

« Notre cheval a mis un coup de sabot… dans le visage de ma femme, il y a beaucoup de sang. »

Avec une démarche précipitée et maladroite, le médecin rentra chez lui récupérer son matériel et suivit Jehan en direction de sa maison.

Lorsqu'il pénétra dans l'unique pièce de la modeste habitation, Melchior aperçut Constance, la femme du berger, qui se comprimait l'oreille avec un linge ensanglanté. L'apercevant, elle retira lentement le morceau de tissu afin qu'il constate l'étendue de la blessure. Il s'approcha.

« Constance… pourquoi vouloir défigurer un visage comme le tien ? »

Ses jours n'étaient pas en danger, le sabot l'avait effleuré au niveau de l'oreille, coupant et déchirant toute la partie supérieure de celle-ci.

Constance grimaça lorsqu'il désinfecta la plaie. Elle connaissait Melchior et n'avait pas pour habitude de céder rapidement à la panique. Son mari, lui, ne possédait pas ce trait de caractère. Il se frottait les mains et déambulait nerveusement dans la pièce.

« Elle va vivre, docteur ? »

Constance se mit à rire.

« Je ne suis pas en train d'accoucher, imbécile ! »

Melchior afficha un léger sourire lui aussi.

« Elle va vivre, Jehan, ne t'en fais pas. Cependant je ne peux pas faire repousser le cartilage de l'oreille. Je crains que tu ne doives vivre avec ce morceau en moins, Constance. »

Il se tourna vers le berger.

« Jehan, comptes-tu répudier ta femme s'il lui manque un morceau d'oreille ? »

L'homme balbutia.

« Non, bien sûr que non ! Pas tant qu'elle ne m'aura pas donné d'enfants solides et forts. »

Constance tourna la tête vers Melchior.

« Ne vous en faites pas, docteur, avec cet animal là c'est la seule marque d'affection que je peux avoir, j'y suis habituée. »

Il changea de sujet.

« Sais-tu que tu étais la dernière du village à ne pas avoir de parchemin à ton nom dans mes archives de suivis de patients ? Et pour une première blessure, tu as fait fort ! »

Cette idée n'enchanta pas la bergère.

« Docteur… ce ne sera pas nécessaire… ne gaspillez pas votre parchemin pour une si petite blessure, ce sera la dernière, je vous le promets.

— Allons tu sais bien que ma mémoire me fait défaut, comment puis-je assurer le suivi de tes soins si je ne note rien ? »

Constance n'ajouta rien, elle savait qu'il était inutile de lutter.

Son intervention terminée, il salua sa patiente et fut raccompagné à la porte par le berger.

« Jehan, prends soin de ta femme, elle est bien trop belle pour toi et tu ne la mérites pas. »

Le berger acquiesça et baissa la tête, laissant Melchior repartir dans la nuit. Ils l'ignoraient tous les deux à cet instant, mais Constance disparaîtrait sans laisser de traces quelques jours plus tard.

Une fois rentré chez lui et attablé à son bureau, le médecin prit une plume, du parchemin, et s'empressa de notifier tous les détails de son intervention chez Jehan « le berger ». Il fit un croquis de l'oreille de Constance et des lésions de cette dernière. Il détailla les circonstances de l'accident et en inscrivit la date.

Ces informations finalement sorties de sa tête, il se mit à repenser à sa rencontre avec le nouveau seigneur des lieux et à sa cicatrice sur la main. Il reprit sa plume afin d'écrire à son fils pour avoir plus d'informations sur ce confrère au talent plus qu'exceptionnel qui aurait soigné le seigneur Hervé.

De nombreuses pierres trônaient en face de lui. De l'obsidienne, de l'aragonite, de la labradorite, Melchior ne négligeait pas le pouvoir des minéraux sur le corps et les émotions. Il n'utilisait cependant pas ces traitements sur tous ses patients. Les esprits étaient encore trop sujets à la superstition pour accepter certaines branches annexes à la médecine acceptée par l'Église.

Il se mit à écrire :

« Mon cher fils,

Je t'écris en ce jour, car nos échanges se sont espacés ces derniers temps et je le regrette vivement. Ta dernière lettre m'informait que ta clientèle était importante et je m'en réjouis, j'espère que cela est toujours le cas.

À l'heure actuelle où les hommes tombent sur les champs de bataille, où les familles meurent dans les rues et la désolation et où l'être humain semble exceller dans l'art de prendre la vie, tu t'apercevras que la préserver est l'une des plus belles choses qui existent. La mort n'est pas une finalité que nous devrions accepter, ce n'est pas non plus un but à atteindre et un jour que nous devrions célébrer comme se plaît à le prôner notre Église. Repousse-la autant que tu le peux. Préserve la vie, mon fils.

Je t'écris également car notre nouveau seigneur vient de réhabiliter le château de notre beau village. Le feu brûle à nouveau dans l'âtre, les murs sont tapissés et des exclamations de joies résonnent à nouveau dans les couloirs.

Le seigneur Hervé porte également à la main une cicatrice, parfaitement réalisée. Si parfaitement que je n'en ai jamais vu de telles. Selon ses dires, elle aurait été effectuée par un chirurgien de Bourges il y a environ huit mois. Loin de moi l'idée de douter de tes talents, mais je sais qu'il ne s'agit pas de toi. Je suis moi-même époustouflé par une telle prouesse et serais incapable d'un tel travail.

Il me tarde cependant de m'entretenir et d'apprendre auprès de l'auteur de cette œuvre d'art, cela pourrait également t'être bénéfique.

Pourrais-tu te renseigner sur les autres médecins qui exercent à Bourges pour moi et me faire parvenir leur nom ?

Ma santé ne me permet malheureusement pas d'effectuer le voyage pour le moment. Il est navrant pour un médecin de se voir diminué de la sorte, crois-moi.

Tu as toute ma fierté.

Ton père, Melchior de Buxeuil. »

Il plia la lettre soigneusement et y fit couler de la cire chaude et rouge. Il y appliqua le sceau des seigneurs de Buxeuil qui ressortit sur le blanc jauni du papier. Son travail d'écriture n'était cependant pas terminé. Il prit un livre en cuir, chercha une page vierge et trempa sa plume d'oie dans l'encrier. De petites taches d'encre maculèrent la page de parchemin en tombant du bout de sa plume. Après avoir inscrit le mois et l'année en cours, il commença à coucher les premiers mots. Le bruit que faisait la plume en grattant le papier l'apaisa et lui fit oublier la douleur de sa jambe durant un instant. Son fils lui avait déjà demandé la raison de ces si longues séances d'écriture. Melchior n'aurait pas su l'expliquer, mais l'idée que ces écrits allaient peut-être lui survivre le rassurait d'une certaine manière. Même si cela n'aurait plus d'importance pour lui après son trépas car il ne se rendrait plus compte de son état. Notre vie nous appartient, il ne tient qu'à nous de laisser une trace en ce monde. Tout est une question de choix. Que ferons-nous de notre vie et de quelle manière notre mémoire nous survivra-t-elle ? À bien y réfléchir, la mort n'existe que pour les vivants.

« *Mai 1372*

J'ai eu la chance de rencontrer le nouveau seigneur de notre bien-aimé village. Les rumeurs, auxquelles je ne prête d'ordinaire pas l'oreille, indiquent qu'il s'agit d'un grand guerrier plein de courage et d'un homme bon, quoique légèrement orgueilleux. Mais je ne m'intéresse pas aux commérages, n'est-il pas naturel d'être rempli d'orgueil lorsque l'on gagne des batailles et que les grands du royaume reconnaissent votre courage en vous offrant une forteresse ? Je pense que son arrivée peut être bonne pour ce lieu. Il semble déterminé et sa fierté pourrait nous servir. Il ne supportera pas d'être à la tête d'un domaine peu prospère, il fera en sorte de rendre cette contrée digne de lui, j'en suis certain.

Mais ce n'est pas la politique qui m'intéresse ici. J'ai remarqué sur notre seigneur une cicatrice située au centre de sa paume gauche… »

Chapitre 9

2024, Angles-sur-l'Anglin, maison de David

« … et dont la forme est parfaitement rectiligne. Il m'a semblé que nous pouvions toujours y voir les points qui ont servi à refermer la plaie, mais elle ne présente aucune aspérité. La peau est parfaitement lisse. Le seigneur Hervé m'a informé qu'il s'agissait d'une blessure due à un tir de flèche. La cicatrice est donc également visible sur le dessus de sa main et est tout aussi discrète. Son comportement fut cependant quelque peu étrange lorsque je l'ai questionné sur l'origine de celle-ci. Je ne devrais peut-être pas me mêler des affaires des autres et probablement ne pas m'engager sur cette voie. Mais cela est tout de même intriguant… »

David parcourait les écrits de son ancêtre avec intérêt. Ses pupilles effectuaient des mouvements de droite à gauche en suivant les lignes. Malgré le fait que l'écriture datait du XIVe siècle, le bon état de conservation du manuscrit en simplifiait la lecture. Melchior avait même pris le temps d'effectuer un dessin détaillé de la cicatrice sur le dessus de la main d'Hervé d'Anjou, sûrement de mémoire.

David tournait les pages de droite à gauche, puis de gauche à droite, revenant sur les feuillets précédents pour être sûr de bien comprendre. Il tomba sur une fiche dont le titre était « Constance la bergère — mai 1372 ». Il sourit un instant. Le chapitre précédent était consacré à « Gracyen le meunier ». Il réalisa que c'était de cette manière qu'étaient nés les noms de famille, il ne s'agissait au départ que de surnoms voués à différencier les différents habitants d'un village. Ses yeux agrippèrent le croquis représentant une oreille qui semblait avoir été croquée par le dessus. David frissonna en pensant à la douleur que cela avait dû représenter pour la patiente et continua sa lecture du chapitre consacré à Hervé d'Anjou.

« *J'attendrai le retour d'informations de mon fils basé à Bourges pour me lancer dans une étude plus approfondie. Je pense que cet excellent travail doit être dû à une bonne cautérisation. Mais cette dernière ne peut avoir été faite au feu, je n'ai décelé aucune trace de brûlure, c'est en cela que cette cicatrice diffère de celles que j'ai pu observer auparavant. La reconstruction des cellules a possiblement joué un rôle important dans ce résultat. Des plantes puissantes ont dû être utilisées et, je le pense, mélangées à des minéraux pilés.* »

En tant qu'alchimiste expérimenté, Melchior utilisait non seulement les plantes, mais également les minéraux. Il avait laissé de nombreux traités détaillant l'action des pierres sur la santé, leur utilisation pour soigner non seulement le corps, mais aussi l'esprit. David avait toujours été très sceptique face à ce genre de médecine. Selon lui, les bienfaits dus à l'utilisation des minéraux relevaient avant tout du psychologique, bien plus que de l'action réelle. On lui avait souvent reproché de prendre de haut les médecines annexes. Il en était parfaitement conscient et l'assumait. *Je ne me suis pas tapé dix ans d'études pour que les gens se soignent avec des cailloux.* Il eut un mouvement d'humeur nerveux face à cette pensée. *Et puis merde, s'ils veulent vivre comme à l'âge de pierre, qu'ils aillent se faire foutre.* Il reprit une gorgée de bière et reposa la bouteille sur le bureau en bois.

Il se concentra de nouveau sur le dessin laissé par son ancêtre, qu'il avait survolé la première fois. Les pages suivantes comportaient des dessins du torse d'Hervé d'Anjou qui laissait apparaître de nombreuses cicatrices. Il en oublia les textes et se concentra uniquement sur ces représentations.

Il écarquilla de grands yeux.

« Mais… ce n'est pas possible… »

Il détailla à nouveau les cicatrices, en observa les formes avec attention en approchant le manuscrit d'une source de lumière plus importante. Si ces simples cicatrices dessinées sur un manuscrit du XIVe siècle l'intriguaient autant, c'est parce qu'il était persuadé de les avoir déjà vues, et ce, sur une personne bien vivante. Il referma violemment le manuscrit.

« Non, arrête de rêver, mon vieux, et mollo sur la bière. »

Les probabilités pour que deux cicatrices soient de même forme sont nombreuses, rien ne ressemble plus à une plaie qu'une autre plaie. Mais autant de similitudes, cela n'était peut-être pas un hasard. David avait beau tenter de se raisonner, il se rassit à son bureau et consulta de nouveau le manuscrit. La paume de la main d'Hervé avait également été représentée par Melchior. Une fois de plus, la forme de la cicatrice était identique à celle qu'il avait pu observer, au détail près. Il resta un moment silencieux, les yeux fermés, partagé entre son esprit rationnel et le fait que tout ce en quoi il croyait était remis en cause.

Dans un élan d'agacement, David rejeta le manuscrit sur son bureau. Ce dernier s'ouvrit à nouveau sur la page consacrée à « *Constance la bergère* ». Son regard agrippa la dernière phrase du paragraphe « *disparue le 13 mai 1372* ». David se redressa sur son fauteuil, « *trois jours après son accident* ». Melchior avait l'habitude de signaler dans ses « dossiers médicaux » le fait que les patients avaient succombé ou non à leur maladie, mais il n'employait jamais le terme « disparu ». Cette personne devait donc bel et bien avoir disparu. Il s'attarda à nouveau sur le croquis représentant l'oreille déchirée de cette Constance.

« Et merde… mais c'est quoi ce bordel ? »

Tout lui revint en mémoire dans un flash. Tout comme pour Hervé d'Anjou, cette blessure ne lui était pas inconnue. Il l'avait déjà observée, cette impression d'une oreille qui aurait été croquée, avec les mêmes contours dentelés. Il s'agissait trait pour trait de la femme qui l'avait bousculé et avait tenté de s'introduire sur le chantier.

***

David courait à présent sur le grand pont qui permettait de joindre les deux rives de la ville. Seuls le bruit de ses pas lourds sur le bitume et celui de son souffle résonnaient dans la nuit en rebondissant sur les parois de la falaise. L'endroit était désert. Ce lieu, qui avait été le siège de batailles, où la vie avait animé le château, était à ce moment parfaitement silencieux. Le château qui dominait fièrement la ville basse avait des airs de père sévère qui surveille ses enfants ou de grand général qui guette la progression de ses soldats, s'apprêtant à réprimander le moindre faux pas. Il était en ruines, certes, et les années ne l'avaient pas épargné. Mais il était toujours empli de fierté.

Tout en courant, David serrait contre sa poitrine une enveloppe. Une enveloppe qui contenait des informations à peine croyables, tout juste imaginables. Sachant pertinemment qu'il ne serait pas cru et qu'on lui rirait sûrement au nez, il était décidé à déposer cette lettre de manière anonyme. Cette précieuse missive contenait une photocopie de la page du manuscrit de son ancêtre où les cicatrices d'Hervé d'Anjou étaient détaillées et dessinées. Pour ce qui est de sa découverte concernant Constance, il était décidé à gérer cela par ses propres moyens.

Ces découvertes brisaient toutes les barrières du raisonnable dont la société scientifique est faite. En tant que médecin, terre à terre et médisant sur la moindre dérive fantastique de l'esprit, il ne pouvait pas garder de telles choses pour lui et se devait d'avoir un avis extérieur. Mais lequel ?

Arthur ? Il serait impossible d'avoir une conversation rationnelle avec lui, ils se détestaient mutuellement. Henry Scoria ? Un autre esprit scientifique ? Il lui rirait au nez sans ménagement et s'empresserait de crier au canular. Thomas ? Mégane ? Il n'était pas assez proche d'eux. Il ne lui restait qu'une personne capable d'entendre et de comprendre par elle-même sa découverte. Son nom était d'ailleurs inscrit sur la lettre.

Il parvint au pied de l'église de l'ancienne abbaye de Sainte-Croix. Il était à bout de souffle. Il se pencha en avant et posa ses mains sur ses genoux pour tenter de calmer son rythme cardiaque qui s'était emballé.

Au bout d'une minute, il se dirigea vers le préfabriqué dont il possédait un double des clefs, comme tous les intervenants du chantier. Il s'aida de la lumière dégagée par la lune pour trouver le trou de la serrure, bien décidé à glisser cette lettre dans le casier de Julia. Alors qu'il faisait un tour de clef pour déverrouiller la porte, un choc rapide, violent et douloureux le surprit dans son action. Ce choc, dont il ne parvint pas à analyser la nature, le heurta à l'arrière de la tête. Celle-ci vint s'écraser contre la porte. L'os de son nez se brisa contre la paroi. Tout son corps fut irradié de douleur. Il sentait un liquide chaud couler le long de sa nuque. Il tenta tout de même de lutter malgré ses forces qui commençaient à l'abandonner. Il se retourna et tenta de frapper le visage de son agresseur qui portait une cagoule. Deux mains l'agrippèrent au cou, l'étreinte se resserra. Ses membres commencèrent à trembler et il s'enfonça lentement dans les ténèbres. Il parvint tout de même à agripper un morceau de la cagoule de son agresseur et à lui arracher. Il n'eut alors aucun mal à reconnaître le visage qu'il avait en face de lui.

« Vous… je… je sais ce que vous êtes… »

Sa vision se brouilla et David s'évanouit lentement. Il eut tout juste le temps d'entendre des pas précipités dérapant dans les graviers. Son agresseur était en fuite.

Chapitre 10

1373, Angles-sur-l'Anglin

Le soleil se levait lentement sur le village. Il était encore tôt et seuls quelques rares villageois s'activaient déjà à leurs tâches quotidiennes. Le boulanger transpirait depuis plusieurs heures devant son four. Une barque glissait doucement sur l'eau de la rivière et fendait la brume qui s'était formée à la surface. L'homme qui la manœuvrait prenait garde à ne pas faire basculer le lourd chargement de laine de mouton qu'il transportait.

Au château, l'activité battait son plein dans les cuisines. Le seigneur Hervé n'allait pas tarder à s'éveiller et tous les domestiques connaissaient l'importance qu'il attachait au premier repas de sa journée. Les effluves de nourriture qui s'élevaient des fours et des marmites imprégnaient les vêtements de tous les cuisiniers et de tous les servants qui passaient dans les cuisines.

Hervé s'éveilla dans son lit. Les premières lueurs du jour filtraient à travers les rideaux pourpres et donnaient l'impression que la pièce se trouvait dans un jardin en fleurs. Le château avait grandement changé depuis qu'il en avait pris possession. Hervé l'avait transformé en un lieu de luxe, aux nombreuses tentures et tapisseries, aux meubles de chêne robustes, et dont les murs étaient ornés de tableaux et boucliers. Là où le regard se posait, les armoiries du maître des lieux, qui pouvait à présent se parer du titre d'Hervé d'Angles, étaient visibles. Le phœnix aux fleurs de lys ornait les murs extérieurs de la forteresse et le fronton des demeures qu'il avait fait rénover. Le linge de maison était également marqué des couleurs et des armes d'Hervé. Une chose était sûre, il avait l'intention de laisser sa trace sur ce domaine et nul ne pouvait ignorer qui était le maître ici.

Il eut un sursaut qui le tira de son demi-sommeil lorsque Foulques entra violemment dans sa chambre en poussant les portes. Elles tapèrent contre les murs avec fracas. Les deux femmes qui se trouvaient dans les bras d'Hervé ne s'éveillèrent pas. Foulques s'avança et s'appuya contre le meuble qui se trouvait au bout du lit, observant la scène. La lourde couverture, repliée sur un côté, laissait apparaître la pâle nudité de la femme à la droite d'Hervé.

« Eh bien, mon bon seigneur ! Vous avez apparemment goûté à la beauté des nymphes de la région en la personne de… ? »

Il marqua un temps d'arrêt et inclina la tête afin d'apercevoir le visage de la belle endormie. Il eut un regard impressionné et fit mine d'applaudir en direction d'Hervé.

« La fille du comte de Preuilly ! »

Il fit un semblant de révérence. Hervé sourit et se dégagea de l'emprise des deux femmes qui remuèrent légèrement en grognant. Il s'étira. Foulques se pencha vers la gauche pour observer l'autre femme dont le corps tanné trahissait une origine roturière et un travail prolongé aux champs.

« Mais je n'arrive pas à reconnaître cette chevelure, ne pourrait-elle pas se retourner pour se mettre sur le dos ? Cela m'éclairera peut-être sur son identité.

— Tu es un mufle, tu le sais ? Comment as-tu pu devenir chevalier ?

— J'ai sûrement dû tuer les bonnes personnes. »

Foulques se gratta la gorge bruyamment dans l'espoir de la réveiller. Elle grommela des mots incompréhensibles et se retourna sur le dos comme il l'espérait, laissant sa poitrine à la vue de tous.

Il se redressa et se massa le menton, l'air incrédule.

« Cette poitrine ne me dit rien non plus… Qui est-ce, Hervé ? »

Le comte venait d'enfiler sa chemise et répondit en bâillant.

« La fille de l'agriculteur qui habite au bas de la rue. Celle dont le père se querelle en permanence avec le sabotier. »

Foulques admira l'endormie dont la beauté n'avait pas son pareil dans la région.

« Je devrais me montrer bien plus proche du peuple. Et alors, laquelle des deux partagerait ta couche et ton cœur si tu étais un honnête homme ?

— Tu me demandes de choisir entre la bourgeoisie ou la paysannerie ?

— Je te demande avec laquelle tu aurais envie de passer tes nuits et tes jours si ton cœur n'était pas fait d'un mélange de cendre et de glace. Que je sache vers laquelle orienter mes faveurs. »

Hervé observa longtemps ses deux amantes qui n'avaient toujours pas ouvert un œil.

« J'ai toujours été un homme proche du peuple, tu le sais. »

Il ouvrit les rideaux. Dehors, le soleil s'était levé et était déjà éblouissant. Les deux femmes se réveillèrent et prirent lentement conscience de leur nudité totale face à Foulques qui leur fit un signe de la main pour les saluer. Surprises par l'apparition de cet homme avec qui elles ne se souvenaient pas avoir passé la nuit, elles attrapèrent la lourde couverture dans un mouvement parfaitement synchronisé et se couvrirent le corps en poussant un cri. Surpris à son tour par cette réaction, Foulques se cacha les yeux et se retourna.

« Je ne les aurais pas crues si pudiques, Hervé !

— Mesdames, calmez-vous. Mon compagnon a les manières d'un sanglier, mais il ne mord pas à moins d'y avoir été invité. »

Foulques se mit à marmonner en guise de protestation :

« Le sanglier n'a apparemment pas déplu à votre femme de chambre la nuit dernière, mon seigneur… »

Hervé eut un sourire en coin amusé. Il s'adressa de nouveau à ses deux partenaires de chambres.

« Descendez dans la grande salle, les cuisines sont prévenues et un repas chaud vous sera servi. »

La femme du peuple parut étonnée de recevoir un tel traitement. Elle ne s'imaginait pas dîner dans un château en compagnie d'une femme noble, même si elles avaient passé la nuit ensemble. Elle se manifesta.

« Moi aussi, Sire Hervé ? »

Il lui saisit délicatement la main et se pencha pour y déposer un baiser.

« Surtout vous, ma chère. »

Madame de Preuilly, vexée par cette remarque et par le manque de considération dont faisait preuve Hervé à son égard, se leva violemment et quitta les lieux, emportant sa robe sous son bras.

La journée eut son lot de responsabilités pour Hervé, Foulques et des artisans choisis scrupuleusement par leurs soins. Ils parcoururent les bois, les champs, les rues et les berges. Hervé donnait ses directives afin qu'ils puissent établir des plans, des estimations de matières premières et des prévisions de rendement. Le village avait déjà bien changé depuis environ un an. Le mur ouest du château au bord de la falaise avait été en partie remonté, les toitures des maisons consolidées et les champs retournés par les sabots des chevaux durant les combats étaient prêts à être ensemencés dès que le climat s'y prêterait. L'argent amassé par Hervé avait permis d'acheter du grain, des céréales, des fruits, de la viande et toutes sortes de vivres qu'il avait distribués à la population afin qu'elle puisse survivre. Le soleil commençait à réchauffer la terre de ses rayons, les animaux pourraient bientôt mettre bas et de nouveaux enfants allaient également naître dans une période où les combats se faisaient plus rares. La vie avait peu à peu repris son cours au village d'Angles. L'espoir revenait dans les foyers, dans les esprits, et l'animosité envers les soldats du royaume de France ne se faisait presque plus ressentir.

Un habitant du village restait cependant méfiant face à ce nouveau seigneur qui, selon lui, cherchait à dissimuler son passé. Melchior, que la mort avait épargné une année de plus, avait reçu, voilà plusieurs mois, une réponse de son fils concernant ses confrères médecins exerçant à Bourges. Cette réponse n'était pas vraiment celle qu'il avait espérée.

Il l'avait relue à plusieurs reprises pour être sûr de bien comprendre.

« Très cher père,

Pardonne ces silences qui n'ont cessé de s'espacer, j'en suis conscient. Ma précieuse clientèle qui contribue bien entendu à mon bonheur est aussi cause de mon malheur. Bien que la peste ne sévisse plus depuis de nombreuses années maintenant, elle a fait prendre conscience à la population que les maux les plus mortels n'étaient pas toujours ceux que l'on pouvait voir. Ils se méfient de tout, de l'air, de l'eau, et un vent d'angoisse souffle autant dans les couloirs des châteaux que dans les fermes des campagnes.

Je me réjouis que le village et le château retrouvent de leur superbe après ces années de guerres et de désolation. J'ai entendu bon nombre de récits sur cet Hervé d'Anjou, un proche de notre connétable Bertrand du Guesclin et un guerrier redoutable sur le champ de bataille.

Concernant sa blessure, je suis étonné de vous voir admirer un autre chirurgien, je vous pensais le meilleur dans ce domaine. Si cette dernière a été effectuée par un de mes confrères, il est fort probable que Le seigneur Hervé, avec tout le respect dû à sa personne, n'ait plus la notion du temps. L'un de mes deux regrettés confrères qui exerçaient à Bourges est mort il y a plus d'un an et l'autre nous a quitté il y a un mois, mais était beaucoup trop âgé pour exercer, et ce depuis fort longtemps. Si le nouveau seigneur a bien été soigné dans notre ville, cela ne peut dater de huit mois. L'intervention a dû se faire il y a au moins un an si ce n'est plus.

Je m'étonne également que ce chirurgien, Marcel du Puits, mort il y a plus d'un an, ne se soit pas vanté d'avoir opéré ce célèbre homme.

Comment vont votre santé et votre jambe, père ? Donnez-moi davantage de nouvelles.

Hugues de Buxeuil

Après avoir reçu cette lettre, Melchior avait souhaité en savoir plus sur l'homme qui était à présent son nouveau seigneur. Il n'avait pas pu se résoudre à mener une existence paisible de vieux médecin.

Les rumeurs allaient bon train sur l'origine d'Hervé d'Anjou, certains disaient que sa famille remontait à celle des anciens héros grecs, d'où son habileté hors du commun sur les champs de bataille et son courage sans limites. Melchior avait déjà entendu cette rumeur bien avant l'arrivée d'Hervé à Angles et n'y prêtait que peu d'attention. D'autres, de nature plus fiable selon lui, disaient qu'il était le fils d'un chevalier français lointainement rattaché à la famille « de Merode », qui a donné de nombreux chevaliers dans les localités de Cologne et Aix-la-Chapelle aux XIIe et XIIIe siècles. Son père s'était retrouvé à la tête du comté d'Anjou au début du siècle, par d'habiles jeux politiques dont le fils avait bien entendu profité. De nombreux bruits de couloirs circulaient sur une possible alliance entre le père d'Hervé et l'élite anglaise qui l'aurait propulsé à la tête du comté d'Anjou en échange d'informations sur les troupes françaises.

Cette origine était des plus probables, mais compliquée à vérifier pour un petit médecin de campagne comme lui. Il lui faudrait solliciter le reste de sa famille d'ascendance noble, mais il n'en avait aucunement l'envie.

Il savait pertinemment que tout ceci ne le regardait pas et que ce mystère autour des origines de son seigneur n'allait certainement pas perturber le cours de ses affaires. Il descendit dans son atelier au sous-sol de sa demeure, afin de travailler sur un projet beaucoup plus important.

Dans ce lieu où il était le seul à s'aventurer et où les murs étaient ornés de scènes mythologiques, Melchior s'adonnait à une autre forme de science. La pièce était en longueur et sans aucune fenêtre afin de protéger cet atelier des regards indiscrets.

À l'aide d'une bougie, il se dirigea vers le mur du fond pour allumer un feu dans la cheminée. Au-dessus de cette dernière, une bannière peinte imitant un mouvement d'ondulation au rythme du vent, reprenait l'adage « *Memento Mori* », « *souviens-toi que tu vas mourir* ». Une manière pour le chirurgien de se rappeler que la mort grattait discrètement à sa porte et qu'il ne devait pas relâcher ses efforts.

La lueur qui se dégageait de la bougie formait un halo orangé autour de lui, qui lui permettait uniquement de voir les deux longues tables collées aux murs latéraux. Une fois que les bûches commencèrent à s'embraser et à crépiter dans l'âtre, il alluma les autres bougies.

En ce lieu, Melchior s'adonnait à cette science ayant vu le jour en Chine plus de quatre cents ans avant notre ère. Cette pratique, décriée par une grande partie de la société, s'était ensuite propagée en Égypte et en Grèce vers le VIIe siècle et était aujourd'hui pratiquée par un médecin du centre du royaume de France. Dans les coupelles et les récipients face à lui, le profane n'aurait vu que poudres magiques de médecin. Mais Melchior connaissait les propriétés de chaque élément, et les conséquences de leur mélange. Là où la plupart de ses patients voyaient de simples gravats un peu brillants, imaginant leur possible valeur marchande, Melchior y décelait des propriétés sans limites. Du jaspe des îles de Crète, déjà utilisé par les Minoens afin de repousser les maladies, côtoyait l'or que l'on pouvait utiliser pour soigner les maux liés au squelette. Le quartz rose, utilisé pour garder la jeunesse et régénérer le sang était réduit en poudre aux côtés de la lanarkite, bénéfique pour la respiration.

Mais tous ces matériaux lithiques n'étaient rien sans son association au soufre et au mercure.

Le but de ces recherches ? Le même but que celui qu'il poursuivait en exerçant la médecine : l'immortalité. Il avait vu sa femme mourir à un âge où la mort n'aurait même pas dû se retourner sur son passage. La mort était pour lui une ennemie contre laquelle il se battait sans relâche. Une ennemie qui lui avait déjà pris ce à quoi il tenait le plus. L'alchimie était la continuité de sa médecine. Certains l'utilisaient pour transformer les métaux en or et poursuivaient un but orgueilleux afin de s'enrichir et jouir de plaisirs éphémères. Lui avait des objectifs qu'il jugeait bien plus nobles.

Il ouvrit son manuscrit et consulta ses dernières notes, à son âge sa mémoire lui faisait parfois défaut. Noter la moindre de ses réflexions était une nécessité pour ne pas perdre ses acquis. Melchior aurait cependant aimé écrire plus et bien plus tôt. Il avait vécu de nombreuses expériences, soigné des mourants sur les champs de bataille, mis au monde des nouveaux nés et sauvé du trépas ceux que l'on croyait condamnés. Il avait surtout vécu des moments merveilleux avec son Angélique. Des moments qui commençaient à s'estomper, à devenir flous, des conversations dont plusieurs phrases manquaient, des scènes de vie entrecoupées de vides. Les souvenirs étaient tout ce qu'il lui restait, et ces derniers commençaient à disparaître, ils devenaient des échos du passé de plus en plus difficiles à entendre. Il ne lui resterait bientôt plus rien.

Penché sur sa table de travail, il savait qu'il touchait presque au but, mais quelque chose lui échappait. Il frappa du poing de colère sur son manuscrit et dévisagea les squelettes de la danse macabre peinte sur son mur. Il fixa leurs orbites vides, dénuées de vie, comme des portes ouvertes sur le néant. Il ne lui manquait plus qu'un élément. Le mercure qu'il possédait dans le récipient devant lui était extrait de la terre. Il lui manquait à présent quelque chose pour en exprimer de plus grandes propriétés qui lui permettraient de mettre au point un principe capable d'empêcher la dégénérescence des cellules. Où pouvait bien se trouver cet élément ? Faisait-il partie de notre nature ? Si oui, où pouvait-il se le procurer ? Il caressa délicatement le crucifix qu'il avait autour du cou, le porta à ses lèvres et y déposa un baiser. Si seulement il était parvenu à trouver cet élément avant le décès de celle qu'il avait aimée plus que tout au monde ! Une larme perla de son œil, ruissela le long de sa joue ridée et vint humidifier le parchemin de son manuscrit.

Le temps s'écoulait lentement dans le village poitevin. Les semaines passèrent, puis les mois. Les projets d'Hervé d'Anjou battaient leur plein et ceux de Melchior ne décollaient pas.

Au cours de sa marche quotidienne pour se rendre sur la tombe de sa femme, il avait croisé la route d'un magnifique rosier qui poussait juste à l'entrée du pont. Les pétales étaient roses sur l'extérieur et se teintaient de jaune petit à petit en allant vers le cœur de la fleur. Melchior en coupa une qu'il huma longuement. Cette fleur l'accompagna jusqu'au cimetière, précieusement protégée entre ses mains, et fut déposée délicatement sur la tombe de sa femme. Ainsi dédiée à la mémoire de celle qu'il aimait, cette rose devint un bien plus que précieux qu'il lui fallait à tout prix protéger. Il posa une pierre sur la tige afin qu'elle ne s'envole pas avec le vent et remonta en boitant vers la ville haute.

Son moral était tout de même au beau fixe, ce matin de juillet 1374. Son fils lui avait fait parvenir une lettre l'informant qu'il serait de passage, pour un temps réduit, dans la région. Il résiderait durant ce court séjour dans la demeure de son père. Sa femme n'était plus, ses parents n'étaient plus et le reste de sa famille n'avait plus de contact avec lui. Son fils était tout ce qu'il lui restait. Son désir de découvrir le secret de l'immortalité n'avait pas pour but de survivre seul au reste du monde. Pour lui, l'homme qui connaissait l'immortalité en voyant mourir tous les êtres qui l'entouraient était alors l'homme le plus seul et le plus désespéré qui puisse exister. Il ne souhaitait ce sort à personne. S'il devait vivre à jamais, son fils le devrait également. C'était l'une des nombreuses raisons pour lesquelles il prenait un aussi grand soin à consigner les résultats de ses recherches. « *Si j'échoue dans mes travaux, tu devras réussir* ». De simples mots qui devaient être rapidement compris.

Alors qu'il était dans son atelier, au sous-sol, en train de travailler, de violents coups de poing s'abattirent contre la porte en bois de l'entrée. Le bruit fut assourdissant et résonna dans toute la bâtisse. Au bout d'à peine quelques secondes, la salve de coups retentit à nouveau avec d'autant plus de violence. Des cris les accompagnèrent.

« Melchior de Buxeuil ! Ouvrez la porte immédiatement ! »

Il monta les escaliers aussi rapidement qu'il le put. Son cœur battait à tout rompre et une boule apparut dans son estomac. L'alchimie était relativement mal vue et les abbés étaient fourbes. Celui de l'abbaye de Sainte-Croix aurait très bien pu le faire espionner et découvrir ses agissements. Il lui restait tant à faire, il ne pouvait pas mourir maintenant.

« Qui… qui va là ? »

Il y eut un silence.

« Au nom du seigneur Hervé d'Anjou, ouvrez la porte ! C'est une urgence ! »

Il déverrouilla la porte à contrecœur, plein d'angoisse. Plusieurs soldats armés se tenaient devant sa demeure, environ une dizaine. Le nombre parfait pour une arrestation. Le médecin n'eut pas le temps de formuler le moindre mot.

« Melchior de Buxeuil ! Venez au château ! Sire Hervé a été attaqué dans la forêt ! Il est blessé, hâtez-vous ! »

Le chirurgien partit chercher ses affaires, à la fois rassuré et paniqué. Il fit aussi vite qu'il le put avec les capacités d'un vieil homme. Tirant toujours des enseignements de ses erreurs, il attrapa la canne en bois qui l'accompagnait à présent dans tous ses déplacements.

Il régnait un vent de panique dans les couloirs du château. Les soldats parlaient en élevant la voix, mimant la scène de l'attaque et agitant les bras. Les serviteurs couraient en transportant des linges ensanglantés. Lorsqu'il était passé devant les cuisines, Melchior avait vu un homme gisant sur la grande table servant habituellement à la préparation des plats. Des bassines d'eau rougie par le sang jonchaient le sol. « *Il est trop tard pour lui !* » avait hurlé Foulques, à la tête de la garde. Ses efforts devaient se concentrer sur Hervé. Le médecin enjamba le corps d'un homme qui avait trépassé avant d'avoir pu être installé sur un lit.

Tous débarquèrent au pas de course dans la chambre du maître des lieux. Le seigneur Hervé était assis sur un tabouret et maintenu par deux soldats, un à sa gauche et l'autre à sa droite, qui le tenaient par les épaules afin qu'il ne bascule pas. Il était presque inconscient. Seuls les tremblements de ses paupières et le léger râle qui sortait de sa bouche suggéraient qu'il était encore en vie.

Melchior fut comme stoppé dans son élan lorsqu'il découvrit d'un coup d'œil les blessures que les fidèles aux Anglais lui avaient infligées. Quatre flèches étaient plantées dans son dos. Deux au niveau de ses omoplates, qui devaient donc être sévèrement fracturées, une au niveau des reins, ce qui ne laissait rien présager de bon pour sa colonne vertébrale ou une éventuelle hémorragie interne et une sur l'arrière des côtes. Une flèche était fichée dans sa cuisse, une autre juste au-dessus du cœur et une dernière pénétrait dans l'abdomen. Après avoir mis quelques secondes à reprendre ses esprits, durant lesquelles Foulques n'avait cessé de hurler après tout ceux qui se trouvaient dans la pièce, Melchior fit rapidement le tour de la victime pour évaluer l'état de chaque blessure.

« Il faut commencer à retirer les flèches avant qu'elles ne causent plus de dégâts ! »

Le médecin arrêta Foulques dans son mouvement alors qu'il avait déjà saisi la tige de bois plantée dans la cuisse du blessé.

« Non, ne faites pas ça ! »

Il le fixa de manière incrédule, Melchior se justifia.

« Ainsi plantées, elles ne font aucun mal et empêchent les effusions de sang. Si vous les retirez, les flèches risquent d'endommager les artères sur leur passage et il sera perdu. Il se videra de son sang. »

Il demanda à ce que les flèches soient toutes raccourcies, afin de faciliter ses mouvements et d'éviter de blesser davantage Sire Hervé en cas de manipulation. Sa tenue lui fut retirée avec difficulté et ses vêtements plus fins déchirés afin que le médecin puisse observer l'état de chaque plaie. Heureusement pour lui, Hervé était presque inconscient. Il s'écoula plusieurs heures avant que toutes les pointes de flèches soient extraites du corps et que chaque plaie soit correctement désinfectée et cautérisée. Le patient alternait entre demi-conscience et inconscience. Alors que ses paupières se soulevaient lentement, Melchior s'excusa.

« Messire, je crains que les cicatrices que je vous laisse ne soient pas d'aussi bonne qualité que vos précédentes. »

Hervé ne réagit pas, il n'entendit probablement pas les mots du médecin. Son esprit naviguait vers les limbes de son passé. Il se perdait dans un labyrinthe de souvenirs douloureux, sur une mer d'images, agitées par des vagues d'émotions affligeantes.

C'est fini maintenant. Tout est fini. Ta quête est terminée, tu es en droit de te reposer. Va. Vois-tu ce château au loin ? Cette tour à gravir ? Et cette forêt à traverser, là, regarde ! Ces armées à combattre, ces gens à délivrer ? N'y pense plus. Laisse tout ça à quelqu'un d'autre dont la quête ne fait que commencer. Ta quête est terminée, te dis-je. Allonge-toi dans l'herbe, sous ce chêne. Observe les champs de blé à l'horizon que le coucher de soleil sublime et nappe de couleurs orangées. Écoute cette douce musique, laisse-la te porter. Laisse les mélodies du vent t'emmener loin d'ici. Imagine les épreuves qui attendent le passant au détour des chemins, les embûches, la gloire nouvelle, les victoires et les défaites. N'aie crainte, tout ce fardeau est destiné à quelqu'un d'autre. Tu es fatigué. Laisse-toi partir. Tu as bien travaillé, à présent, il te faut mourir. Non tu n'as pas à avoir peur, laisse-toi porter, c'est tout ce que je te demande. Enivre-toi si cela peut t'aider. Libère-toi de cette lourde armure et de cette enveloppe qu'est ton corps. Tout est paisible sous ce chêne et tu peux partir tranquillement. Ton temps ici est écoulé et tu as rempli tes missions comme il se doit avec bravoure.

Comme il aurait aimé entendre ces mots et se laisser porter par la mort ! Il aurait voulu qu'on lui accorde le droit de mourir enfin. Mais cela lui était impossible. Pour lui, le repos n'existait pas. Pour lui, la fin, le but, la quête accomplie n'existait pas.

Des gouttes de sueur perlaient du front du chirurgien qui, malgré les doutes et la méfiance qu'il avait concernant son nouveau maître, eût été prêt à tout pour le sauver et repousser la mort une fois de plus. La tension retomba peu à peu dans la chambre et les couloirs de la forteresse. L'état d'Hervé était stable pour le moment, mais les prochains jours seraient décisifs. Foulques s'approcha de Melchior.

« Va-t-il s'en sortir ? »

Le médecin eut un soupir las.

« Je suis parvenu à arrêter tous les saignements, à désinfecter les plaies et les ai refermées du mieux que j'ai pu. Si aucune infection n'apparaît dans les prochains jours, qu'il n'y a aucune hémorragie interne due à un organe trop abîmé et qu'aucun mal ne s'infiltre dans la moelle de l'os, alors peut-être qu'il vivra. »

Le médecin avait récupéré plusieurs fioles de sang appartenant à son seigneur blessé, cela pourrait lui être utile pour les futurs traitements du patient.

Ils se saluèrent et Melchior partit rejoindre son atelier. Foulques s'approcha lentement du lit où Hervé reposait inanimé, couvert de bandes blanches ensanglantées par endroit. Sa respiration était lente et son corps parsemé de gouttelettes de sueur. Foulques s'agenouilla et joignit les mains en s'appuyant sur le bord du lit. À voix basse, il se mit à prier.

« Je ne te connaissais pas si croyant… »

Foulques releva la tête rapidement.

« Tu es réveillé ! Grâce à Dieu ! Comment te sens-tu ?

— Blessé et transpercé de part en part… »

Foulques se releva et posa son bras sur celui d'Hervé, moite de sueur.

« Tu vivras, j'en suis persuadé. Je le sens au fond de moi... après toutes les batailles dont tu es sorti victorieux, un petit groupe de rebelles ne peut pas avoir raison de toi !

— J'espère que tu dis vrai... mais tu vas tout de même aller voir le tailleur de pierres pour lui commander mon sarcophage. »

Foulques resta incrédule, se refusant d'envisager la mort de cet homme qui était non seulement son ami, mais avec qui il avait combattu et qui l'avait soutenu dans les pires moments.

« Ne reste pas à me regarder avec ces grands yeux, tu vas faire ce que je te dis. Ordonne la création d'un sarcophage et d'une pierre tombale. Je souhaite reposer dans l'abbaye de Sainte-Croix dans la ville basse, près de la rivière.

— Mais tu ne mourras pas, Hervé ! Tu as toujours survécu à tes blessures et des bien plus importantes que celles-ci ! »

Hervé resta calme malgré l'emportement de Foulques. Ce dernier continua de plus belle.

« Et regarde-toi ! Malgré tout ceci, tu n'as pas pris une ride en quinze ans. Comparé à moi qui deviens un vieillard de jour en jour !

— Un meneur se doit d'être prévoyant et d'envisager tous les scénarios possibles. J'espère que tu dis vrai... mais tout doit être prêt dans l'éventualité où ces Anglais auraient eu raison de moi. »

À contrecœur, mais avec dignité, Foulques acquiesça et s'en alla ordonner les préparatifs pour l'éventuelle inhumation de son ami.

Une fois seul, Hervé lâcha un long soupir. Il se savait voué à survivre et savait que ses blessures seraient rapidement refermées, beaucoup plus rapidement que pour un blessé ordinaire. Cela pourrait éveiller les soupçons. De plus, Foulques avait tout dit. Il ne vieillissait pas et cela se voyait. Il avait prévu de rester environ cinq ans avant de disparaître, mais la vie ne décide pas toujours de suivre nos plans. Aux yeux du monde, ces blessures devaient lui être fatales. Une fois de plus, il allait fuir. Une fois de plus, il prendrait un nouveau nom, un nouveau titre et, une fois de plus, il prendrait la route seul. Comme le lui avait dit Marcus il y a environ mille trois cents ans, il faut continuellement s'adapter.

Il ne comptait plus les villes qu'il avait laissées derrière lui, voyant s'éloigner une vie, des projets, des amis et des amours que certains pouvaient mettre une vie à construire. Est-ce que cela prendrait fin un jour ? Il tenta de se lever. Sa démarche fut maladroite jusqu'à la fenêtre qui donnait sur la vallée de l'Anglin. Il s'était attaché à cette ville.

***

Foulques venait de donner ses instructions au tailleur de pierre qui serait en charge de la sépulture de son ami. L'artisan, à la fois rempli de tristesse et de fierté face à la tâche qui lui était confiée, s'empressa de choisir parmi ses plus belles pierres. Le soir même, les premiers coups de ciseau étaient donnés dans le granit afin de reproduire le plus fidèlement possible les traits d'Hervé d'Anjou.

Au château, la panique de l'après-midi n'avait pas laissé place à la gaîté, mais à la tristesse. Plus personne ne circulait dans les couloirs. Tous les gardes étaient à leurs postes, la mine basse, dans l'attente du possible trépas de celui qui les avait menés à la victoire sur les champs de bataille et à qui ils avaient confié leur vie.

Foulques observait l'horizon en parcourant le chemin de ronde près de la chapelle Saint-Pierre qui se trouvait au sud de la forteresse. Il s'arrêta un moment, les mains croisées dans le dos et le regard perdu dans le vide. Une brise venant de la vallée le fit revenir à lui. Son regard agrippa cet escalier grossièrement taillé au sein même de la falaise par les Anglais afin d'assiéger le château quelques années auparavant. Bien des hommes avaient perdu la vie au pied de cette falaise. Il releva la tête. Son regard se porta sur l'abbaye de Sainte-Croix et sur le cimetière de la ville basse. Y avait-il de grands hommes parmi les morts enterrés en ce lieu ? La guerre avait garni de nombreux tombeaux. En réalité, toutes les personnes qui reposaient ici avaient tenté, à un moment ou à un autre, de bâtir quelque chose ; une maison, un atelier, un mariage d'amour, une famille ou une situation. Tous avaient tenté de laisser leur empreinte en ce monde.

Foulques se laissa aller un instant au romantisme, ce qui ne lui était pas arrivé depuis un certain temps. *Que reste-t-il de nos amours ? Lorsque nous passons devant une pierre tombale ou un gisant, nous n'avons aucune idée de ce qu'a pu être la vie de la personne qui repose sous nos pieds.*

« Commandant ? » Melchior de Buxeuil se présentait à la grande porte.

Absorbé par ses pensées, Foulques n'avait pas entendu le garde approcher.

« Cette visite n'avait pas été annoncée. Il ne devait pas repasser ce soir. »

Le garde ne sut que répondre.

« Oh, et puis mieux vaut apporter trop de soins à un blessé que pas assez. Faites-le entrer, il connaît le chemin à présent. »

Il reprit sa contemplation, l'air toujours aussi grave.

Hervé était fatigué, épuisé par l'énergie que dépensait son corps afin de refermer ses plaies plus rapidement que pour les autres êtres humains. Il dormait profondément sous l'effet de la tisane prescrite par le chirurgien, ce qui permit à Melchior de changer ses bandages en toute tranquillité.

Mais à présent, le médecin n'effectuait plus aucun mouvement. Il restait là, bouche bée, à contempler les blessures presque refermées de son patient, après seulement quelques heures. Il laissa échapper les bandages maculés de sang séché sur le sol. Après toutes ces années et tous ces blessés passés entre ses outils de chirurgie, il n'avait jamais été témoin d'un tel miracle. Comment des plaies avaient-elles pu quasiment disparaître en si peu de temps ? Était-ce la manifestation d'un être divin ? Ou au contraire maléfique ? Non, il ne voulait pas se laisser aller à ce genre de spéculations métaphysiques. L'explication devait forcément être biologique ou chimique.

Du bout de ses doigts ridés, il effleura la surface de la cicatrice située au-dessus du cœur. Elle ne suintait pas, comme si le processus de cicatrisation habituel n'avait pas cours ici. Son esprit ne savait comment analyser la situation, il se refusait à sombrer dans des délires mystiques ou religieux, cela n'était pas dans sa nature. Mais comment aurait-il pu en être autrement ? Hervé eut un sursaut, probablement dû à un mauvais rêve. Il ne se réveilla pas pour autant. Melchior eut tout de même un mouvement de recul qui le fit presque trébucher. Il marcha sur sa sacoche posée au sol.

« C'est impossible… il doit y avoir une explication biologique, bien entendu. Mais comment le découvrir ? Il faudrait que je puisse analyser quelque… »

Il s'arrêta soudain lorsqu'il entendit un bruit de flacons que l'on entrechoque. Sans avoir besoin de regarder le contenu de son sac, il sut immédiatement ce dont il s'agissait. Il avait récupéré des échantillons du sang d'Hervé quelques heures auparavant. Il ne perdit pas plus de temps, changea les bandages du patient malgré leur inutilité, récupéra son manteau, sa canne, et quitta le château d'un pas rapide.

La porte de sa demeure claqua violemment et fut verrouillée à double tour. De sa démarche mal assurée, il descendit dans son atelier après avoir soufflé toutes les bougies des pièces à vivre. Il en renversa plusieurs dans la précipitation. D'un naturel anxieux, ses angoisses étaient tout d'un coup décuplées. Il avait non seulement du mal à ordonner ses idées, mais avait l'impression d'être observé ou d'avoir été suivi. Le moindre craquement de poutre dans la maison lui apparaissait comme le pas d'un garde venant le mettre aux fers. Le moindre éclat de voix de passants dans la rue était pour lui celui d'un espion qui guettait ses allées et venues.

Parvenu enfin à retrouver un semblant de raison au bout de quelques minutes, il sortit les flacons de son sac en cuir, s'approcha d'une bougie et observa les vagues que faisait le liquide épais et vermillon lorsqu'il agitait le flacon.

Si les blessures d'Hervé guérissaient aussi vite, c'est qu'un élément dans son corps devait agir en ce sens. Ces éléments pouvaient-ils se trouver au sein même d'un organe précis ? Le cœur ? Le cerveau ?

Il ouvrit son journal relié en cuir et y inscrit la date du jour. La plume courait à toute vitesse sur le parchemin, y décrivant ses observations sur le corps d'Hervé d'Anjou et le cours de ses réflexions.

« *Le sang est source de vie, le sang coagule pour qu'une plaie ne saigne plus, il se concentre dans les muscles pour les préparer à l'effort…* »

Peu importe ce qui pouvait produire ces effets miraculeux sur le corps d'Hervé, son sang était tout ce qu'il possédait pour le moment. Il fit couler le précieux liquide dans un ballon en verre qu'il suspendit au-dessus d'une flamme afin de le porter à ébullition.

De fines bulles commencèrent à se former à la surface du liquide. Melchior notait scrupuleusement tout ce qu'il voyait, guettant la moindre anomalie, y allant de ses commentaires et de ses théories.

Sa plume s'arrêta brusquement. Il écarquilla de grands yeux et se rapprocha du gros flacon de verre. Les bruits extérieurs n'existaient plus, le craquement des poutres de sa demeure n'existait plus et son inquiétude avait disparu. Ce qu'il observait le fascinait. Un liquide gris argenté était lentement en train de se former dans le sang en ébullition et de couler au fond du récipient. Ce nouveau liquide était apparemment plus lourd et se formait à partir du sang chauffé. Ce n'était pas le premier flacon de sang qu'il traitait ainsi. Ses recherches l'avaient déjà poussé à tenter cette expérience avec du sang de mouton, de cheval, de rongeur et même du sang humain. Mais c'était la toute première fois qu'il observait ce genre de réaction.

Le liquide avait de magnifiques reflets que renforçait la lueur des nombreuses bougies qui illuminaient la pièce. Les effusions de liquide gris cessèrent. Son cœur battait dans ses tempes. À l'aide d'une paire de pinces en fer, il fit basculer le flacon. Le sang, plus léger, se déversa en premier. Il parvint ainsi à isoler les deux liquides. Que pouvait bien être cette matière qui s'était formée à partir du sang d'Hervé ? Cette couleur lui rappelait un élément, mais il ne le possédait pas sous cette forme. L'alchimiste dut consulter plusieurs de ses anciens manuscrits afin de se replonger dans ses recherches. Il attrapa également plusieurs traités de chimie et d'alchimie dans sa bibliothèque.

La vérité ne lui apparut qu'au bout de plusieurs heures de recherches et après avoir porté à ébullition de nombreux flacons de sang. Sa plume glissa de ses mains, virevolta lentement dans les airs avant de se poser délicatement sur le sol. La tension qu'il avait dans les épaules disparut et tout son corps se relâcha. Il se retourna doucement pour observer le mur qui était derrière lui et la figure divine qui y était représentée.

« Mercurius… du mercure »

Il avait prononcé ces mots à voix basse. La figure du dieu romain Mercure le regardait travailler depuis de nombreuses années. À cet instant, Melchior avait l'impression que le dieu romain lui souriait, plein de fierté pour son élève, le félicitant de toutes ces années de travail. Il avait trouvé. Il se retourna pour observer à nouveau le liquide.

« Le vif-argent… dans le sang… l'élément manquant. C'est lui qui est responsable de la régénérescence des cellules. »

Le mercure était un élément que Melchior connaissait bien. Il en possédait sous forme de minerai et était déjà parvenu à le transformer pour lui donner sa forme liquide. Mais toutes ces expériences pour l'utiliser sous sa forme naturelle dans sa recherche de l'immortalité s'étaient soldées par des échecs.

Utilisé pur, le mercure était particulièrement néfaste pour la santé, il tuait beaucoup plus qu'il ne sauvait. Ses recherches en alchimie lui avaient appris que le mercure était un élément indispensable dans la quête de la vie éternelle. Les écrits des anciens grands maîtres alchimistes distinguaient cependant deux formes de mercure : la forme métallique et la forme dite philosophique. Melchior venait de découvrir cet élément qui pouvait se mélanger au sang et qui n'était, par conséquent, pas un poison pour le corps humain.

Il coucha son incroyable découverte sur le parchemin. Le fait que les blessures d'Hervé se refermaient aussi rapidement signifiait-il qu'il ne pouvait pas mourir ? Rien n'était moins sûr. Mais lorsque le corps lutte pour refermer une plaie ou contre une maladie, la température augmente. Était-ce cet échauffement du sang qui libérait le fameux mercure dans le corps d'Hervé ? Il devait mener davantage d'expériences, étudier plus de sang et plus d'organes.

Dès le lendemain, son pas irrégulier retentit dans les couloirs du château. Le médecin se dirigeait doucement vers la chambre d'Hervé. Foulques l'avait une fois de plus laissé entrer et accéder au logis de son seigneur. Melchior était cependant contrarié. Un garde marchait à ses côtés et était censé l'accompagner jusqu'à la chambre de son patient.

Espérons qu'il n'ira pas plus loin, pensa-t-il. Pour faire ce qu'il s'apprêtait à faire, il avait besoin d'être seul. Tous deux s'arrêtèrent devant une porte en bois, le garde entra le premier pour annoncer la venue du médecin, mais Hervé d'Anjou dormait profondément, toujours sous l'effet des tisanes qu'il prenait régulièrement.

Le médecin força le passage.

« Vous pouvez disposer. Je sais ce que j'ai à faire. »

Il afficha un large sourire qui mit le soldat en confiance. Ce dernier se retira.

Une fois la porte de bois refermée, tout s'accéléra. Melchior devait agir vite pour limiter ses chances d'être surpris. Il marcha rapidement vers le lit d'Hervé, sortit de sa poche une pincée d'herbes qu'il ajouta à la préparation qu'il avait prescrite au convalescent. À défaut de le soigner, ces herbes devaient l'affaiblir. Il n'était pas question de le tuer. Pour le moment. Melchior avait besoin d'étudier les fluides de son organisme et sa capacité à guérir de ses blessures. Il retira les bandages qui ne présentaient plus aucune trace de sang. Les plaies étaient totalement refermées. Le corps d'Hervé était maculé de parfaites cicatrices, comme celle qu'il possédait à la main.

C'est prodigieux… c'est un miracle…

D'une main raide, tremblante et usée, il approcha une lame du torse d'Hervé et fit une profonde entaille juste au-dessus de celle déjà existante. Melchior avait besoin d'observer le processus rapide de cicatrisation en détail cette fois-ci. Le nécessaire fut fait pour ne pas créer d'hémorragie. Après un instant de réflexion, il ajouta une nouvelle pincée d'herbes dans la préparation. Le cobaye devait être le moins conscient possible pour ne pas réaliser qu'une nouvelle plaie était apparue. Une fois son méfait accompli, le médecin ne s'arrêta pas là. Il sortit de sa sacoche un ballon en verre dont il ôta le bouchon de liège. À l'aide d'un long tube en acier, il perfora la veine d'Herve au niveau de l'avant-bras. Le liquide rouge et chaud, plein de vie, s'écoula dans le récipient.

Melchior observait le fin filet sortir du tube en acier avec envie. Son regard se posa alors sur le visage crispé d'Hervé endormi. Il prit conscience de la situation. Tout cela allait complètement à l'encontre de ce en quoi il avait toujours cru, il en était conscient. Il prenait la vie d'un autre, pour prolonger la sienne. Qu'était-il en train de faire ? Était-il devenu une créature immonde ? Une de ces bêtes que les mythes décrivent et qui volent la vie des hommes ? Était-il devenu la mort en personne ? Il sentit la petite croix en or de sa femme contre son torse. Que penserait-elle de ses agissements ?

Plongé dans ses réflexions qui commençaient à le troubler, il ne remarqua pas les paupières de son patient qui se soulevaient légèrement.

Melchior relâcha son emprise autour du tube en métal. Il ne pouvait pas faire cela, il n'était pas un meurtrier. Il avait cru en être capable, mais il ne le pouvait pas.

Cependant, Hervé reprit ses esprits et tourna rapidement la tête vers le médecin. Il observa ensuite son bras sur lequel était pratiquée une saignée. Lentement, son regard se posa sur ses plaies cicatrisées, puis sur celle ensanglantée qui venait d'être pratiquée volontairement. Les deux hommes se fixèrent durant quelques secondes qui parurent durer une éternité. Aucun mot ne fut échangé, mais Hervé parvint à lire dans les yeux du médecin, il comprit immédiatement. Conscient de ce qui était en train de se passer, Melchior eut un regard implorant la clémence et la pitié.

Dans un mouvement rapide et violent, Hervé attrapa le manche de son épée qui était près de son lit, adossée à la table de chevet. La main du médecin se plaqua sur sa gorge. Quel choix lui restait-il ? Hervé avait deviné ses intentions, il se savait promis à la potence si cet homme parlait. Le sang qui s'échappait du bras d'Hervé commençait à inonder le sol. Malgré son grand âge, Melchior de Buxeuil parvint à anticiper les mouvements du blessé et arrêta son coup d'épée en lui maintenant le bras sur le lit. Les visages des deux hommes n'étaient plus qu'à quelques centimètres l'un de l'autre. Les yeux d'Hervé étaient injectés de sang. Une veine commença à apparaître au milieu de son front. Rassemblant toutes les forces qu'il avait, il envoya un violent coup de pied dans la jambe du médecin qui lâcha prise et s'écroula sur le sol.

Libéré de son emprise, il toussa fortement, tenant sa gorge marquée d'hématomes. Son oreiller blanc fut maculé de fines gouttes de sang et un goût de métal apparut dans sa bouche. Ne sachant si son agresseur était toujours près de lui, il roula de l'autre côté du lit et se laissa tomber sur le sol. Sa vision était brouillée, il ne parvenait qu'à distinguer de vagues formes sombres. Le médecin s'enfuit d'un pas maladroit, laissant sa canne et tout son matériel sur place.

Quelques minutes plus tard, Foulques débarqua dans la chambre avec cinq autres gardes, alerté par le bruit.

« Hervé ! »

Il se précipita près de son ami et l'aida à se relever. Il comprima sa plaie au bras qui continuait toujours à cracher du sang.

« Du linge ! Hâtez-vous, bande de larves ! »

Il hurlait après ses hommes sous le coup de la panique. Hervé parvint à articuler alors que sa plaie était pansée.

« Le médecin… il… il a essayé de… me tuer. »

Il eut une nouvelle quinte de toux. La main qu'il porta devant sa bouche fut maculée de sang à son tour.

« Tu es blessé ! Je vais envoyer une troupe se charger du médecin, ne t'en fais pas ! Pour le moment, ne t'agite pas ! »

Foulques allait se lever pour donner ses instructions, mais fut retenu violemment par le bras. Hervé l'attira vers lui.

« Non… je vais m'en occuper moi-même. »

Foulques avait connu Hervé sur les champs de bataille. Il avait vu la rage en lui, l'envie de survivre et la hargne. Mais ce qu'il vit dans le regard de son ami ce matin-là, il ne l'avait jamais vu avant.

***

Melchior n'avait pas pris la peine de fermer la porte de chez lui. Cela n'aurait servi à rien. Il n'avait pas le temps de fuir et se savait perdu. Sa vie allait s'arrêter ici, aujourd'hui ou dans quelques jours, si son malheur le portait entre les mains de tortionnaires cherchant à lui faire avouer les raisons de son crime. Conscient qu'il vivait là ses derniers instants, il descendit les escaliers jusqu'à son laboratoire. Ses jambes ne lui obéissaient presque plus et il rata plusieurs marches. Son parchemin était toujours ouvert là où il l'avait laissé la veille. Il trempa sa plume dans l'encrier et eut le temps d'écrire quelques lignes. Les dernières qu'il aurait la chance d'écrire. Se sachant fautif et le criminel dans cette histoire, il coucha tout de même le nom de son bourreau, Hervé d'Anjou. Comme il avait aimé écrire, comme il avait aimé travailler en ce lieu, comme il avait aimé la vie. Sa quête de l'immortalité n'aura eu pour conséquence que d'écourter ses dernières années si précieuses. Son visage était crispé par la peur.

Des pas et des voix retentirent depuis le rez-de-chaussée de sa maison. Les troupes d'Hervé venaient l'arrêter, c'en était fini de lui.

Mais quelque chose attira son attention. Alors qu'il s'attendait à entendre les bruits de pas d'une dizaine d'hommes, cherchant rapidement dans chaque recoin de sa maison, il n'en fut rien. Les pas étaient lents, comme si le visiteur prenait le temps d'inspecter chaque pièce en observant tout ce qui s'y trouvait. La respiration de Melchior était rapide et il lui semblait que son cœur allait lâcher à tout moment. Après avoir pris soin de replacer son journal dans la bibliothèque, il se posta au fond de la pièce et attendit. De sa main droite, il serra le crucifix de son épouse, qu'il portait autour du cou. Il l'embrassa et le dissimula sous sa tunique.

La porte d'entrée fut refermée, puis verrouillée. Le bruit du verrou parvint à ses oreilles. Des pas retentirent soudain dans l'escalier. Les hommes étaient au nombre de deux. Quelques secondes plus tard, Hervé d'Anjou apparut vêtu de son armure. Il se tenait droit, le regard supérieur, comme s'il s'apprêtait à livrer une bataille. Sa main droite était posée sur le pommeau de son épée. Foulques, qui parvenait plus difficilement à se maîtriser et à cacher sa haine, se tenait à ses côtés. Le médecin comprit alors qu'ils n'étaient pas venus pour l'arrêter. Mais pour l'exécuter, ce soir.

Sans dire un mot, Hervé d'Anjou s'avança vers le médecin. Il le toisa et le contourna en l'observant de la tête aux pieds. Melchior pivotait sur place en suivant Hervé. Il lui faisait face à présent, tournant complètement le dos à Foulques. Il était piégé.

« Qu'as-tu découvert ? » se contenta de lui demander Hervé.

Le médecin bégayait et se frottait les mains rapidement sous l'effet de la peur. Il transpirait abondamment. Hervé répéta lentement sa question, en prenant bien soin d'articuler chaque mot.

« Qu'as-tu découvert… alchimiste ? »

Il haussa le ton face au silence du médecin qui ne parvenait toujours pas à prononcer le moindre mot.

« Parle !

— Tout… la… la vérité… vous… vous êtes… »

Hervé d'Anjou dégaina son épée avant que Melchior ait pu continuer sa phrase et lui plaça la lame sous la gorge. Il prit un air menaçant.

« Cette réponse me suffira. »

Foulques n'était en aucun cas au courant de la nature réelle d'Hervé. S'il l'apprenait, il deviendrait également une menace pour lui. Foulques eut un regard interrogateur :

« Quelle vérité ? Hervé, de quoi parle-t-il ? »

Hervé abaissa son épée. Le médecin ouvrit légèrement la bouche. Il prit une grande inspiration et se mit à hurler.

« C'est un monstre ! »

Se sachant condamné, il tenta le tout pour le tout. En essayant d'être le plus rapide possible, il profita du fait qu'Hervé avait baissé sa garde pour bondir sur lui et l'attraper à la gorge. Ce dernier n'eut pas le temps de réagir et fut projeté contre le linteau de la cheminée, les mains du médecin serré autour de son cou.

« Attention, Hervé ! Écarte-toi ! »

Foulques dégaina sa longue épée et la passa de toutes ses forces à travers le corps du médecin. La lame d'acier s'enfonça dans son dos et ressortit au niveau du sternum, accompagnée d'une gerbe de sang. Hervé eut tout juste le temps de repousser le médecin avec son pied pour ne pas être embroché à son tour.

Le médecin hurla et resta figé un instant. Foulques retira violemment son épée. Le craquement des os se fit entendre. Melchior de Buxeuil s'écroula sur le dos. Déconcerté, Hervé s'accroupit et se pencha au-dessus de lui. Il ne pensait pas que les choses iraient jusque-là. Son plan aurait été d'effrayer le médecin, de lui faire quitter le village pour toujours. À son âge avancé, il ne lui restait plus beaucoup de temps pour dévoiler son secret. D'ailleurs, qui aurait bien pu croire une telle histoire dans la bouche d'un vieil homme un peu dément ? Le seigneur d'Angles n'était pas un meurtrier, ce médecin aurait pu finir sa vie dans une des cellules du château, cela aurait été suffisant. Hervé se reprit et pensa avant tout à sa propre sécurité. Les choses étaient peut-être allées trop loin, mais ainsi, il n'avait plus rien à craindre de ce médecin.

Ce dernier, agonisant lentement, tenta de glisser sa main dans sa tunique au niveau de la poitrine. Que tentait-il d'attraper dans un dernier souffle ? Un poignard ? Une lame dissimulée ? Hervé prit les devants et déchira le vêtement du médecin. Il découvrit alors une petite croix en or. Seul souvenir qu'il lui restait de sa défunte épouse. Cette croix qu'il n'avait pas pu se résoudre à mettre en terre avec elle. Pleins de larmes, les yeux bleus de Melchior se fermèrent doucement. Ses lèvres tremblantes se figèrent et la vie le quitta.

« Voilà une bonne chose de faite. Cette vieille carne a eu ce qu'elle méritait ! »

Foulques était hargneux, impulsif, et sa rage avait du mal à retomber. La disparition du médecin ne changeait rien aux plans d'Hervé. Foulques avait remarqué que le temps n'avait pas d'emprise sur son physique, et il ne devait pas être le seul.

« Merci Foulques, tu as agi pour me sauver la vie. Il marqua cependant un temps d'arrêt. Depuis combien de temps sommes-nous amis ? »

Foulques réfléchit quelques secondes.

« Au moins quinze ans.

— Me fais-tu confiance ? En toutes circonstances ? »

Foulques ne comprenait pas le sens de ces questions. Il était interloqué.

« Euh… oui. Bien entendu. Je t'ai déjà confié ma propre vie et je recommencerais sans hésiter. Qu'est-ce qu'il t'arrive ? Tes blessures te font souffrir ? »

Hervé prit une grande inspiration.

« Foulques. Si je te demande une dernière faveur, accepteras-tu ?

— Assurément.

— Sans poser aucune question ? »

Foulques mit du temps à répondre. Il ne comprenait rien à la situation. Melchior de Buxeuil était mort, ils auraient normalement dû se hâter d'aller fêter la survie d'Hervé au château.

« Foulques !

— Oui, bien sûr. Je te fais confiance. »

Hervé dévoila ses intentions, d'une traite, sans laisser à son interlocuteur le temps d'ajouter quoi que ce soit. Il n'avait pas l'intention de se lancer dans des explications et encore moins de dévoiler son secret, même à son plus fidèle ami. Les choses auraient été trop dures à comprendre et à accepter.

« Je vais partir. Disparaître, il le faut, je n'ai pas le choix. Le sarcophage et la pierre tombale qui me sont destinés sont terminés, grâce au zèle du tailleur. Tu vas m'aider à transporter le corps du médecin, il y prendra ma place, avec mon armure, mon heaume, mon épée… mon corps ne sera pas exposé, il n'y aura pas de messe et pas de cérémonie en grande pompe. Pour tout le monde, excepté pour toi, je suis mort cette nuit des suites de mes blessures et mon corps reposera dans la nef de l'église dès demain. »

Il attrapa un morceau de parchemin qui trônait sur la table, trempa la longue plume dans l'encrier et s'activa à rédiger un document officiel.

« Par ce document, je précise que je ne souhaite pas de funérailles grandiloquentes, mais souhaite être inhumé le plus rapidement possible. »

Foulques ne disait toujours rien, il se contentait d'observer son ami comme s'il était sujet à la folie. Hervé continua.

« Dans ce testament, j'interpelle également le roi et le connétable sur mes recommandations pour un successeur à la tête de la forteresse. »

Il se retourna vers son ami.

« Toi. J'aimerais que tu prennes la direction de la forteresse, des hommes, de la ville et de ses terres. Vois cela comme… un cadeau d'adieu et une manière de m'excuser pour cette situation. »

Foulques avait bien enregistré toutes les instructions dictées par Hervé, cependant, il ne comprenait pas l'intérêt d'une telle manigance. Il était l'un des hommes les plus hauts placés du comté, que cherchait-il à fuir ? Qui cherchait-il à fuir ? Avait-il peur de quelque chose ? En plus de toute cette incompréhension, Foulques n'arrivait pas à accepter qu'il ne reverrait jamais plus l'homme qui avait été son meilleur allié pendant quinze années.

« Je ne comprends pas… qu'est-ce qui te… »

Hervé lui coupa la parole d'un geste rapide de la main.

« S'il te plaît… aucune question… je t'en supplie, fais-moi confiance. »

Bien qu'il agisse pour sa survie, il n'en était pas pour autant dénué d'émotions et de sentiments. Une fois de plus, ces adieux le brisaient.

Les yeux de Foulques s'embuèrent. Son visage était crispé. Il s'approcha d'Hervé. Les deux hommes s'enlacèrent, en souvenir des combats, de toutes les fois où ils s'étaient sauvé la vie mutuellement et en souvenir de leur amitié. Foulques se recula, baissa la tête quelques secondes pour fixer le sol. Lorsqu'il la releva, toute expression de tristesse avait disparu. Ses yeux étaient secs et son regard avait retrouvé sa rigueur martiale habituelle. Il tendit sa main droite à Hervé qui la saisit.

« Puisses-tu trouver dans la mort la paix que tu n'as pas eue dans cette vie. »

Alors qu'ils transportaient le corps de Melchior dans l'église de l'abbaye, ils ne remarquèrent pas le léger mouvement qui agitait ses paupières. Malgré son corps transpercé, son cœur ne s'était pas encore arrêté.

Chapitre 11

2024,
à quelques kilomètres d'Angles-sur-l'Anglin

Après la disparition du corps d'Hervé d'Anjou, plusieurs émotions s'étaient fait ressentir sur le chantier. L'incompréhension, tout d'abord, avait envahi les esprits. Qui pouvait bien être à l'origine de ce vol ? Et surtout, dans quel but ? Aucun rapport archéologique n'ayant encore été produit, personne n'était au courant que le seigneur d'Angles venait d'être retrouvé.

Julia était assaillie par de sombres pensées. Pour elle, la personne qui avait dérobé ces ossements connaissait l'identité de la dépouille et faisait donc partie de l'entourage proche de l'équipe. Le problème, c'est que tous possédaient un alibi. À moins que ce ne soit l'inverse, personne n'en avait réellement. Incapable d'avoir les idées claires et de calmer le flux des pensées qui se bousculaient dans sa tête, elle avait décidé de passer la soirée chez Arthur. Bien qu'il fût lui aussi suspect dans cette histoire, comme tout le monde, il était le seul auprès duquel elle se sentait vraiment en sécurité et apaisée. Il résidait, le temps de la campagne de fouille, dans la maison que son oncle avait laissée à sa famille lors de son décès. Un lieu dans lequel Arthur passait le plus clair de son temps. La maison se trouvait à une vingtaine de kilomètres d'Angles.

Une tasse de thé dans les mains, Julia parcourait la grande bibliothèque et les livres anciens qui y reposaient. Son ex avait toujours été un grand amateur de livres, d'objets anciens ayant appartenu à de grands personnages, de vieux documents et de vieux tableaux. Julia avait souvent tenté d'analyser ce trait de caractère. Lorsque on regardait l'intérieur de cette maison, tout comme celui de son appartement en ville, le XXIe siècle semblait bien loin. La pièce avait plutôt des airs de salon littéraire du XIXe siècle. Pourquoi s'obstinait-il à vivre ainsi dans le passé ? Que cherchait-il à fuir dans notre époque ? Elle prit le livre qui se trouvait en face d'elle. Il n'était pas très beau, pas de reliure en cuir, pas de jolie couverture colorée. Un fond blanc, qui était presque marron aujourd'hui, avec le nom de l'auteur et le titre écrits de manière très simple. La quatrième de couverture était piquée de petites taches brunes, signe d'une forte exposition à l'humidité.

« Mary Shelley, *Frankenstein ou le Prométhée moderne.* »

Pour beaucoup, ce roman n'est qu'une simple histoire de science-fiction. Un savant un peu fou qui tente de réanimer des tissus morts. Mais pour Julia et Arthur, cela signifiait bien plus. Outre les conditions romantiques dans lesquelles il fut écrit et les aventures romanesques qui entourent le milieu littéraire dans lequel évoluait son auteur, il s'agissait du premier roman qu'Arthur avait offert à Julia.

Mary Shelley s'était isolée dans un manoir du XVIIIe siècle en Suisse, accompagnée de son époux Percy Shelley et d'autres amis écrivains et poètes. Ils s'étaient donné pour but, inspirés par l'atmosphère qui régnait entre ces vieux murs, d'écrire chacun un roman effrayant, fantastique et d'un nouveau genre. De nombreuses discussions enivrantes autour du foyer, quelques doses d'opium et des promenades en barque sur un lac brumeux plus tard, *Frankeinstein* voyait le jour.

Étrangement, Arthur et Frankenstein n'étaient pas si différents.

Il avait cependant toujours détesté qu'elle tente de l'analyser. Parler de ses émotions était une chose compliquée pour lui. Mais Julia avait compris que, tout comme Frankenstein, Arthur ne parvenait pas à trouver sa place dans notre monde. Frankenstein était un être vivant, considéré comme un monstre et une créature par ses semblables. Rejeté de toutes parts et ne parvenant pas à s'intégrer dans le monde. L'amour qu'il portait à son créateur était aussi fort que sa haine.

Arthur entra dans la pièce. Elle se retourna, surprise.

« Tu en as mis, du temps !

— Désolé, il y avait beaucoup de monde à la caisse. Mais j'ai pris de quoi te remonter le moral. Ajouta-t-il en lui souriant. »

Il étala sur la table toutes sortes de sachets d'aliments particulièrement mauvais pour garder la ligne, mais qui allaient si bien au moral et au chagrin.

Il aperçut le livre entre ses mains.

« Ah, tu as trouvé le livre le plus précieux de ma bibliothèque. Une édition des années trente, il me semble.

— Tu en as des bien plus vieux que ça, pourtant.

— Oui, mais ce qu'il contient est un enseignement divin, tu le sais bien. »

Il lui adressa un clin d'œil et continua

« Shelley et Sand sont sûrement mes deux auteurs favoris. »

Julia savait que s'il s'engageait sur ce sujet, il ne s'arrêterait pas avant plusieurs heures. Trop heureuse de passer à nouveau des moments avec lui, elle le laissa poursuivre. Elle ne pouvait détacher son regard de sa bouche.

« Que ce soit Shelley ou Sand, les sentiments qu'elles décrivent sont vrais. Elles parlent de ce qu'elles ont vécu, cela se sent. Elles ne trichent pas. Les passions de George Sand sont nombreuses, tumultueuses, houleuses, ponctuées de rires et de larmes. C'est une personne qui a aimé et a souffert. Tu peux ressentir tout cela dans les pages de ses romans. Son désir de liberté et d'aventure était si grand ! »

Il se dirigea d'un pas rapide vers la bibliothèque, prêt à trouver un ouvrage de l'auteur. Elle l'arrêta au passage et posa ses lèvres sur les siennes. Ce baiser leur sembla si familier ! Ce n'était pas la première fois que leurs lèvres se touchaient, mais tous deux avaient oublié la sensation que procurait ce contact. Cette chaleur, cette douceur leur avait tant manqué ! Ils restèrent un long moment dans les bras l'un de l'autre au milieu de la bibliothèque et des vieux livres. Leurs deux cœurs battaient aussi fort l'un que l'autre, comme s'ils cherchaient, eux aussi, à s'enlacer. Arthur remonta sa main tout le long du dos de Julia, puis la passa dans ses cheveux. Ces derniers étaient si longs qu'ils descendaient bien plus bas que ses reins. Ils relâchèrent lentement leur étreinte, affichèrent un air gêné pendant quelques secondes, puis se sourirent bêtement. Arthur brisa le silence.

« Tu m'as manqué… »

Elle se blottit contre lui.

« Toi aussi… »

Ils furent tous les deux arrachés à leur étreinte par le minuteur qu'Arthur avait programmé sur son téléphone. Leur sursaut fut parfaitement synchronisé.

« Le four est prêt, je vais mettre les pizzas à chauffer. »

Pendant qu'Arthur était en cuisine, Julia continua de parcourir les livres et les vieux papiers qui se trouvaient empilés sur le bureau. Elle ouvrit un carton sur lequel était noté « *Lettres XIXe siècle — Collection n° 18.36* ». Le bureau de cet homme avait toujours regorgé de trésors, même après plusieurs années passées ensemble, elle en découvrait toujours. Les lettres que contenait ce carton étaient empilées les unes sur les autres. Elles n'étaient pas cornées et portaient peu de marques de pliures. Une feuille de papier de soie était placée entre chaque lettre. Arthur avait toujours été très minutieux en ce qui concernait la conservation de toutes ces reliques venues du passé.

Elle fit défiler les missives, observant la belle écriture inclinée du XIXe siècle et les signatures travaillées, presque aériennes. Parmi les noms qu'elle parvenait à déchiffrer, un en particulier attira son attention. Elle le relut plusieurs fois. Le nom de « George Sand » était littéralement écrit sous ses yeux.

« Arthur…

— Oui ? »

Il revint dans la pièce, portant des assiettes sur lesquelles trônaient deux parts de pizza. Il s'en débarrassa rapidement lorsqu'il vit ce que Julia avait découvert.

« Oh, tu as trouvé mes lettres ! Est-ce que ce n'est pas fantastique d'avoir ça ?

— Ce sont des originaux ? écrites de la main de George Sand ? »

Arthur les observa, les yeux pleins d'étoiles.

« Bien sûr. Une communication entre George Sand et un certain Charles Beauvalet. »

Il lui tendit plusieurs feuilles.

« Je les ai trouvés sur une brocante. Le vendeur n'avait apparemment aucune idée de qui était « ce » George Sand. C'était un jeune qui se débarrassait des affaires ayant appartenu à sa grand-mère décédée depuis peu. Je n'ai pas pu savoir comment elles étaient entrées en sa possession, mais ce qui est sûr, c'est que je les ai eues à un prix bien sous-évalué ! »

Julia étudia les lettres avec attention.

« Et ce Charles Beauvalet, qui était-il ? »

Arthur haussa les épaules.

« Aucune idée. Rien sur internet, et la seule mention de Charles Beauvalet dans les écrits se trouve dans un recueil de poésie datant des années 1830.

— C'est bien de lui qu'il s'agit ?

— Oui, il parle de ses poèmes dans ses lettres. Mais sa carrière ne semble jamais avoir décollé. Ce qui est sûr, c'est qu'il n'était pas insensible au charme de notre belle Berrichonne. »

Une fois de plus, ils furent tirés de leur réflexion par un téléphone qui se mit à sonner. C'était celui de Julia cette fois-ci.

« C'est Mégane. »

Elle prit l'appel.

Alors qu'Arthur était en train de ranger les précieuses lettres, elle posa doucement sa main sur son épaule. En se retournant, il découvrit l'expression d'inquiétude sur son visage. Elle porta la main devant à sa bouche, elle paraissait sous le choc de ce qu'elle venait d'apprendre.

« Quoi ? mais… pourquoi ? il va bien ?... »

Arthur fronçait les sourcils et l'interrogeait du regard.

« Très bien… j'arrive tout de suite. »

Elle raccrocha, l'air toujours aussi inquiet.

« Qu'est-ce qu'il se passe ?

— David a été agressé sur le chantier, il est blessé à la tête et au visage. Il faut qu'on y aille immédiatement, tout le monde est déjà sur place. »

Le regard d'Arthur s'égara soudain, il sembla perdu dans ses pensées. Julia attrapa ses clefs de voiture, son manteau et s'apprêta à sortir.

« Arthur ! Dépêche-toi ! Qu'est-ce qu'il t'arrive ? »

Il revint à lui.

« Rien. Rien d'important. »

Mégane était en train de comprimer la plaie à l'arrière de la tête de David afin de calmer le flux sanguin pendant qu'il s'occupait de son nez brisé. Thomas inspectait le chantier afin de voir si quelque chose avait été volé. Le professeur Henry, quant à lui, était parti en hâte chercher la voiture pour l'emmener à l'hôpital, des points de suture étaient nécessaires et il était important d'écarter tout risque de traumatisme crânien. Mais ce n'étaient pas les risques liés à cette agression qui inquiétait le médecin, il s'interrogeait sur les raisons de cet acte. L'enveloppe contenant le descriptif des cicatrices d'Hervé d'Anjou avait disparu. Premièrement, la dépouille, maintenant cette agression. Il connaissait à présent le visage de son agresseur et il avait une petite idée de la raison qui le poussait à agir. Arthur et Julia arrivèrent sur place. Après s'être informée de son état et des circonstances de l'agression, Julia proposa d'appeler la police.

« Non ! »

L'ordre avait fusé rapidement. David se reprit.

« Non ce ne sera pas nécessaire, il n'y a rien de grave. Je n'ai pas vu son visage, je ne peux donner aucune description, ça ne servira pas à grand-chose. Laissez tomber. »

Il était de toute évidence décidé à gérer ce « problème » seul.

Arthur prit part à la conversation.

« Je suis d'accord avec lui. Quelque chose a été volé ? »

David lui lança un regard mauvais qu'il ne comprit pas.

Thomas rejoignit le groupe, essoufflé.

« Non… rien. »

Arthur s'adressa à David.

« Qu'est-ce que tu faisais sur le chantier en pleine nuit ? »

Décidément, Arthur était bien décidé à ne rien lui laisser passer.

« Je voulais récupérer le livre que le professeur Scoria nous a montré lors de la soirée.

— Ah oui, bien sûr, ça ne pouvait pas attendre. »

Apparemment, son mensonge ne passait pas. Mais il était inenvisageable d'aborder la véritable raison de sa sortie nocturne maintenant. David ne comptait tout de même pas abandonner si facilement.

« Et toi, où étais-tu en début de soirée ? »

Arthur avança d'un pas vers le médecin en serrant les poings. Il fut arrêté par Julia qui lui coupa la route.

« Calme-toi, Arthur, s'il te plaît. Elle se tourna vers David. Il était avec moi, toute la soirée. Il est simplement sorti faire des courses ! Mais nous étions à plus de vingt kilomètres ! Et tes accusations sont de très mauvais goût ! »

David souffla en baissant la tête. La voiture du professeur Scoria fut reculée jusqu'au baraquement. David, Mégane et le professeur partirent en direction de l'hôpital le plus proche, laissant Thomas, Julia et Arthur seuls.

Thomas prétexta une phobie des hôpitaux et du sang pour ne pas les accompagner. Estimant être de trop, il les salua avant de rentrer chez lui.

De nouveau seule, Julia s'approcha d'Arthur.

« Tout cela est quand même étrange… Comme si ce chantier était voué à l'échec, comme si on n'avait pas le droit de découvrir quoi que ce soit… »

Arthur parvint lentement à se calmer, le coup de sang qu'il avait eu face à David mettait du temps à passer.

« Ne t'en fais pas, on trouvera rapidement qui est derrière tout ça. Mais ce médecin ne m'inspire pas du tout confiance… Je vais aller vérifier le chantier et les casiers pour voir si rien n'a été volé.

— Très bien, je t'attends à la voiture.

— Verrouille les portières une fois à l'intérieur, on ne sait jamais… »

Elle acquiesça et partit en direction du véhicule.

Toute cette histoire était invraisemblable, d'abord la dépouille qui avait disparu et maintenant une agression sur le chantier. Ce n'étaient pas les premières fouilles sur lesquelles Arthur travaillait et il n'avait jamais vu qu'une dépouille entière eût été dérobée. Le chantier semblait intact, mais la serrure avait été forcée. Arthur lançait des regards autour de lui, l'agresseur de David se trouvait peut-être toujours sur les lieux.

Il se dirigea ensuite vers les baraquements. Aucune trace de tentative d'effraction, car David possédait les clefs et avait déverrouillé la porte avant son agression. Il alluma la lumière. Tout paraissait en ordre à l'intérieur, excepté un détail qui attira son attention. Une enveloppe blanche était à moitié glissée dans la porte d'un casier. Il avança lentement, le casier lui appartenait. Arthur attrapa délicatement l'enveloppe, la tira vers lui et lut le nom qui y était inscrit. Son cœur se mit alors à accélérer, cette lettre lui était adressée.

De retour chez lui, Thomas retira ses vêtements sales et tachés de terre de la journée. Il se mit à l'aise en enfilant un pantalon léger, une chemise en lin et se laissa tomber de manière nonchalante dans son canapé en cuir. Il resta assis un moment, à fixer le mur blanc aux nombreux tableaux qu'il avait en face de lui. Cette histoire allait beaucoup trop loin. Demander à rejoindre l'équipe de ce chantier n'avait finalement pas été une si bonne idée. Il se leva, se dirigea vers son bureau et attrapa une carafe en verre contenant un liquide brun. L'alcool lui brûla presque la trachée. L'appartement de Thomas était ordonné, impeccablement rangé et d'un luxe qui jurait tout particulièrement avec l'extérieur du bâtiment. Cela n'était pas un problème pour lui, bien au contraire. Il ne devait pas éveiller les soupçons.

Tableaux de maîtres, portraits de grands personnages, objets de valeur, meubles de style, toute personne sensée savait qu'un salaire de simple archéologue ne permettait pas de vivre au milieu d'un tel faste. Au fond de la pièce qui lui servait de bureau, de nombreuses caisses étaient empilées les unes sur les autres. À l'intérieur se trouvaient les plus belles pièces de ses découvertes archéologiques. Épées en parfait état après restauration, pièces uniques de poterie, armures restaurées, pièces de monnaie rares et crânes.

Le marché du trafic d'art était florissant et les toiles ou objets volés et revendus sous le manteau faisaient l'objet de nombreuses surveillances de la part des services de police. Le marché noir de l'archéologie était bien moins répandu et surveillé, mais des fétichistes étaient prêts à débourser de coquettes sommes pour se procurer l'épée de tel ou tel personnage historique, un bouclier ayant appartenu à un grand chevalier, ou même un crâne pour des séances d'occultisme.

Thomas ne s'inquiétait guère de la finalité de ces artefacts, ce qu'il constatait c'est qu'une épée rapportait plus cher qu'une poterie, qu'un lot de pièces de monnaie rapportait plus qu'une armure, un crâne plus qu'un tibia… et une dépouille entière plus que tout le reste. L'archéologue s'installa derrière son écran d'ordinateur et prit une nouvelle gorgée de son whisky GlenDronarch 1992. Il avait aujourd'hui assez d'argent pour se trouver une nouvelle activité et ne plus être obligé de creuser à genoux dans la terre pour vivre. Mais il restait un passionné d'histoire et son statut d'archéologue, d'excellent archéologue même, lui permettait d'avoir directement accès aux objets des réserves. Un peu de discrétion et un rôle de personnage timide et renfermé faisaient le reste. Tout cela ne s'était pas construit en un jour, il avait appris avec le temps, beaucoup de temps.

Son téléphone fixe se mit à sonner.

« Thomas Langlois, j'écoute.

— …

— La dépouille a été volée.

— …

— Tout le problème est là, justement.

— …

— Ce n'est pas moi qui l'ai volée. J'ai été devancé.

— …

— Inutile d'en venir aux menaces, je sais où le trouver et aurai peut-être quelque chose de bien plus précieux à vous proposer. Je vous recontacterai quand la situation sera plus calme sur le chantier. »

Il raccrocha et fit pivoter le fauteuil de son bureau. Sur le mur en face de lui, un magnifique tableau daté du XIVe siècle représentait un chevalier en armure. Ce portrait était l'un des plus précieux qu'il possédait. Sa valeur marchande était ridicule, quelques centaines d'euros tout au plus, mais ce qu'il représentait à ses yeux valait bien plus. Pour lui, ce portrait était le reflet d'une époque, une époque passée, une époque de gloire, de grandeur et de courage. Le regard droit, fixe et intense de la personne représentée témoignait de ses valeurs et des combats passés, gagnés sur la vie. Il se leva et alla se placer en face de lui, à quelques centimètres de la toile. Il but une nouvelle gorgée en fixant cet homme dans les yeux. Il resta ainsi un long moment.

Comme il était coutume de le faire dans les temps anciens, un écusson peint sous le portrait mentionnait souvent la personne représentée, le destinataire de la commande et le nom du peintre. Thomas se mit à sourire en lisant la mention inscrite : « *Seigneur*

Hervé d'Anjou 1337-1374, commandé par Foulques d'Angles, peint par Anatole du Plessis en 1376 ».

Chapitre 12

1836,
quelque part entre Paris et Nohant-Vic

Charles émit une fois de plus un long soupir. C'était la quatrième fois qu'il raturait son grand carnet, tant les mouvements que faisait la voiture étaient violents. Tiré par deux grands chevaux bruns, le fiacre s'était engagé sur un chemin de campagne irrégulier. Les passagers étaient ballottés de droite à gauche, dans un mouvement parfaitement synchronisé. Après presque deux jours de voyage et tous les sujets de conversation épuisés, Charles avait décidé d'écrire un peu. Inspiré par les paysages campagnards berrichons, il avait couché ses impressions sur le papier. Cette région n'était pas pour lui une découverte, il avait arpenté ces chemins, chevauché plus d'une fois dans ces champs et s'était souvent baigné dans l'eau froide et courante des rivières. Il observa par la fenêtre le paysage qui défilait. Des champs dorés s'étendaient à perte de vue. Seuls quelques noyers poussaient lentement çà et là, offrant au paysan harassé par ses labours une place d'ombre où se reposer. Au loin se dressait une vieille tour de château médiéval abandonné depuis plusieurs décennies. La Révolution française avait poussé de nombreux nobles craignant pour leurs vies à fuir le pays, abandonnant derrière eux leurs précieux domaines. Toujours fièrement dressée, dominant le paysage, cette tour donnait un cadre romantique inspirant pour le poème que Charles Beauvalet tentait d'écrire depuis leur départ. Cette terre l'avait toujours inspiré, et ce, depuis l'époque où il avait gouverné la forteresse d'Angles-sur-l'Anglin, située à une centaine de kilomètres. Cette époque à laquelle il se faisait appeler Hervé D'Anjou était bien loin derrière lui.

« Ah non, ne commence pas à souffler ! »

L'homme qui venait de parler en face de lui se pencha en avant pour voir ce qu'il écrivait. Charles releva la tête.

« Cela va bien faire deux jours que nous sommes enfermés dans cette boîte, permets-moi de perdre patience.

— Non je ne te permets pas. Je t'arrache à ta vie parisienne misérable, entouré de tous tes livres et de tes écrits. Tu ne vois personne, tu ne sors pas, tu ouvres à peine les volets… tu es en train de dépérir.

— Je ne dépéris pas, je travaille, une notion qui t'est tout à fait étrangère, j'en conviens. Je me concentre et je m'immerge pour ne penser qu'à l'écriture, c'est la seule chose qui me rende heureux. Je dois terminer ce recueil et vite. »

Il agita violemment le carnet qu'il tenait entre les mains et continua.

« C'est la seule chose qui compte. Laisser un peu de beauté en ce monde. Je suis lassé de ne produire que des écrits administratifs, des documents officiels ou des cartes postales sans intérêt.

— Les lettres ne sont jamais sans intérêt, voyons !

— Parler de la pluie et du beau temps, des affaires et des derniers potins… Ce n'est pas ce que je veux laisser en ce monde. J'aimerais avoir des échanges plus profonds sur les ressentis, la vie, la spiritualité et les sentiments.

— Oh, misère… »

Son interlocuteur venait de se frapper le front de la main gauche dans un geste très théâtral. Il reprit :

« Tu cherches simplement à être amoureux. À te laisser transporter et être au-dessus de nous autres, pauvres mortels dépourvus de sentiments. »

Charles eut un rire gêné. Son ami Louis avait raison. Son cœur était tellement fermé et réfractaire aux sentiments que la poésie et l'écriture étaient pour lui les seuls moyens de rêver. La dernière personne qui avait été capable de faire battre son cœur était Tara et les faits remontaient à presque mille huit cents ans. Cette femme sortie tout droit de la forêt, à qui il avait failli avouer la vérité sur sa condition et aux côtés de qui il aurait aimé vivre éternellement... Que restait-il de cet amour aujourd'hui ? Rien, mis à part de lointains souvenirs dans son esprit. Tara était morte et ses os étaient redevenus poussière. Il n'avait aucun portrait d'elle, aucune gravure et leur fille, Maëlenn, était également redevenue poussière. Les souvenirs, c'est finalement tout ce à quoi on peut se rattacher. Le voyant une nouvelle fois sombrer dans ses pensées, Louis d'Argenteuil claqua des doigts.

Charles revint à lui en sursautant.

« Mais tu vas être aux anges ce week-end, car nous allons voir… un écrivain ! Vous allez pouvoir parler entre gens de… votre espèce.

— Tu as raison. » Il ferma son carnet en le faisant claquer, réajusta sa redingote noire, sa cravate lavallière, et passa sa main dans ses cheveux bruns ondulés coiffés en arrière. Tu as apporté des cigares ?

Louis sortit deux grands cigares de la poche intérieure de sa veste et adressa un clin d'œil à Charles.

« J'ai les cigares, il y aura du vin, du rhum, des esprits éclairés, de la nourriture à foison, des livres pour toi et, surtout, aucune règle.

— Combien serons-nous ?

— Une bonne dizaine, dont plusieurs femmes célibataires. »

La famille de Louis ne cessait de lui envoyer des lettres l'invitant à se marier rapidement. Ils jugeaient sa situation actuelle peu convenable. D'ailleurs, tout le monde la jugeait peu convenable, notamment le mari de la femme qu'il fréquentait.

« Fleur sera présente, je suppose ?

— Bien évidemment. Le château de Nohant est l'un des rares lieux où la société ne nous montrera pas du doigt, où nous pouvons nous afficher librement, fumer des cigares dans les bras l'un de l'autre et où son mari ne risque pas de me provoquer en duel.

— Je t'envie, tu sais. Fleur est peut-être mariée, mais vous vivez une véritable idylle, vous vous soutenez l'un l'autre, vous vous admirez et vous aimez sincèrement.

— Et toi, tu as de nombreuses femmes qui t'aiment tous les week-ends et qui égayent ta couche. »

Charles tourna la tête pour observer à nouveau le paysage qui défilait lentement.

« Peut-être que j'en ai assez… il reprit ses esprits. Notre hôte est donc un homme qui ne se plie pas aux règles et encourage la liberté ? »

Louis d'Argenteuil se redressa, l'air étonné.

« Un homme ? George n'est pas un homme, voyons ! »

Il se mit plusieurs claques sur les genoux en riant. Charles ne comprenait pas.

« Est-ce si comique d'avoir cru que *George* serait un homme fumeur de cigares comme tu me l'as si longuement décrit ? »

Louis parvint à calmer son rire, il essuya une larme au coin de son œil.

« En plus de huit ans d'amitié, m'as-tu déjà vu fréquenter des hommes ? Je ne me plais pas en leur compagnie, tu le sais. Tu es le seul que je tolère. »

Le cocher frappa trois fois du poing sur le toit du fiacre.

« Ah, nous approchons ! Tu verras, George est une femme formidable ! »

Ils s'engagèrent dans un parc arboré. Le soleil disparut derrière les feuilles des hauts arbres et l'air se rafraîchit. Cela donnait l'impression qu'il pénétrait dans un monde nouveau, ce parc en était la frontière. Ils contournèrent un petit bassin et le véhicule s'immobilisa devant une grande demeure aux volets bleu clair. Les deux hommes s'extirpèrent de la voiture et réajustèrent leurs habits. Louis portait une redingote bleue, une cravate lavallière blanche et de grandes bottes de cavalier. Ses cheveux blonds étaient attachés en queue de cheval. Charles était entièrement vêtu de noir, une couleur qu'il avait toujours appréciée, la trouvant plus discrète et solennelle. Ce manque de fantaisie dans le choix des couleurs lui valait sans cesse les remarques désobligeantes de Louis. Ce dernier l'observa quelques secondes.

« Charles, tu n'imagines pas la laideur de ton habit.

— Merci. »

Les temps avaient changé, il ne se battait plus à l'épée, affublé d'une armure pesant la moitié de son poids. Les duels étaient aujourd'hui plus protocolaires. La société était plus protocolaire. Il était beaucoup moins libre de ses paroles et de ses actes, en partie, car il n'était plus noble. Les événements qui avaient mené au meurtre de Melchior de Buxeuil cinq cents ans plus tôt l'avaient poussé à se rendre plus discret, à éviter les combats, les blessures et surtout à éviter les médecins.

Nos deux hommes étaient plutôt séduisants et ils en étaient parfaitement conscients.

Ils admirèrent la maison et levèrent la tête, Charles laissa échapper un sifflement.

« S'il s'agit d'un compliment, alors je l'accepte avec joie. »

Il baissa la tête pour voir qui était la personne qui s'adressait à lui. Une femme se tenait dans l'encadrement de la porte. Elle était appuyée contre le mur gauche et observait les deux hommes avec un léger sourire.

Louis s'exclama en écartant les bras :

« Madame Sand ! »

Elle s'approcha à son tour et ils se donnèrent l'accolade chaleureusement. Louis se tourna vers Charles et l'invita à approcher.

« Madame Sand, laissez-moi vous présenter un ami qui m'est cher. Charles Beauvalet, poète, amoureux des livres, de la vie, du passé et de la liberté. »

Charles fut gêné d'être présenté en des termes si romanesques. Il s'inclina légèrement face à son hôtesse pour la saluer. Elle lui sourit avant d'ajouter :

« Et un homme de manières, à ce que je vois. Ainsi, vous êtes amoureux du passé ? Les auteurs antiques ne doivent avoir aucun secret pour vous. »

Charles ouvrit la bouche pour répondre, mais fut immédiatement coupé par son ami Louis.

« Vous devriez voir son appartement parisien ! Les livres s'y entassent à côté de toutes sortes d'antiquités, dont de vieux tableaux, ou devrais-je dire de vieilles croûtes, et des épées ayant appartenu à je ne sais quels grands de ce monde. »

La femme le regarda avec intérêt. Elle ne souriait plus, elle était attentive et le détaillait. Son regard noir trahissait un caractère fort et passionné. Louis ne s'arrêtait plus.

« Quant à sa maison de campagne, des feuillets griffonnés d'ébauches de poèmes abandonnés jonchent le sol, si bien qu'il est difficile d'accéder au salon. L'endroit est sinistre et déprimant, prêt à vous faire tomber le moral dès la porte d'entrée. Ma chère George, vous avez là un artiste tout ce qu'il y a de plus misérable ! »

Il avait prononcé cette dernière phrase de manière très surjouée en désignant son ami de la main.

Peu friand du portrait que venait de dresser Louis, Charles eut à nouveau un sourire gêné. Il fixa son ami, les yeux pleins de rage. George Sand, au contraire, semblait séduite par ce portrait.

« Eh bien, je dirais qu'il a tout à fait sa place en ma demeure. Venez, il y a déjà du monde. »

Louis porta son regard par-dessus l'épaule de l'hôtesse, plein d'espoir.

« Ma douce Fleur est déjà arrivée ?

— Oui, elle vous attend avec impatience. »

Louis s'élança, le sourire aux lèvres. Il arriva dans le hall en courant.

« Ma Fleur ! Ma bien-aimée ! Mon oxygène ! Où êtes-vous ? »

Sa voix raisonnait dans toute la maisonnée et se perdait dans les étages. Une voix lui parvint, qu'il suivit jusqu'au jardin où l'attendait une femme blonde richement vêtue. Ingrid Gustavson, que tout le monde avait fini par surnommer « Fleur », marquise de Chauvigny, accourut à son tour dès que son amant eut posé un pied dans le jardin. Ils se jetèrent dans les bras l'un de l'autre au milieu des applaudissements des convives.

Les rires fusaient et parvenaient jusqu'aux oreilles de Charles et George, toujours sur le parvis de la maison. Beauvalet brisa le silence.

« Pardonnez mon ami Louis, vous le connaissez, il est d'un naturel extraverti. »

George se rapprocha et lui murmura :

« Et vous gagneriez à l'être un peu plus. »

Charles fut touché par cette proximité. Elle était séduisante et dégageait une force qui ne laissait pas le poète insensible. Il plongea son regard dans le sien. Sa peau bronzée, ses cheveux noirs et sa nonchalance lui donnaient un air de légèreté qui se mêlait à la douceur de sa voix et à la force de son regard. Cette femme était complexe et faisait passer Charles par toute une série d'émotions qu'il ne parvenait pas à identifier. Une chose est sûre, il était troublé. Elle se retourna et l'invita à entrer.

En cette année 1836, celle qui portait pour nom Amantine Aurore Lucille Dupin, mais que le monde connaissait sous le nom de « George Sand », venait de retrouver sa liberté tant attendue. Par un mariage plus que malheureux, elle était devenue la baronne Dudevant. Un titre non désiré qui s'était accompagné d'un mari à l'autorité un peu trop développée. Par cette union, elle avait perdu tout ce qu'elle possédait. Sa demeure de Nohant, si chère à son cœur avec tout ce qu'elle contenait, était devenue possession du baron. Une perte qu'un simple titre ne pouvait compenser. Amantine avait, en plus de cela, dû endurer les remarques autoritaires et la misogynie de son époux ainsi que la répression de ses pulsions littéraires et de son énergie créatrice. De conflit en conflit, et après une lutte de plusieurs années, la jeune femme avait été libérée de la tutelle de son mari. Elle était à nouveau libre, libre d'écrire, libre d'être qui elle voulait, de fréquenter qui elle voulait et de faire de son fief un lieu de réunion d'artistes talentueux. Au départ localisées dans son appartement parisien, ces réunions où circulaient des idées qui ne plaisaient pas au pouvoir en place avaient dû s'éloigner de la capitale. Le Berry, si cher à ses yeux, était parfait.

Lorsque Charles entra, il entendit un pianiste qui s'était mis à exercer son art. Le son des marteaux qui frappaient les cordes avec délicatesse et virtuosité donnait au lieu quelque chose de magique. Charles ralentit le pas et bifurqua pour suivre la musique. Il arriva dans un salon aux teintes bleues au milieu duquel trônait une grande table. Il observa un instant les tableaux qui se trouvaient au mur et découvrit de merveilleux paysages dans lesquels il aurait aimé plonger. Des montagnes, d'épaisses forêts, et des champs qui rappelaient ceux qu'il avait traversés en venant, défilaient au son du piano. La mélodie ralentit. Il s'arrêta face à une toile qui attira son regard. Un ancien château médiéval en ruines y était représenté. Ce n'était pas son ancienne demeure, mais il aurait pu s'y méprendre. Pour tous ceux présents ce soir, cette toile représentait un vestige du passé, un petit morceau de romantisme qu'ils n'avaient pas connu et auquel ils prêtaient toutes sortes d'histoires et de fantasmes. Mais pour lui, il s'agissait d'une partie réelle de sa vie. Il était tellement fasciné qu'il en oublia le pianiste qui se trouvait au fond de la pièce. Une femme se tenait près de ce dernier, assise dans un sofa. Elle le regardait avec amour et admiration, s'autorisant par moments à fermer les yeux pour apprécier la mélodie.

Charles entendit une voix par-dessus son épaule. Bien qu'il ne la connût que depuis quelques minutes, il n'eut aucun mal à l'identifier :

« Cette toile m'a toujours fascinée. »

George Sand marqua un temps d'arrêt.

« J'aimerais pouvoir aller marcher sur cette route qui s'enfonce dans la forêt. Elle désigna un coin de la toile. Qui sait quelles aventures peuvent s'y cacher, quelles quêtes n'attendent que d'être menées ou quelles histoires d'amour n'attendent que d'être vécues ? »

Charles ne se retourna pas.

« Nul besoin d'aller aussi loin pour vivre des aventures, Madame. Votre bibliothèque regorge de quêtes fantastiques, votre vaste domaine ne doit pas manquer d'aventures à vivre et votre demeure est le théâtre d'histoires d'amour aussi passionnées qu'interdites. »

Elle sourit, bien qu'il ne le vît pas.

Le rythme de la musique s'accéléra à nouveau. Tous deux se tournèrent vers le pianiste dont les mains parcouraient les touches à toute vitesse.

« Cet homme est des plus doués. Vous cachez de véritables virtuoses chez vous, Madame Sand.

— La musique de monsieur Liszt m'apaise. Elle m'inspire et embellit mes écrits. »

Charles ouvrit de grands yeux.

« Le Franz Liszt[i] ?

— Lui-même. »

Elle désigna la femme qui se tenait à ses côtés et qui n'avait toujours pas détourné le regard.

« Marie et lui ont vécu une idylle semblable à celle de notre ami Louis avec Fleur avant de s'enfuir pour la Suisse.

— Décidément madame, est-ce vous qui poussez les gens mariés à la débauche de la sorte ? »

Elle sourit à nouveau.

« Êtes-vous marié, monsieur Beauvalet ?

— Je ne le suis pas.

— Dommage, dans ce cas… »

---

[i] Compositeur et pianiste hongrois (1811 – 1886).

La soirée fut ponctuée de rires, de musique, de discussions endiablées et passionnées sur l'art, la littérature, l'histoire, la religion et la politique. Les verres se remplissaient de vin et les assiettes de mets tous plus délicieux les uns que les autres. Louis enchantait l'assistance en racontant une fois de plus sa filiation à Héloïse d'Argenteuil[i], raison pour laquelle il portait ce nom aujourd'hui. Les convives autour de la table savaient que cela était faux, bien entendu. Mais tous se prêtaient au jeu.

Charles crut que ce dernier allait monter sur une chaise tant il était habité par ce qu'il racontait. Cependant, il ne l'écoutait que d'une oreille. Toute son attention était portée sur Aurore Dupin, madame Sand. Son rire sincère, non étudié ou retenu, l'enchantait. Elle jeta sa tête en arrière, ce qui donna à ses cheveux une ondulation digne de la chevelure d'une déesse. Se sentant probablement observée, elle tourna la tête en direction de Charles qui détourna brusquement le regard. Il tenta de focaliser son attention sur les convives qui riaient aux éclats. Franz Listz et Marie d'Agoult[ii] se tenaient côte à côte, suivis d'une femme du nom d'Elisabeth. Elle possédait une longue chevelure noire lâche et fumait un petit cigare dont l'odeur lui parvenait. Louis, toujours passionné par son récit, était suivi de Fleur qui n'avait d'yeux que pour lui. Un homme du nom de Marcel Juzon, artiste peintre originaire du sud de la France, riait aux éclats, un verre de vin à la main. Il avait, au cours de la soirée, taché sa redingote verte plus d'une fois tant son verre était malmené entre ses mains. Une jeune femme du nom d'Antoinette Amaury, aux cheveux roux détachés, se prétendait descendante de la reine celte Boadicée. Charles se permettait d'en douter fortement. Suivait un homme discret du nom de Leonard Beaudroux, écrivain, peu bavard et relativement

---

[i] Abbesse et intellectuelle française (1092 – 1164).

[ii] Femme de lettre française, connue sous le nom de plume « Daniel Stern », comtesse d'Agoult (1805 – 1876).

taciturne. Enfin, au bout de table, se trouvait George Sand. Lorsque Charles se risqua de nouveau à lui adresser un regard en coin, il vit qu'elle ne l'avait pas quitté des yeux. Une fois de plus, leurs regards s'agrippèrent et ne se lâchèrent plus. Louis, qui le remarqua, s'arrêta dans son récit pour interpeller les invités. Il pointa son doigt en direction de George et Charles.

« Oh ! Chers invités, regardez-moi ces deux-là ! Une admiration mutuelle est en train de naître sous nos yeux… »

Charles détourna rapidement le regard, ne cherchant rien à ajouter, cela aggraverait la situation et le gênerait davantage. George, elle, se contenta de rire et de détourner la conversation.

Cela n'ayant plus de secret pour personne et étant finalement parfaitement assumé, George et Charles conversèrent une grande partie de la soirée et de la nuit. Ils abordèrent de nombreuses questions touchant à la littérature, à la poésie, à la musique et plongèrent finalement dans les méandres plus personnels de leurs passés. Elle lui parla de son enfance, de ses craintes, de ses révoltes sur le monde et la façon dont il était conçu. Il partagea ses idées, lui conta nombre de ses souffrances, de ses aspirations et finit par la complimenter sur son travail, son parcours, puis, enfin, sur son charme.

Antoinette confia plus tard à Louis qu'elle avait surpris la main de George dans celle de Charles, sous la table à l'abri des regards. Une étreinte romantique discrète qui valait bien plus que de grandes déclarations. Ce dernier affirmera quant à lui qu'il avait surpris leurs lèvres s'unir au détour d'un couloir, alors qu'il se rendait aux cuisines. Mais Charles démentit toujours cette rumeur auprès de son entourage. Louis était pourtant certain de ce qu'il avait vu. Une chose était sûre, Charles était sous le charme de la romancière, comme beaucoup d'hommes avant et après lui. À cette époque, madame Sand avait une relation avec l'avocat qui l'avait défendue durant son procès. Marié et en ménage, ce dernier n'était pas présent à la soirée.

L'heure étant venue de se séparer, chacun remonta dans son fiacre et s'éloigna du domaine. Charles avait le cœur léger, car la soirée avait été délicieuse. Il avait l'impression que plus rien ne pouvait l'atteindre, impression que l'on retrouve souvent chez les cœurs amoureux. Mais son regard s'assombrit lorsqu'il vit la silhouette de sa belle Amantine à la fenêtre et la demeure de Nohant s'éloigner petit à petit.

George Sand tenait dans ses mains un poème qu'il lui avait laissé. Le morceau de papier plié l'attendait sur son bureau dans son cabinet de travail. Elle finit de le lire, tout en ayant la profonde impression qu'elle n'en reverrait jamais l'auteur.

Alors que Charles, le cœur épris, laissait son regard se perdre vers l'horizon, imaginant ce que pourrait être sa vie aux côtés de la romancière, il était loin de se douter qu'une autre personne présente chez madame Sand pensait également à lui. Une personne qui le connaissait, qui l'avait déjà rencontré il y a fort longtemps à une époque bien différente, alors qu'il portait un autre nom et que Madame Sand n'était même pas encore née.

Durant les mois qui suivirent, Charles Beauvalet et George Sand échangèrent de nombreuses lettres. L'écriture était leur médium d'expression à tous les deux. Ils parvenaient ainsi à se livrer avec beaucoup plus de facilité. Il lui écrivit de nombreux poèmes, s'émerveilla à la lecture de ses réponses et se languissait de retourner à Nohant retrouver sa bien-aimée.

Mais il savait au fond de lui que cette relation était vouée à l'échec. Sand était éprise de l'avocat l'ayant défendu, qu'elle admirait sûrement pour son action héroïque en plus du charme qu'il dégageait. Charles, quant à lui, n'était pas désagréable à regarder certes, mais que possédait-il ? Hervé d'Anjou, il ne l'était plus. Il était aujourd'hui sans le sou, tentant désespérément de vivre de poèmes que personne ne voulait.

Un matin pluvieux, où son moral était aussi triste et las que la météo, il lui écrivit une lettre, une dernière. Ensuite, comme à son habitude, il disparut.

Charles Beauvalet relut plusieurs fois le dernier paragraphe de sa missive :

« Alors que s'évanouissent doucement les sons de la campagne, je m'apprête à effectuer un voyage interminable. Interminable, car vous ne serez pas à mes côtés. Un voyage au cours duquel le souvenir de votre visage sera ma seule source de lumière dans l'obscurité. Mais il sera aussi à jamais mon malheur, puisqu'il ne restera pour toujours qu'un souvenir. Si c'est en fermant les yeux que je peux à nouveau nous revoir dans ce jardin par cette belle soirée d'été, alors je voudrais m'endormir à jamais… »

Chapitre 13

1916, bataille de la Somme

« ... *Mon cœur s'apprête à pleurer cette nuit. Votre présence étant le seul remède à son chagrin, je crois alors être contraint de vivre malheureux à jamais. Je m'endors, le sourire aux lèvres, car vous me hantez. Je m'endors, la larme à l'œil, car vous me hantez.* »

La dernière lettre qu'il avait écrite à George Sand moins de cent ans auparavant résonnait encore dans sa mémoire. Il se la récitait tous les soirs avant de s'endormir, afin de ne pas se concentrer sur les bruits lointains des obus. Les explosions étaient semblables à la foudre que l'on entend tomber à plusieurs kilomètres puis se rapprocher lentement. Vous ne savez jamais si le prochain coup sera pour vous.

Alors qu'il profitait d'un moment de répit entre deux assauts, ses tympans furent sonnés par un bruit sourd. Un obus venait d'exploser et, à en juger par les tremblements qui avaient parcouru toute la tranchée et la terre qui lui était tombée sur le visage, le point d'impact ne devait pas se trouver à plus de cinquante mètres. Le soldat en uniforme bleu sauta de son lit, attrapa son fusil, posa son casque sur sa tête et sortit de son abri. À peine eut-il mis les pieds dans la tranchée que ces derniers s'enfoncèrent d'une dizaine de centimètres dans la boue. Son visage fut fouetté par la pluie. Tout juste sec, il se retrouvait à nouveau trempé.

Les soldats avaient du mal à se déplacer. On lui avait toujours répété qu'on ne faisait pas la guerre en fonction de la météo. Les généraux s'en mordaient cette fois les doigts. Mais alors que ces derniers s'angoissaient sur leur possible défaite, au chaud face à leurs cartes, loin du front, les soldats, eux, voyaient la vie les abandonner jour après jour. Celui qui avait combattu de nombreuses fois une épée à la main durant ce qui était aujourd'hui nommé à tort la guerre de Cent Ans se retrouvait aujourd'hui dans un tout nouveau genre de conflit.

« *Un de plus* », pensa-t-il. Mais, alors qu'autrefois il se battait pour assurer son ascension sociale, heureux de ne pas craindre la mort, il était aujourd'hui terrorisé. La mort n'était toujours pas une chose qu'il redoutait, mais ce qu'il avait sous les yeux était indescriptible. Le plus gros des troupes françaises étant en partie occupé et épuisé par ce qu'il se passait au même moment à Verdun, l'armée anglaise était venue grossir les rangs face aux Allemands. Celui qui se faisait appeler auparavant Charles Beauvalet servait aujourd'hui dans le peloton français au côté des Britanniques qu'il avait combattus durant la guerre de « Cent Ans ».

Après huit jours de bombardement durant lesquels plus de vingt millions d'obus avaient été tirés, les soldats montèrent à l'assaut. En une seule journée, cinquante-huit mille soldats furent hors d'état de poursuivre les combats. Le front, défiguré par les obus, était parsemé de gigantesques cratères qui se remplissaient d'eau après des jours de pluies incessantes.

Le soldat français vit ses compagnons d'armes se noyer dans ces fosses boueuses. Incapables de remonter tant le sol était glissant et mouvant, les chaînes humaines ne leur furent d'aucune utilité. Il les voyait disparaître sous l'eau marron, agitant les bras tant qu'ils le pouvaient dans un dernier espoir de survie.

Comme à son habitude, le commandement avait annoncé une victoire rapide. Les troupes anglaises et quelques Français réunis devaient percer les lignes allemandes en quelques jours. Deux mois après cet assaut du 1er juillet, les lignes allemandes avaient reculé d'une centaine de mètres à peine. Les pertes humaines s'accumulaient, les femmes, les mères et les sœurs recevaient chaque jour des télégrammes qui leur arrachaient des hurlements de douleur. Les cris résonnaient dans les villages, certains disaient même qu'ils portaient jusqu'au front et se mêlaient aux cris des hommes. Les obus ne s'arrêtaient pas de pleuvoir. Un blessé porté sur une civière hurlait, il n'avait plus forme humaine. Les porteurs ne parvenaient pas à l'évacuer tant ils s'enfonçaient dans la boue.

Parvenu à un poste de tir, le soldat chargea son fusil et tira sans viser, il n'en avait pas le temps. Les balles sifflaient autour de lui. Symboliquement, il était de coutume de dire que chaque balle portait le nom d'un soldat ennemi. Un certain nombre semblait lui être destiné en cet instant. On aurait dit que tous ces hommes qui s'entre-tuaient se portaient une haine profonde pour se faire subir tant d'horreur. Or, ils ne se connaissaient même pas, ils étaient là uniquement par la décision de deux dirigeants qui, eux, se détestaient. Mais ce n'étaient pas ceux-là qui se battaient, ce n'étaient pas eux que l'on avait mis au milieu d'un ring pour qu'ils règlent leurs différends. C'étaient des paysans, des ouvriers, que l'on avait arrachés à leurs champs, à leurs usines et à qui l'on avait collé une arme dans les mains. Certains ne savaient même pas tirer. Des hommes en uniformes étaient venus les voir un matin et on leur avait remis une convocation. Ils s'étaient retrouvés dans un bureau de recrutement où l'on avait expliqué que ceux d'en face étaient des ennemis qui méritaient de mourir. On leur avait parlé de gloire, de victoire et d'honneur. N'importe quel soldat pouvait confirmer qu'aucune de ces valeurs ne se trouvait sur le front. Le soldat se mit à repenser à l'époque où les rois combattaient aux côtés de leurs hommes et leur montraient du respect. La bataille menée auprès de Jean II « le bon » lui revint en mémoire. Les choses allaient-elles vraiment en s'améliorant ? Aujourd'hui, il n'en était pas certain.

Une balle rebondit sur son casque. Il se baissa rapidement et changea de poste. Il croisa un soldat, à moitié enseveli. L'homme était recroquevillé sur lui-même, tremblant et tenant son fusil serré contre lui.

« Tommy ! Tom ! Thomas Rainel ! Regarde-moi. Regarde-moi ! »

Le soldat leva vers lui un regard vide.

« Ne reste pas là ! Bats-toi ou va te mettre à l'abri ! Ne reste pas là, il pleut des obus ! »

L'autre lui répondit d'une voix tremblante :

« Mes champs… mes champs, est-ce qu'ils ont fait la moisson ? Ils doivent faire la moisson, sinon on perdra la récolte, on perdra la récolte, Philippe. Je ne veux pas perdre la récolte… »

Il était en état de choc, le raisonner n'aurait servi à rien. Philippe se radoucit.

« Tommy… tu m'entends ?

— Mes vaches, il y a de l'orage, je dois aller rentrer les vaches… »

Alors qu'il allait abandonner et repartir vers le fond de la tranchée, un sifflement se fit entendre.

« Obus ! »

Les soldats qui se trouvaient aux alentours sautèrent dans toutes les directions. Philippe prit Tommy dans ses bras pour le protéger. L'obus s'écrasa au milieu de la tranchée et s'enfonça dans la boue. Il n'explosa pas tout de suite. Une question fusa au milieu du chaos.

« Il a foiré ? Est-ce qu'il a foiré ? »

L'obus explosa, projetant un raz de marée de terre qui engloutit tous les soldats. Tous les hommes qui étaient restés à proximité volèrent, eux aussi, et retombèrent sur le sol, inanimés et défigurés.

Au total, la bataille de la Somme, qui s'étala sur près de cinq mois, aura fait à elle seule plus d'un million de morts uniquement sur le front. Parmi ces victimes, environ quatre cent quarante-trois mille ne furent jamais retrouvées ou ne purent être identifiées. Beaucoup reposent encore sous le sol du nord de la France, non loin des soldats de la neuvième légion tombée près de mille huit cents ans plus tôt.

Chapitre 14

2024, Angles-sur-l'Anglin

Malgré sa nuit agitée par de mauvais rêves, il ouvrit lentement les yeux. Le chant des oiseaux et les rayons du soleil étaient son réveil préféré. Les charniers de la Somme étaient venus le hanter une fois de plus et il se souvint avoir fait plusieurs cauchemars. Après s'être doucement retourné dans le lit, il observa la personne qui dormait à ses côtés. Elle était belle, divinement belle. Plusieurs femmes avaient marqué sa longue vie. Mais lorsqu'il essaya de se rappeler le visage d'Amenia, son premier amour, il n'y parvint pas. Il réalisa alors avec tristesse que les visages de ses fils Aegon, Nikos et Sanos avaient, eux aussi, disparu de ses souvenirs. Il se souvenait bien sûr de leur existence, mais les petits détails avaient disparu. Sa ferme, son agression à la ville, son enlèvement par un groupe de pirates et sa vie jusqu'à la bataille d'Alésia étaient devenus flous. Le cerveau humain n'étant pas fait pour assimiler autant de souvenirs et d'émotions, son corps s'occupait de faire le tri dans les informations.

Depuis Amenia, de nombreuses femmes avaient partagé sa couche, certaines avaient compté, d'autres moins. Mais chaque séparation était un déchirement car, comparé à une rupture, il n'avait rien à reprocher à ses partenaires. Il devait partir, cela était une nécessité. Quelles seraient les conséquences si quelqu'un découvrait à nouveau sa véritable nature ? Que serait-il forcé de faire ? Il finirait dans un laboratoire, disséqué et étudié.

Celui qui avait porté bien des noms se leva, prenant garde de ne pas faire de bruit. Après s'être habillé et avoir laissé un mot sur l'oreiller, il observa le corps nu et moitié découvert qui se trouvait dans son lit. Il le détailla de la tête aux pieds, il aimait cette femme et l'heure de la quitter définitivement n'était pas encore arrivée. Pour l'heure, il partait simplement travailler.

Le temps était magnifique. Les champs de cultures dorés, les forêts fournies et le clocher que l'on apercevait au loin lui donnaient l'impression d'être chez lui. Il avait toujours eu ce sentiment. Celui d'être comme « à la maison » dans cette région, et ce, depuis qu'il avait été à la tête d'un petit village des environs. Un groupe d'oies sauvages passa au-dessus de sa voiture, il les regarda s'éloigner en poussant leur cri si particulier. Sa voiture se faufila dans les rues étroites d'une ville dont les maisons en pierre de la région donnaient l'impression d'être, elles aussi, présentes depuis le XIIIe siècle. Il arrêta sa voiture sous un arbre et marcha d'un pas rapide vers son lieu de travail. Il prit une grande inspiration et se prépara à entrer une fois de plus dans le rôle qui était le sien. Alors qu'il n'était qu'à quelques mètres, la grande porte en bois du chantier archéologique s'ouvrit.

« Ah, Arthur Gauthier ! Je n'attendais plus que vous ! Julia vous accompagne ?

— Non monsieur Scoria, elle nous rejoindra dans l'après-midi. »

***

Julia s'éveilla lentement. En s'étirant, elle chercha Arthur en tâtant le côté gauche du lit. Cette partie du matelas était vide et froide, il devait avoir déserté depuis une bonne heure. Sa main rencontra le mot qu'il lui avait laissé. Elle s'immobilisa. Regrettait-il ce qu'il s'était passé cette nuit ? Était-ce une lettre d'adieu ? Elle se redressa, dégagea d'une main maladroite la masse de cheveux qui lui tombait devant les yeux et déplia progressivement la feuille de papier.

« Je n'arrivais plus à dormir et n'ai pas voulu te réveiller. Je vais passer la journée sur le chantier. Vu les récents événements, je serais rassuré d'avoir un œil qui traîne dans l'église. Rejoins-moi pour déjeuner, si ça te dit, ça me ferait plaisir. »

Le mot était signé d'un cœur grossièrement dessiné. Julia souffla, pas de rupture, pas d'adieux et pas de regret.

Le réveil affichait neuf heures. Cela lui laissait le temps de passer voir David à l'hôpital et de déjeuner avec Arthur ensuite.

Pauvre David. À la suite de son agression, personne n'était encore passé le voir pour prendre de ses nouvelles. Julia avait toujours été tournée vers les autres, la première à aider, à soutenir et à trouver les mots lorsqu'une personne était en détresse. Elle se leva et se dirigea vers la salle de bain. En passant devant le grand miroir posé contre un mur de la chambre, son regard agrippa le reflet de son corps entièrement nu. Elle recula de quelques pas pour lui faire face. Le temps où elle était emplie de complexes et avait du mal à assumer ce que beaucoup considéraient comme des imperfections était loin derrière elle. Une grande partie de ses bras, de ses épaules, de ses côtes et l'une de ses cuisses étaient maculées de tatouages représentant les différents états d'esprit et les étapes par lesquels elle était passée. Julia se détailla, de la tête aux pieds. Combien d'années durant elle avait eu honte de ses hanches jugées trop larges, d'un grain de beauté jugé trop gros, de ses seins jugés trop petits par certains, d'une repousse de poil jugée trop longue, de muscles abdominaux pas assez visibles ? Un homme l'avait acceptée telle qu'elle était, la trouvait belle au naturel et ne lui avait jamais fait le moindre reproche sur son physique. Cet homme, c'était Arthur. Le seul avec qui elle se sentait libre d'être elle-même. Elle fixa la tête de Méduse tatouée sur sa cuisse, ses cheveux en forme de serpents au regard noir et menaçant. Elle palpa différentes parties de son corps. Aujourd'hui, elle se trouvait belle, sensuelle et attirante. L'alarme du téléphone la tira de son état contemplatif. Une fois ses vêtements enfilés et un mauvais café avalé à la hâte, Julia prit la direction de l'hôpital.

Le bruit lancinant des machines et les pas précipités du personnel hospitalier dans les couloirs empêchaient David de réfléchir. Son statut de médecin ne lui était ici d'aucune utilité. L'automédication était déconseillée, il redevenait un simple patient, un numéro entre les mains de ceux détenant le savoir, et devait accepter de ne pas toujours maîtriser les choses. Mais Julia devait connaître la vérité, elle devait constater que les cicatrices décrites par son ancêtre correspondaient à l'identique aux cicatrices que portait Arthur. Cela aurait-il pu être une coïncidence ? En tant que scientifique cartésien, il aurait voulu le croire. Mais les descriptifs de Melchior de Buxeuil étaient précis. Cicatrices, taches de naissance, couleurs des yeux, des cheveux, tout cela en était trop pour n'être qu'une simple coïncidence. De plus, le comportement d'Arthur face à la sépulture avait toujours été des plus étranges, comme s'il se trouvait mal à l'aise ou comme s'il cherchait à envoyer ses collègues sur une fausse piste. Il restait cependant une question que David ne parvenait pas à élucider : qui pouvait bien être cette « Constance » à l'oreille coupée qui avait tenté de s'infiltrer sur le chantier et qui…

On frappa à la porte.

« Oui ? »

Le visage qu'il aperçut lui rendit le sourire. Julia venait de passer la tête dans l'entrebâillement de la porte. Son large sourire et ses yeux pétillants firent fondre le médecin, une fois de plus.

« Coucou, le grand blessé ! Comment tu te sens ? »

Il lui rendit son sourire.

« J'ai la tête dure, je vais m'en sortir.

— Parfait alors. Je t'ai apporté quelque chose. »

Elle sortit de son sac une boîte de sucreries. David fut une fois de plus attendri, mais l'heure n'était pas aux minauderies. Julia devait connaître la vérité. Elle remarqua son air inquiet lorsqu'elle s'assit près du lit.

« David ? Tu ne te sens pas bien ? »

Il hésita un instant, compta jusqu'à trois dans sa tête et se lança.

« Écoute, Julia. Ce que je vais te dire va te paraître inconcevable et il y a de fortes chances pour que tu ne croies pas un mot de tout cela. Mais sache qu'il ne s'agit en aucun cas d'une blague. »

Elle resta de marbre, ne sachant à quoi s'attendre. Une déclaration amoureuse ? Elle la redoutait. Peut-être allait-il lui dire qu'il avait été agressé par des extra-terrestres ou par le fantôme d'Hervé d'Anjou lui-même ?

David lui raconta alors l'histoire de sa famille, son lien avec Melchior de Buxeuil, les manuscrits que ce dernier avait laissés derrière lui et bien entendu la rencontre du vieux médecin avec Hervé d'Anjou au XIVe siècle. Julia était fascinée. Les documents que le médecin avait en sa possession pouvaient lui donner des informations plus que précieuses sur la vie d'Hervé. Ce qu'il lui révélait était fantastique.

Puis, soudain, le discours prit une tout autre tournure. Il lui décrivit l'embuscade qu'Hervé avait subie et l'intervention de Melchior pour soigner ses blessures. Tout en ralentissant son débit de paroles pour être sûr qu'elle comprenne et ne pas passer pour un fou, il lui fit part de toutes les observations faites par son aïeul à propos des plaies d'Hervé : leur cicatrisation, le mystère entourant les origines du seigneur et son mensonge à propos de la cicatrice qu'il portait à la main, les découvertes qu'il avait faites lors de l'analyse de son sang, et enfin ses dessins indiquant toutes les cicatrices que possédait Hervé. Julia avait à nouveau pris une expression figée, impassible, peinant à comprendre où le jeune médecin voulait en venir.

Une infirmière entra au même moment. Après les avoir salués, elle vérifia que tout était en ordre et contrôla la perfusion du patient.

David fit signe à Julia que sa présence n'était pas un problème.

« Donc… pour… le… roman, que je prévois d'écrire. Les cicatrices d'Hervé d'Anjou, décrites par Melchior au XIVe, sont identiques à celles que possède une personne présente chaque jour sur le chantier. »

Julia guettait l'infirmière d'un œil, n'osant poursuivre la conversation.

« Julia… ces cicatrices sont celles d'Arthur. »

L'infirmière quitta enfin la pièce après leur avoir adressé un sourire. Julia grimaça.

« Qu'est-ce que tu es en train d'insinuer ? Je t'avoue que je ne comprends pas tout ce que tu me racontes. »

David eut un mouvement d'agacement et se mordit les lèvres. Il était nerveux.

« Melchior de Buxeuil était persuadé qu'Hervé d'Anjou était immortel. Il a fait des croquis précis de ses cicatrices et ces dernières correspondent trait pour trait à celles d'Arthur, ton Arthur. Dans les dernières lignes qu'il a pu écrire avant de mourir, mon aïeul mentionne le fait qu'Hervé d'Anjou et ses hommes sont en route pour le condamner à mort et… je reste persuadé que le corps que nous avons découvert est celui de mon ancêtre Melchior de Buxeuil et non celui d'Hervé d'Anjou. »

Julia n'en croyait pas ses oreilles. Comment pouvait-il croire à une histoire pareille ? Son coup sur la tête avait sûrement de plus graves conséquences que prévu. Il continua.

« Tu n'as pas remarqué à quel point le comportement d'Arthur était étrange dès que l'on abordait le sujet de cette sépulture ? Tu n'as jamais remarqué que sa connaissance de l'histoire était parfaite ? Troublante même ? Arthur Gauthier est Hervé d'Anjou ! »

David hésita un instant.

« Et… il n'est pas seul. Il y a une femme, une femme rousse. Elle est facilement reconnaissable, son oreille est coupée… elle est immortelle elle aussi ! »

Il transpirait abondamment et commençait à s'agiter.

« David, il faut que tu te reposes, je vais appeler une infirmière. »

Elle appuya sur le bouton permettant d'appeler le personnel.

« Julia, prends les clefs de chez moi ! Elles sont dans la poche de mon manteau, je t'en supplie, fais cela pour moi. »

Devant ses supplications et son air paniqué, elle s'exécuta. Elle ne savait que trop bien ce que l'on ressentait lors d'une attaque de panique, ou d'une crise d'angoisse, et David en avait à présent tous les symptômes.

« Merci Julia… il se radoucit. Tu vas aller chez moi, dans mon bureau, à l'étage, deuxième pièce à gauche. »

Elle acquiesça.

« Tu y trouveras une grande bibliothèque, impossible de la louper. Sur la quatrième étagère, à côté du « *Compte de Montecristo* » de Dumas, il y a un vieux manuscrit du XIVe siècle. Si tu comptes environ une cinquantaine de pages, tu trouveras un chapitre entier consacré à Hervé d'Anjou… Et si tu repars vingt-cinq pages en arrière, celui de cette femme à l'oreille coupée. »

L'infirmière entra alors que David tentait péniblement de se redresser.

« Lis-le, Julia ! Arthur est Hervé d'Anjou ! »

L'infirmière se tourna vers Julia, l'interrogeant du regard.

Dès que Julia eut quitté la pièce, David se laissa retomber lourdement sur son lit, en sueur et le souffle court. L'infirmière inspecta de nouveau les machines qui s'étaient emballées avec l'accélération de son rythme cardiaque.

« Monsieur, il faut vous calmer, ce n'est pas bon pour ce que vous avez »

Elle posa sur lui son regard bleu océan et se montra bienveillante. La seringue qu'elle venait de piquer dans la perfusion envoya un liquide argenté dans le tuyau en plastique la reliant aux veines du médecin. Sous l'effet du stress couplé à la fatigue, les paupières de David commencèrent à se fermer.

« Tu n'as pas pu t'en empêcher, hein ? Il a fallu que tu recommences ! »

Ses paupières s'ouvrirent brutalement, il se tourna vers l'infirmière. Son regard apaisant avait disparu, il était devenu glacial.

La voix tremblante de David trahissait son inquiétude.

« Comment ? Qui… qui êtes-vous ?

— Tenter de te fracasser le crâne n'était pas suffisant pour te faire taire, apparemment. Il a fallu que tu lui dises la vérité sur moi et sur Hervé d'Anjou… »

David écarquillait de grands yeux injectés de sang, les veines de son cou avaient doublé et son pouls était bien supérieur à celui d'une personne en plein effort. Sous ce qui semblait être des cheveux noirs, David remarqua la présence d'une petite mèche rebelle rousse. L'infirmière fit passer ses cheveux derrière son oreille, dont la partie supérieure était manquante. Elle éteignit la machine responsable de la mesure du pouls afin qu'elle ne s'emballe pas. Le médecin voulut lever son poing pour l'envoyer dans le visage de cette tortionnaire, mais il en fut incapable, il ne le sentait plus. Ses jambes ne répondaient plus non plus. Tout son corps était paralysé. Il aurait voulu se jeter de son lit, mais son corps n'était agité que par de faibles soubresauts. Ses yeux apeurés se tournèrent vers l'infirmière.

« Lai… laissez-moi, par pitié. »

Elle approcha sa bouche de son oreille et murmura.

« Tu as découvert la vérité, tout comme ton ancêtre. »

Elle lui fit face à présent. Tout le corps du médecin tremblait. De grosses gouttes de sueur étaient apparues un peu partout sur son visage, sa gorge se serra et un liquide blanc commença à sortir de sa bouche et de ses narines. Il ouvrit la bouche pour appeler à l'aide, mais aucun son ne sortit.

« Et pour cette découverte, tu subiras le même sort que lui. Crois-moi, le secret d'Hervé d'Anjou et le mien sont bien gardés et le resteront… »

La dernière chose que David eut l'occasion de voir en ce monde fut le regard bleu et froid de cette infirmière. Qui pouvait bien être cette femme ? Quels étaient ses liens avec Arthur ? Il n'aurait jamais ces réponses. Son expression se figea, ses yeux se tournèrent vers la porte de la chambre dans l'espoir de voir accourir de l'aide, et se vidèrent de toute vie.

En moins de dix secondes, l'infirmière avait récupéré ses affaires et disparu.

Sur le chantier, la police venait de quitter les lieux. Le vol de la dépouille d'Hervé d'Anjou avait été déclaré et tous espéraient la voir bientôt réapparaître dans l'inventaire des découvertes de la campagne de fouille. En attendant, ils n'avaient pas le choix de reprendre les recherches et d'avancer. Le temps autorisé pour la fouille n'était pas illimité et chaque minute était précieuse.

Arthur avait le regard dans le vague. La lettre qu'il avait reçue lui avait laissé une boule dans l'estomac. Peu importe où il tentait de porter son attention, cette lettre lui revenait toujours en tête. Ne s'étant pas beaucoup retrouvé seul depuis l'agression de David, il ne l'avait lue que rapidement. Tout ce qu'il espérait, c'était que le chantier soit vite déserté.

Julia, quant à elle, avait fini par rejoindre l'équipe en début d'après-midi. L'ambiance joviale qui régnait habituellement avait presque disparu, chacun était concentré sur son périmètre de fouille et mettait de côté le petit mobilier découvert. Mais cette morne ambiance fut de courte durée. La truelle de Mégane racla contre de la roche. Vingt minutes plus tard, le bas de ce qui semblait être un nouveau sarcophage apparut. Elle leva les bras.

« J'ai quelque chose. »

Arthur la rejoignit en premier. À l'aide d'un pinceau, il retira l'excédent de terre et fit apparaître des motifs. Tous les membres de l'équipe lui prêtèrent main forte. Des sourires commencèrent à apparaître sur tous les visages. Ils se lançaient des regards complices, une nouvelle découverte était ce dont ils avaient tous besoin. Julia se redressa pour observer la dalle d'un point plus élevé.

« J'ai la date de décès : 1380. »

Elle se tourna vers Arthur. Tout le monde comptait sur ses connaissances historiques pour leur donner plus d'information, mais il n'en fut rien. Mégane parcourait la pierre des yeux.

« Je cherche un nom, ou une date de prise de fonction si c'est un seigneur de la région. La représentation est en trop mauvais état, je ne parviens pas à voir ses armoiries. »

Les écritures latines encadraient la gravure du défunt et faisaient le tour de la dalle. L'homme représenté avait les mains jointes, comme s'il était en état de prière. Le regard de Mégane agrippa enfin ce qu'ils cherchaient tous.

« 1374 ! Ce ne peut pas être une date de naissance, c'est donc forcément sa prise de fonction. C'est le successeur d'Hervé ! »

Arthur ferma lentement les yeux et prit une profonde inspiration.

« Foulques… »

Il avait murmuré ce nom. Personne ne l'avait entendu. Seul Thomas guettait ses réactions.

« Foulques ! Je crois lire Foulques ! »

Le professeur Scoria montrait l'écriture du doigt. Il reprit.

« Foulques fut le successeur d'Hervé d'Anjou après sa mort en 1374. Nous savons maintenant qu'il fut à la tête de la forteresse jusqu'en 1380, les sources ne mentionnaient pas cette date. »

Tout comme ce fut le cas lors de la découverte de la tombe d'Hervé, le couvercle du sarcophage fut déposé avec précaution, laissant apparaître une dépouille ressemblant trait pour trait à celle précédemment découverte. Le corps était revêtu d'une armure, les bras repliés sur la poitrine, tenant une épée dont la lame descendait jusqu'aux genoux. L'armure était en mauvais état, tout le plastron était oxydé et les jambières étaient extrêmement corrodées. Le blason à la tour entourée de quatre fleurs de lys, qu'avait choisi Foulques au moment de sa prise de pouvoir, n'était presque plus visible. Le heaume qu'il portait ne laissait pas voir son crâne.

La nuit n'était pas encore tombée quand Arthur eut enfin la paix et le calme qu'il désirait. Il avait laissé les autres s'éloigner, précisant simplement qu'il comptait rester un peu seul sur le chantier pour terminer certains croquis. Personne n'avait posé de question. Julia l'avait discrètement embrassé et prévu de le retrouver chez lui dans la soirée. S'échanger ainsi des baisers cachés les rassurait, ils étaient persuadés que personne n'était au courant qu'une nouvelle relation avait débuté entre eux et ils préféraient que les choses en soient ainsi pour le moment.

***

« C'est reparti entre Arthur et Julia, non ?

— Ah merci ! Je ne suis pas la seule à l'avoir remarqué ! Mégane avait joint les mains comme pour remercier la grâce divine. Mais je pense qu'ils cherchent à rester discrets.

— C'est réussi… »

Mégane et Thomas étaient restés dans le village pour boire un verre et profiter encore un peu des rayons du soleil.

« C'est quand même bizarre tous ces événements. David a eu l'air d'insinuer qu'Arthur pouvait se cacher derrière tout cela. »

Mégane secoua la tête et relâcha une bouffée de fumée qu'elle venait de tirer de sa cigarette.

« Non, impossible, je n'y crois pas une seconde. David est amoureux de Julia, un de plus… »

Thomas afficha un léger sourire. Mégane continua.

« Je ne serais pas étonné qu'il cherche simplement à le discréditer auprès d'elle. Quel serait l'intérêt pour Arthur de voler une dépouille ou de compromettre un chantier ? C'est un archéologue brillant, tout comme toi. »

Thomas jubilait intérieurement, mais n'en laissait rien paraître. Le portrait qu'il possédait d'Hervé d'Anjou était une pièce unique, acquise illégalement, bien entendu. Cela étant, il connaissait la vraie nature d'Arthur, une barbe et une nouvelle coupe de cheveux ne suffisent pas à changer radicalement une personne. Le regard d'Hervé d'Anjou était toujours présent chez Arthur. Les rayures du tigre ne changent pas.

Tout comme chez David, cette découverte avait été pour lui un véritable choc et il lui avait fallu plusieurs jours et plusieurs whiskies avant d'accepter la situation. Il était cependant résolu à garder tout cela pour lui. Il avait besoin d'Arthur, bien vivant.

« Il est peut-être brillant professionnellement. Mais il a n'a pas l'air de savoir s'y prendre sentimentalement… je ne pense pas que Julia sera heureuse avec lui.

— Elle serait mieux avec toi ? C'est ce que tu cherches à insinuer ? »

Thomas marmonna dans sa barbe des justifications que Mégane ne comprit pas.

Son téléphone sonna.

« Ah c'est Monsieur Scoria, il ne doit pas être loin, il a dit qu'il nous rejoignait. Allô ! »

Après une minute de conversation, son visage se décomposa et il laissa presque tomber son téléphone portable.

Mégane sentit l'angoisse monter en elle. La conversation prit fin.

« Qu'est-ce qu'il se passe, Thomas ?

— C'est David… »

***

Il vérifia une fois de plus tout autour de lui. Il était seul, cela ne faisait aucun doute. Le sac en toile qu'il transportait était lourd. Ce n'était pas tant le contenu initial du sac qui était imposant, mais les nombreuses pierres servant à lester le paquet qu'il avait rajoutées. Au milieu de ce morceau de forêt, près de la rive de l'Anglin, il savait que les ossements de Melchior de Buxeuil ne seraient retrouvés que dans des dizaines d'années, si ce n'est plus. Il agrippa le sac des deux mains et le lança de toutes ses forces dans l'eau de la rivière. Ce bras du cours d'eau était profond, plus de cinq mètres. Les restes de la dépouille s'enfonceraient sûrement dans la vase et seraient recouverts des herbes qui prospéraient au fond de ces eaux. Arthur observa les bulles qui remontaient à la surface alors que les restes du médecin s'enfonçaient dans les profondeurs. Avec la disparition de la dépouille, aucune analyse approfondie pour l'identifier n'aurait lieu. Le crédit d'Arthur au sein de son équipe ferait le reste. *La dépouille d'Hervé d'Anjou avait été retrouvée et elle avait été volée. Point final.*

De retour sur le chantier, il relut la lettre une nouvelle fois :
« *Rendez-vous demain soir à 19 h dans le cimetière de la ville basse, tu sauras tout des récents événements.* »

Le message était court, simple et sans signature. Il résonnait comme un ordre auquel il ne pouvait se soustraire. Mais ce n'était pas le contenu même de cette lettre qui l'inquiétait et l'angoissait, c'était le nom du destinataire. Il attrapa l'enveloppe et lut le nom à haute voix, comme pour se persuader qu'il ne rêvait pas et le rendre plus réel.
« *Garos…* »

Son ancien nom celte était écrit en toutes lettres, ce même nom qu'il avait porté il y avait près de deux mille ans. Ce même nom qui, aujourd'hui, aurait dû être perdu dans les méandres du temps. Toutes les personnes qui auraient pu avoir connaissance de son identité à cette époque étaient décédées et redevenues poussière depuis bien longtemps. Mais quelque chose lui échappait. Avait-il laissé passer un détail qui aurait pu le trahir ? Il avait épluché tous les livres d'histoire celte qu'il avait pu trouver au cours de ses études, le temps ne lui manquait pas, et ce nom rattaché à son identité ne figurait nulle part. Les faits qui étaient attribués aux Garos connus de l'histoire n'étaient pas les siens. Son regard noir se porta sur la sépulture de son ancien ami. Il s'en approcha, descendit dans le sarcophage et s'accroupit près de lui. Sa main se posa délicatement sur son heaume.

« Foulques… mon vieil ami. Tu as dirigé le village d'une main de fer d'après ce que j'ai lu. »

Il se mit à rire comme si Foulques lui répondait réellement.

« Crois-tu que l'on ait eu tort d'agir ainsi avec le médecin ? Il y eut un silence. Non, on a fait ce qu'il fallait. Tu as fait ce qu'il fallait pour me protéger. »

L'heure du rendez-vous approchait et son inquiétude prendrait bientôt fin. Peut-être laisserait-elle la place à quelque chose d'encore plus insoutenable, mais au moins, cette incompréhension prendrait fin.

Dans cette situation, beaucoup auraient passé les minutes précédant le rendez-vous à scruter la rue, observant tous les passants se dirigeant vers le cimetière, cherchant à démasquer l'auteur de cette lettre. Arthur ne se donna pas cette peine. Il attendit patiemment, aux côtés du corps de Foulques, lui adressant quelques mots de temps à autre. Lorsque l'on a la chance, ou le malheur, de vivre aussi longtemps, le comportement que l'on a face à la mort peut devenir assez désinvolte. Arthur avait vu tant de personnes mourir, des êtres chers, des inconnus et de vagues connaissances... il avait vu des domaines flamboyants être réduits à quelques tas de gravats mal ordonnés quelques centaines d'années plus tard. Là où se dressaient autrefois des forêts dans lesquelles il avait combattu ou chassé, se trouvaient aujourd'hui des habitations et des routes. Il avait vu des arbres immenses, vénérés, autour desquels avaient lieu de grandes cérémonies pour honorer des divinités craintes et puissantes. Ces mêmes arbres avaient alimenté les feux des foyers de grandes demeures cent cinquante ans plus tard. Les croyances d'un temps font les légendes d'un autre. Les innovations d'un temps sont les inquiétudes d'un autre. L'être humain passe son existence à remettre en question ce que ses ancêtres considéraient comme des vérités ou des avancées majeures de la science.

Après tant de temps, Arthur parvenait à se rendre compte que tout ce que l'on considère aujourd'hui comme des vérités, tout ce que l'on affirme scientifiquement, historiquement, médicalement, politiquement avec certitude, serait totalement remis en cause et réfuté dans quelques centaines d'années. Il eut un rire nerveux face à cette idée. Il lui arrivait parfois de se demander à quoi servait tout ce que l'on se donnait tant de mal à construire. Les maisons que l'on a décorées avec tant d'attention, dans lesquelles on a eu des joies, des peines, des moments d'amour, allaient être soit détruites par des bulldozers, soit habitées par d'autres. Les noms des habitants tomberaient dans l'oubli. Seule une faible poignée de leurs descendants évoqueraient leur identité en retombant sur de vieilles photos ou de vieux écrits voués finalement, eux aussi, à disparaître. Peut-être qu'un passant inconnu prononcerait un jour leur nom en l'ayant lu sur leur tombe, se demandant quelle put bien être leur vie et ce qu'ils y ont accompli. Puis cette même tombe serait un jour détruite pour y enterrer d'autres personnes vouées, elles aussi, à tomber dans l'anonymat. Arthur salua Foulques et se leva pour prendre la direction du cimetière.

Il fut coupé dans son élan par la sonnerie de son téléphone. Le nom de Julia s'afficha sur l'écran.

« Oui ? »

Le cœur d'Arthur se serra lorsqu'il entendit les pleurs de celle qu'il aimait. Ses phrases étaient coupées par les sanglots, il avait du mal à comprendre ce qu'elle disait. Elle hyperventilait et avait du mal à reprendre sa respiration.

« C'est David.... c'est fini… il… il est mort… à l'hôpital… »

Arthur était abasourdi, sous le choc. Le médecin avait pourtant l'air de bien se porter après avoir été agressé. Comment son état avait-il pu se dégrader si vite ? Arthur n'avait pas de connaissances en médecine, le coup qu'il avait reçu avait-il pu entraîner sa mort ?

« Viens.... viens vite, s'il te plaît… »

Il sentait qu'elle était en détresse et ne pouvait pas la laisser seule dans un moment pareil. Les aiguilles de sa montre affichaient 19 heures précises. *Merde.* Que devait-il faire ? Laisser Julia dans cet état était impensable. Manquer ce rendez-vous qui soulevait tant de questions et remettait deux mille ans de sa vie en cause était impensable.

« Julia, je fais aussi vite que je peux ! Je ne pourrai pas être là tout de suite… mais je te promets de faire le plus vite possible. Essaie de te calmer… »

La voix de Julia était toujours tremblante, elle sanglotait et avait du mal à retrouver un rythme de respiration normal. Arthur l'entendit prendre une bouffée de son bronchodilatateur. Sa respiration se fit plus lente, moins sifflante.

« Je t'attends… ne tarde pas s'il te plaît… j'ai peur.

— Je fais au plus vite… essaie de ne pas paniquer… *je t'aime.* »

Alors qu'il avait déjà mis fin à l'appel, il se rendit compte qu'il avait prononcé les derniers mots à haute voix. Il ferma les yeux et se mordit les lèvres. Se montrer vulnérable et dévoiler ses sentiments ne faisait pas partie de ses projets. Mais Julia arrivait à faire voler en éclats l'épaisse carapace qu'il renforçait pourtant avec soin. Il sortit de l'église.

Le bruit que faisaient ses pas sur les graviers du chemin menant au vieux cimetière lui donnait l'impression d'un vacarme assourdissant. Il aurait préféré être discret et ne pas annoncer son arrivée de la sorte. De toute évidence, l'individu qui lui avait donné rendez-vous connaissait sa véritable nature. Une fois de plus, il était démasqué et avait l'impression de se diriger droit dans un piège. Mais avait-il un autre choix ? Une agression et maintenant un mort. Tout cela devait prendre fin.

Arrivé face à la porte en bois du cimetière, son inquiétude était à son comble. La porte s'ouvrit dans un grincement qui donna l'impression de se propager jusqu'à la ville haute. À cette heure-ci, le soleil n'était pas encore couché et Arthur n'eut aucun

mal à apercevoir la silhouette qui l'attendait près de la grande croix hosannière. Méfiant, il avança à pas de loup, essayant d'être le plus discret possible. Comme un soldat en progression en milieu hostile, il jeta des regards à gauche puis à droite. Ils étaient bien seuls. Arthur arrêta sa marche à quelques mètres de cette silhouette qui portait un long manteau noir. Avant de se retourner et de dévoiler son identité, elle fit tomber la capuche de sa tunique. Arthur découvrit alors une chevelure rousse et bouclée. Elle se détachait de l'obscurité qui commençait à tomber, on aurait dit que sa tunique était en feu. La femme se retourna pour enfin se dévoiler. Arthur eut un moment d'hésitation, ce visage lui semblait familier. Puis, au bout de quelques secondes, certains souvenirs refirent surface.
« Vous… »

***

« *Je t'aime…* »

Julia avait raccroché le téléphone, quelque peu troublée.

Il ne le lui avait jamais redit depuis leur séparation. Elle était persuadée que cela lui avait échappé. Mais s'il n'avait pas été capable de retenir ces mots, c'est qu'ils étaient vrais. Elle aussi l'aimait, mais cela n'était qu'un détail insignifiant face aux événements actuels.

Julia était parvenue à se calmer. Dans ces moments de crise où le rationnel ne parvenait pas à reprendre le dessus, ses pensées la submergeaient. Alors que les causes réelles de la mort de David n'étaient pas encore connues avec certitude, elle s'était mis dans la tête que cela n'avait rien à voir avec sa blessure au crâne. Le vol de la dépouille, son agression et maintenant sa mort, cela était trop pour n'être qu'une simple suite d'événements anodins. Une personne avait quelque chose à cacher sur ce chantier ou cherchait à protéger quelque chose. Plus ce type de pensées tournait en boucle dans sa tête, plus elle se mettait à douter de tout et de tout le monde. Elle se sentait, elle aussi, en danger. Son cœur se serra tellement qu'elle crut une nouvelle fois manquer d'oxygène. Lors de ces pénibles moments, elle avait l'impression que son monde s'écroulait autour d'elle et de ne plus rien maîtriser.

Et si David n'avait pas tort ? Si Arthur était bien à l'origine de tous ces malheurs ? D'ailleurs, pourquoi avait-il tant tenu à rester sur le chantier ? Qu'est-ce qui le retenait à cette heure pour qu'il ne soit pas disponible alors qu'elle avait besoin de lui ?

Julia se mit à fixer le jeu de clefs que David lui avait demandé de prendre à l'hôpital, les clefs qui l'amèneraient, selon ses dires, aux preuves confirmant qu'Hervé d'Anjou et Arthur n'étaient qu'une seule et même personne.

Si elle prenait ces clefs et décidait effectivement d'aller vérifier, elle ouvrait la porte à des théories paranormales auxquelles elle n'avait pas du tout envie d'adhérer. Comment pouvait-elle même croire une minute à ces histoires ? Cela signifierait qu'Arthur aurait plus de cinq cents ans ? En tant que scientifique, étudiant des faits rationnels et avérés, elle ne pouvait se résoudre à sauter dans ce genre d'inepties.

Julia fut alors surprise de constater qu'elle avait ramassé les clefs de David et avançait à présent en direction de son appartement. Elle savait pertinemment qu'elle n'allait rien trouver, mais son esprit ne cessait de lui répéter : *Et si ?* Ces deux petits mots lui revenaient toujours en tête. *Non, cela est impossible, l'immortalité n'existe pas. Et si… ?*

La clef tourna lentement dans la serrure, la porte fut déverrouillée. Julia avait l'impression de pénétrer dans un mausolée. Elle eut à nouveau les larmes aux yeux en pensant à David. Elle observa les photos sur les murs du couloir, son manteau qui semblait avoir été jeté sur le canapé et les restes d'un plateau-repas sur la table basse.

Julia se ressaisit et, ne perdant pas de vue l'objectif qu'elle s'était fixé, monta à l'étage pour trouver le bureau. Il était temps d'en finir avec ces idées saugrenues d'immortalité.

Lorsqu'elle fit ses premiers pas dans la pièce, elle fut submergée par le nombre de livres qu'elle avait devant les yeux. Les ouvrages étaient empilés les uns sur les autres, formant des colonnes qui la dépassaient presque. Du haut de ses 1m57, cela n'était pas difficile. La grande bibliothèque apparut enfin.

— Qu'avait-il donné comme instruction déjà ? Ah oui. « *Sur la quatrième étagère, à côté du "Compte de Monte-Cristo" de Dumas* ».

Ses doigts parcoururent les livres pendant qu'elle murmurait rapidement les titres pour être sûre de ne pas louper celui qu'elle cherchait.

« Monte-Cristo ! ensuite… « *il y a un vieux manuscrit du XIV*e *siècle.* » »

Le vieux manuscrit en cuir était bien là, comme il l'avait annoncé. Une boule se forma dans son estomac. Qu'avait-elle envie de découvrir ? Si tout ce que lui avait dit David n'était que les délires d'un esprit malade et jaloux, Arthur était innocent et un être humain tout ce qu'il y avait de plus normalement constitué. Mais s'il disait la vérité, Arthur pouvait bien être à l'origine de ces malheurs et être âgé de… six cent quatre vingt-sept ans si l'on considérait qu'il était né en 1337. Aurait-il également tué Melchior de Buxeuil, l'ancêtre de David ? Julia ne pouvait pas croire une telle chose. Elle ouvrit le manuscrit.

« *Si tu comptes environ une cinquantaine de pages, tu trouveras un chapitre entier consacré à Hervé d'Anjou* »

Les pages défilèrent devant ces yeux et semblaient être couvertes d'informations passionnantes dignes d'être plus amplement étudiées.

Tout comme ce fut le cas pour David, le regard de Julia agrippa le portrait de Constance et les croquis de son oreille coupée. Elle les observa un moment. Se retrouver ainsi face à des portraits datant du XIVe siècle, ne représentant pas de grands personnages de l'histoire, mais des membres de la paysannerie était incroyable. David lui avait parlé de cette femme qu'il présentait également comme « immortelle », mais ce n'était pas là ce qui intéressait Julia. Elle continua :

« Hervé d'Anjou… »

Le nom apparut enfin.

***

« Vous… »

Arthur n'eut aucun mal à reconnaître la personne qu'il avait en face de lui, les faits ne remontaient pas à plus de deux cents ans. Tout était encore frais dans sa tête. Ce regard bleu océan, ces cheveux roux et ce même air intrépide.

« Antoinette Amaury… vous étiez à Nohant ! Chez Madame Sand, Madame Dupin… en… 1836. Comment est-ce possible ? »

Tout cela dépassait l'entendement. Cette femme devait être une descendante d'Antoinette Amaury. Il devait forcément faire erreur. La femme qui se tenait face à lui ne bougeait pas d'un pouce. Elle ne semblait pas agressive, bien au contraire, elle lui souriait. Son visage affichait une mine presque enjouée, bienveillante et rassurante, comme si elle attendait que quelque chose se produise. Arthur avait fait plusieurs pas en arrière, apeuré. Sa situation était exceptionnelle et il ne parvenait toujours pas à comprendre quelle était sa réelle nature. Qu'une autre personne soit dans ce cas dépassait l'entendement.

« Je dois forcément faire erreur… je fais erreur. »

Les pensées se bousculaient dans sa tête. La lettre qui lui était adressée l'était sous le nom de « *Garos* », un nom qui avait déjà sombré dans l'oubli en 1836. Il releva la tête vers la jeune femme et, voyant qu'elle n'était pas hostile, se rapprocha lentement. Ses cheveux roux, aujourd'hui parfaitement peignés, mais toujours aussi longs et lâches, ces yeux bleus, ce regard intrépide, moqueur, ces taches de rousseur dissimulées sous le maquillage en 1836, mais qu'il reconnaissait à présent. La jeune femme savait qu'il avait compris. Elle afficha un large sourire qu'Arthur reconnut immédiatement. Il porta ses mains à sa bouche pour ne pas hurler. Des larmes lui montèrent aux yeux, il avait du mal à parler.

« C'est impossible… »
Elle fit quelques pas en avant.
« Salut papa… »

Chapitre 15

2024, Angles-sur-l'Anglin

Julia n'en revenait pas, elle avait sous les yeux des détails sur la vie d'Hervé d'Anjou que l'on ne trouvait dans aucun livre d'histoire. Une description précise de son arrivée, de la perception de celle-ci par le peuple, le déroulement du banquet en l'honneur de sa prise de fonction, tout cela était fascinant. La boule qu'elle avait dans l'estomac avait totalement disparu, la passion de la découverte ayant chassé toutes ses angoisses. Ses yeux parcouraient les lignes, butant sur certains mots, elle n'était pas accoutumée à l'écriture manuscrite du XIVe siècle. Elle tourna une page de plus. Le récit prit alors une tout autre dimension. Les inquiétudes du médecin concernant l'origine de son seigneur commençaient à être perceptibles. S'ensuivait un descriptif complet des blessures d'Hervé, des détails ô combien précieux pour Julia. Elle fronça les sourcils à la lecture du passage suivant. Melchior de Buxeuil y parlait d'immortalité, de principes alchimiques, de mercure présent dans le sang d'Hervé et de guérison miraculeuse.

« La superstition médiévale, décidément… »

Elle douta bientôt de ses propos. La page de droite comprenait les croquis faits par le médecin du corps d'Hervé, sur lesquels ses blessures et ses cicatrices étaient précisément indiquées.

« Ça alors… »

Il fallait bien l'admettre, David avait vu juste sur un point, les cicatrices du torse d'Arthur correspondaient trait pour trait à celles d'Hervé. Mais en quoi cela était-il une preuve ? Les humains se blessent quotidiennement, il est normal que certaines se ressemblent. Julia se mit à réfléchir à haute voix, comme cela lui arrivait souvent :

« Une cicatrice au-dessus du cœur pour Hervé, une pour Arthur. Cela ne veut rien dire. Une au niveau du ventre, juste en dessous des côtes pour Hervé. La même pour Arthur. Admettons. La cuisse gauche pour Hervé… cuisse gauche pour Arthur… »

Elle tenta de se remémorer toutes les cicatrices d'Arthur et leurs formes. Ses sorties en motocross, en spéléologie et ses entraînements de rugby ne l'avaient pas épargné, il fallait bien le reconnaître. Elle était même certaine qu'il tirait une fierté guerrière non négligeable de toutes ces blessures. Tous ses amis exerçant ces activités avec lui étaient de la même veine et se vantaient, eux aussi, de leurs cicatrices. Elle fut interrompue dans sa réflexion. Au lieu de s'imaginer les cicatrices d'Arthur, elle tenta de se souvenir de celles de ses acolytes tout aussi adeptes d'adrénaline. Des os brisés, des éraflures profondes, des coupures hachurées, des brûlures… Aucune de ces cicatrices n'était présente sur le corps d'Arthur. Elle fixa de nouveau les croquis du médecin. Sur la page suivante, le dos d'Hervé était parfaitement détaillé.

« Une… deux… trois… quatre… cinq… »

Toutes les cicatrices qu'elle dénombrait correspondaient parfaitement à celles d'Arthur. Même celle qui était plus longue que les autres et finissait en zigzag et même…

— Ce n'est pas vrai !… »

Même cette cicatrice parfaitement circulaire qu'Arthur possédait en haut du dos, vestige, selon lui, d'un tatouage qu'il se serait fait retirer il y a quelques années. Qu'un élément corresponde pouvait être une coïncidence. Mais ce qu'elle avait sous les yeux ne comprenait aucune erreur. Son monde était en train de s'écrouler, son cerveau ne parvenait pas à analyser autant d'informations d'un coup. Une nouvelle crise se présenta, elle la sentit monter de son estomac jusque dans sa gorge. Alors que ses mains commençaient à effectuer des mouvements répétitifs d'apaisement, tout disparut. Une idée lui était apparue.

Si Arthur était bel et bien immortel, aussi incroyable et absurde que cela puisse paraître, il y aurait de grandes chances pour que son arrière-grand-père Philippe Gauthier et lui ne soient qu'une seule et même personne. Cela pourrait expliquer sa ressemblance troublante avec Arthur. Elle ouvrit et alluma le PC portable qui se trouvait sur le bureau de David en priant pour qu'aucun mot de passe ne soit nécessaire pour y accéder. Elle retint son souffle.

« Parfait ! »

La sécurité informatique n'était apparemment pas la plus grande préoccupation du médecin. Les fiches militaires des soldats français de la Première Guerre mondiale étaient facilement accessibles de nos jours. Les archivistes avaient fait un travail de numérisation remarquable et de nombreuses bases de données existaient. En quelques clics, elle se retrouva sur l'une d'elles, une porte ouverte vers le passé. Il était facile d'obtenir des détails physiques sur ses ancêtres grâce à ces précieux documents.

« Nom, Gauthier. Prénom, Philippe. »

Plusieurs résultats apparurent. Seules les années de classes et les bureaux de recrutement différaient. Un seul mentionnait un bureau situé dans l'Indre, non loin d'ici. Arthur avait toujours été fier du fait que sa famille était originaire de la région, ce devait donc être celui-ci.

« Classe 1910, Châteauroux. Ce doit être ça. »

La page mit du temps à s'afficher. Cela ne prit en réalité que quelques secondes, mais, pour Julia, elles semblèrent interminables. Les heures sombres paraissent toujours plus longues. Le document s'afficha enfin.

« Philippe Gauthier, né le 6 août 1890, à Bossay-sur-Claise, Indre-et-Loire. Résidant dans la même ville. Fils de Jules Gauthier, laboureur né en 1861 et Eulalie Guérin, couturière née en 1863. »

Elle passait rapidement sur ces informations, ce n'était pas ce qui l'intéressait pour le moment.

« Ah, les signes distinctifs, cela pourra déjà m'aider. Cheveux, noirs. Sourcils, noirs. Nez, droit. Front, court. Visage, carré. Taille… 1m 86. »

La taille exacte que mesurait Arthur, un élément de plus qui plongea Julia dans l'incompréhension. Même si toutes les preuves lui étaient présentées, comment croire à une pareille histoire ?

La partie du document qui allait lui être la plus utile était celle correspondant aux états de services et mutations diverses. Cette partie mentionnait notamment toutes les blessures qu'avaient subi les soldats au cours de leur période sous les drapeaux.

« Incorporé le 20 mars 1915. Tel régiment… telle bataille… hospitalisé ! »

Elle avait enfin trouvé.

« Hospitalisé le 10 août 1916. Nombreuses blessures suite à l'explosion d'un obus. Une lésion importante au crâne derrière l'oreille gauche… Pension temporaire d'invalidité de trente pour cent par décision de commission… »

Le reste des détails administratifs ne lui serait d'aucune utilité. Si elle se fiait à ce document, et si Hervé d'Anjou, Philippe Gauthier et Arthur ne formaient qu'une seule et même personne, alors cette cicatrice devait toujours être présente. Julia n'avait jamais pris le temps d'analyser son cuir chevelu. Cet élément était l'ultime qui permettrait de prouver ce que David avançait. Arthur était donc soit un être humain tout ce qu'il y a de plus normal, soit un homme âgé d'au minimum six cent quatre-vingt-sept ans qui n'avait pas hésité à voler la dépouille de l'homme qu'il avait tué et à agresser, voire assassiner son descendant.

***

Arthur était presque tombé à la renverse. Ses jambes, qu'il crut un instant dépourvues de tous muscles, ne parvenaient plus à le porter. Il fut contraint de mettre un genou à terre. Même si cela semblait impossible, il reconnaissait ces longs cheveux qu'il avait si souvent brossés, il reconnaissait ces yeux qui s'étaient si souvent émerveillés lorsqu'il lui racontait les mythes relatifs aux dieux celtes et à la forêt dans laquelle ils résidaient. Il n'avait jamais oublié ce sourire qu'ils avaient tant contemplé avec Tara. Arthur, ou plutôt Garos, n'avait jamais oublié sa fille.

« Maëlenn… comment... comment est-ce possible ? »

À ce moment, tous ses muscles se relâchèrent. Il lâcha prise physiquement et émotionnellement. Des larmes coulèrent le long de ses joues. Il l'avait pensée morte, il les avait quittées le cœur déchiré, persuadé qu'elles mourraient avant qu'il ait l'occasion de revoir l'une d'elles. Mais aujourd'hui, sa fille se tenait face à lui, bien vivante, près de deux mille ans après. Maëlenn se précipita vers lui, s'agenouilla, le prit dans ses bras et versa plusieurs larmes à son tour. Tant de questions lui venaient à l'esprit, il ne savait par où commencer.

« Comment ? »

Ce fut la seule question qu'il parvint à lui poser.

« Je peux tout t'expliquer, mais trouvons un autre endroit. »

Arthur et sa fille s'étaient installés dans le baraquement préfabriqué du chantier. À cette heure-ci et suite aux récents événements, ils savaient qu'aucun membre de l'équipe ne viendrait interrompre leurs échanges. Ils avaient tellement de choses à se dire, tellement de questions à poser tous les deux. Mais avant tout, il devait lui en poser une, plus importante que toutes les autres.

« Qu'est-il arrivé à ta mère ? Quand est-elle morte ? »

« Elle est morte aux côtés de la reine Boadicée, en ce qui fut déterminé comme l'année 61. Nous combattions la vingtième, la neuvième et la quatorzième légion dans le sud de l'Angleterre… »

Arthur se prit la tête entre les mains et laissa échapper un son guttural. On aurait dit qu'il retenait un haut-le-cœur et qu'il était prêt à vomir.

« Ça aurait pu être moi… ça aurait pu être moi, nom de Dieu ! »

Maëlenn ne comprenait pas.

« À cette époque, je faisais partie de la neuvième légion romaine suite à mon enlèvement dans la forêt, enlèvement auquel ta mère a assisté… j'ai combattu contre Boadicée. Des combats inutiles, des massacres qui n'ont servi à rien. Si nos manœuvres avaient été légèrement différentes, nous aurions pu nous retrouver face à face… »

Maëlenn fut également sous le choc. Ils avaient tous été si proches les uns des autres, combattant dans des armées différentes, ils auraient même pu s'entre-tuer sans se reconnaître sous leurs tenues de combat respectives.

L'émotion quelque peu dissipée, Arthur revint à des questions plus pragmatiques.

« Comment ? Comment as-tu su que tu étais différente ? Que tu étais comme moi ?

— Je n'ai jamais su que j'étais comme toi, avant ce qui doit être le XVIIIe siècle. Après la mort de mère, je suis retournée vivre dans la forêt et je ne pourrais pas te dire exactement durant combien d'années. Je suis parvenue à ramener son corps au prix de nombreux sacrifices et l'ai enterré non loin de l'endroit où nous vivions. »

Arthur écarquilla de grands yeux, il paraissait ému.

« La tombe de ta mère existe ?

— Existait tout du moins… je m'y suis rendue durant de nombreuses années. Mais des fouilles archéologiques ont eu lieu sur la zone dans les années 1970. Seuls les dieux savent dans quelle réserve archéologique sa dépouille doit maintenant se trouver. »

Cette idée était insupportable pour Arthur. Imaginer celle qu'il avait tant aimée dans un laboratoire, vue comme un vestige, lui déchirait le cœur.

Maëlenn continua son récit :

« Quoi qu'il en soit, ce que j'avais vu du monde des hommes et de la guerre m'avait suffi. Puis, un jour, j'ai commencé à voir les animaux mourir, les jeunes pousses devenir des arbres majestueux et les rivières courantes s'assécher. »

Arthur l'écoutait, fasciné.

« J'ai compris que de nombreuses années étaient passées. Lorsque je me suis décidée à côtoyer à nouveau le monde que certains disent civilisé, j'ai pris conscience que les temps n'étaient plus les mêmes. Sur un marché, un homme mentionna le nom de Boadicée, mon seul repère temporel. Il déplorait sa mort, survenue soixante-dix ans plus tôt. Tout comme toi, je l'imagine, j'ai remarqué que le temps n'avait pas d'emprise sur ma peau, sur mes cheveux, mes articulations… mais il fallait survivre et s'adapter. Soucieuse de ne pas m'éloigner de la forêt, une petite ferme abandonnée me servit de refuge, puis de maison et de bergerie. J'ai vendu des fromages sur les marchés durant un certain temps. Mais je voyais la peau des autres marchands s'affaisser sous le poids des années, leur dos se voûter, leurs yeux devenir vitreux, leurs mots et leurs gestes se faire plus lents. Quant à eux, ils remarquèrent bien évidemment que je ne vieillissais pas et, tout comme mère, je fus chassée, menacée, agressée et condamnée à fuir. Le nord de l'Écosse fut ma terre pendant environ deux cents ans, et les Hébrides, plus isolées, durant environ 300 ans. »

Arthur n'en revenait pas. Le fait que sa fille ait eu, elle aussi, à subir l'incompréhension de sa situation le submergeait d'émotion. Il la coupa.

« As-tu cherché à savoir ce qui était responsable de cet… état ?

— J'y viens. J'ai ensuite vagabondé dans le royaume franc et suis remontée petit à petit vers le nord. Le nouveau Dieu, qui est toujours là actuellement, avait transformé le monde d'une façon qui ne me correspondait pas. Les prêtres avaient récupéré nos anciennes fêtes pour les christianiser et les adapter à leurs cultes. Le monde avançait bien trop vite, je ne m'y retrouvais plus. J'étais chassée et accusée de sorcellerie, de voler l'âme des vivants, et fus plus d'une fois amenée devant des tribunaux ecclésiastiques. J'ai donc fui vers un lieu où les fidèles du Christ ne s'étaient pas encore aventurés.

— Le nord ? »

Maëlenn acquiesça.

« J'ai vécu à Hedeby au Danemark pendant un temps. Ce devait être aux alentours du IXe siècle, jusqu'à ce qu'un groupe de moines francs y débarquent pour prêcher leur foi.

— Le IXe siècle… je parcourais la Méditerranée sur des navires marchands à cette époque.

— J'ai ensuite évolué comme je le pouvais, parcourant le monde, mais tous les lieux se ressemblaient. Les humains y commettaient les mêmes erreurs, les nouvelles croyances n'étaient que les résurgences d'anciens mythes que j'avais connus durant mon enfance, les monarques avaient toujours les mêmes mots à la bouche et les guerres avaient lieu pour les mêmes motifs. Je me sentais terriblement seule. Je me voyais comme un être à part, un être maléfique même, car je ne parvenais pas à mourir. Tu sais ce qu'on dit, traite quelqu'un de monstre pendant assez longtemps, et il finira par penser qu'il en est un. Puis, un jour de 1372, un groupe de soldats se présenta dans ce village, mon village, avec un seigneur à leur tête. Cet homme parlait peu et impressionnait beaucoup de paysans. Les hommes de sa garde me hélèrent lorsqu'ils m'aperçurent et ce seigneur ordonna à son second de les corriger. »

Arthur se souvenait parfaitement de ce moment. C'était le jour de son arrivée à Angles. Foulques avait été contraint de reprendre les soldats qui se montraient trop familiers avec la gent féminine.

« J'ai ensuite dû fuir le village à cause du médecin. Ce même médecin qui t'a forcé à partir également si j'en crois ce que j'ai récemment découvert. »

Elle fit passer une mèche de cheveux derrière son oreille déchirée.

« Si j'étais restée plus longtemps, Melchior de Buxeuil aurait découvert que mes plaies se refermaient bien plus rapidement que chez les autres patients et il m'aurait sûrement réservé le même sort qu'à toi. »

Elle continua.

« Quelle ne fut pas ma surprise lorsque je m'aperçus quelques années plus tard qu'Hervé d'Anjou avait la tête de mon père, décédé près de mille trois cents ans plus tôt !

— Comment l'as-tu découvert ? Il n'existe aucun portrait officiel me représentant.

— Actuellement il n'y en a aucun. Mais il y en a eu un jusqu'en 1789. Commandé par ton ami Foulques qui ne pensait pas à mal et souhaitait te rendre hommage. Il fut fait de mémoire après ta disparition. D'abord conservé au château dans la salle du trône, il s'est passé de seigneur en seigneur avec bien d'autres portraits. Il a ensuite atterri dans la demeure d'un collectionneur privé de la région, avant de disparaître durant la révolution. Étant un symbole de la monarchie, je pense qu'il a dû être détruit. Une chance pour toi à ce niveau-là. »

Arthur était bien d'accord, ce portrait aurait grandement compliqué sa quête d'anonymat physique par la suite.

« J'ai ensuite perdu ta trace, jusqu'en 1836 où, alors que je m'apprêtais à passer une simple soirée chez une bonne amie, je vis apparaître mon père que je n'avais pas vu depuis près de mille huit cents ans. »

Ils rirent ensemble. Le fait d'évoquer de tels chiffres alors qu'une vie humaine ne dépassait pas une centaine d'années rendait la situation assez déconcertante.

« Mais je te repose cette question. Sais-tu réellement ce qui nous arrive ?

— Avant d'y répondre, laisse-moi te poser une question à mon tour.

— Je t'écoute.

— Quel âge as-tu ? Mère ne m'en a jamais parlé. Je suis née en 39… »

Il ouvrit de grands yeux. Le décompte des années et les registres paroissiaux n'existaient évidemment pas lors de sa naissance, il ne pouvait lui donner une réponse qu'en fonction de ce qu'il avait appris et étudié par la suite.

« Je suis né au sein de la civilisation minoenne, sur ce qui est aujourd'hui l'île de Crète. Si je me fie aux monuments que j'ai connus… j'ai dû naître aux alentours de 2500 ou 2300 avant notre ère. »

Sa fille resta bouche bée et ouvrit ses grands yeux.

« Je ne t'aurai pas imaginé si vieux, il faut bien l'avouer.

— Je ne fais pas plus de trente-cinq ans, voyons ! »

Il avait prononcé cette phrase en écartant les bras et en affichant un grand sourire. Subjugué par ce moment de retrouvailles, il en avait totalement oublié les récents événements qui avaient agité le chantier.

« En ce qui concerne notre situation... biologique, dirons-nous, j'ai fait plusieurs recherches. J'ai tout d'abord envisagé la piste métaphysique. J'ai pensé que les dieux m'avaient maudite, que je n'avais pas accompli certaines choses, que j'étais même une figure divine moi-même, ou que j'étais réellement une sorcière.

— Tu n'es pas la seule à qui toutes ces hypothèses ont traversé l'esprit.

— Puis... la civilisation, les recherches et les découvertes évoluant, je me suis intéressée à d'autres pistes. J'ai réalisé que le problème ne venait pas forcément d'en haut. Elle pointa son doigt vers le ciel. Le problème venait de l'intérieur. Je me suis donc intéressé au cerveau, au cœur, aux cellules, au sang.

— Le médecin ! Melchior de Buxeuil, il a analysé mon sang, il me semble, avec les moyens de l'époque, bien entendu. Mais j'ignore totalement ce qu'il a bien pu découvrir…

— Du mercure… voilà ce qu'il a découvert. Ton sang en contient, tout comme le mien. En tant que père, tu m'as transmis une partie de ton code génétique et une partie des propriétés qui se trouvent dans ton sang. »

Arthur afficha un air étonné. Il connaissait les propriétés du mercure en tant que métal et son importance dans le milieu alchimiste, mais comment cet élément avait-il pu se retrouver dans son corps ? Il n'en avait aucune idée.

« Et tu penses que la présence de ce mercure est responsable de notre longévité ? »

Il avait toujours préféré employer le mot « longévité » plutôt qu'« immortalité », car il n'avait aucune certitude qu'il n'allait pas mourir un jour. Combien de fois s'était-il retrouvé face à un miroir, guettant l'apparition de cheveux blancs ou de rides ? Certains disent que l'on meurt toujours plus tôt que ce que l'on avait prévu. Arthur et Maëlenn étaient les exceptions à la règle.

« Alors que tu t'intéressais à l'histoire des hommes et que tu creusais la terre, je m'intéressais à leur constitution et les disséquais durant mes études de médecine puis de biologie. Je n'ai pas trouvé d'autres explications. Mais la question la plus importante est, comment ? Comment t'es-tu retrouvé avec du mercure dans le sang ? »

Arthur haussa les épaules. Il savait que, pour répondre à cette question, il devait fouiller dans ses souvenirs, dont certains remontaient à environ quatre mille cinq cents ans. Une partie de ces images commençaient à être de plus en plus floues, il avait bien peur de ne pas avoir la réponse à cette question. Il avait beau se concentrer de toutes ses forces, sa vie en Crète n'existait quasiment plus, les visages d'Amenia et de ses enfants avaient disparu. Alors qu'il avait eu beaucoup plus de temps que la totalité des autres êtres humains, alors que ce temps n'était pas un problème pour lui et qu'il était libre d'accomplir tout ce qu'il désirait, la vie lui apparut comme très injuste. Il prit conscience que tout n'est que fumée, « *Omnia Mundi Fumus et Umbra*[i] ».

---

[i] « Tout en ce monde n'est qu'ombre et fumée », inscription latine gravée sur le fronton de l'arche d'entrée d'une ancienne demeure vénitienne dans la ville crétoise d'Argyroupoli.

« Je ne me souviens plus. La première partie de ma vie n'est qu'un immense champ de brume. « Tout en ce monde n'est que fumée et ombre »… même pour celui qui ne craint pas la mort, tout est voué à disparaître. »

Celui qui est immortel finit par être rattrapé par son propre corps. Ses souvenirs ne peuvent être illimités et infinis. Oublier toute une partie de sa vie, sa femme, ses enfants, les lieux où l'on a vécu, les animaux que l'on a pu avoir, les sentiments que l'on a pu éprouver, n'est-ce pas une forme de mort après tout ?

« Ce n'est pas grave. Essaie simplement d'y réfléchir… »

Alors qu'il tentait de se concentrer, repassant lentement le peu d'images qu'il lui restait de son ancienne vie, la réponse lui apparut et tout lui sembla à présent évident.

« Mon agression !

— Quelle agression ?

— C'était bien avant ta naissance. Oui, je me souviens maintenant ! »

Il affichait un grand sourire, ses souvenirs lui revenaient, son ancienne vie lui revenait.

Arthur énuméra les différentes étapes de son départ de la ferme, le regard dans le vague, prononçant doucement les phrases pour tenter de remettre tous les éléments dans le bon ordre.

« J'ai dû quitter la ferme, ma femme et mon enfant, je suis parti pour la ville. J'ai été agressé, ils m'ont frappé, poignardé et égorgé… »

Maëlenn afficha une grimace de dégoût. Arthur continua sans se soucier d'elle.

« Le mercure, le tonneau de mercure… c'est ça. Ils ont tenté de me noyer dans un tonneau de mercure qui se trouvait à l'entrée d'un atelier. Le liquide a dû pénétrer par ma plaie à la jugulaire et mes poumons lorsque je me suis noyé. »

Maëlenn observa la cicatrice toujours visible qu'il tentait de dissimuler avec une repousse de barbe. C'était elle qui affichait à présent un large sourire.

« Je suis si heureuse que tu aies pu t'en souvenir, cela nous sera d'une grande utilité et nous pourrons continuer ensemble les recherches !

— À quoi bon ? Je ne vois pas ce que cela nous apporterait. Nous sommes ainsi faits et, apparemment, c'est notre sang qui en est responsable, le sang que je t'ai transmis. Nous sommes dans la situation où nous sommes, tout ce que l'on peut faire, c'est s'adapter. C'est d'ailleurs ce que nous avons toujours fait, nous adapter au monde, aux nouvelles idées, aux nouvelles mœurs, aux nouvelles langues, aux nouvelles civilisations.

— Tu ne t'es peut-être jamais intéressé à ta situation, mais moi, je ne peux pas rester les bras croisés. »

Elle commençait à hausser le ton, agacée par le désintérêt de son père. Ce dernier haussa le ton à son tour.

« Mais qu'est-ce que tu cherches ? Un moyen de mourir ? C'est ce que tu veux ?

— Tu n'es pas fatigué de cette existence ? Toujours à vagabonder, toujours seul, dix ans par-ci, dix ans par-là. Aucune attache, tu ne te sens jamais abandonné ? »

Sa tête lui semblait lourde, il la laissa tomber dans ses mains.

« Je me sens terriblement seul. J'ai l'impression d'avancer dans une ville que je ne connais pas, peuplée d'inconnus parlant une langue que je ne connais pas. J'ai dû apprendre à être seul, à analyser chaque nouvelle situation seul, à souffrir seul et à m'en sortir seul. Mais un jour, il est possible que tu rencontres une personne qui parvient à lire en toi, une personne avec qui tu peux communiquer, une lumière dans l'obscurité. Les années passent et une petite princesse peut naître de cette rencontre. »

Maëlenn afficha un sourire en coin. Arthur continua.

« Alors, même si cela ne dure qu'un nombre réduit d'années, je pense que le bonheur est une chose assez rare pour ne pas en perdre une minute, tu ne crois pas ? »

Elle se contenta de continuer à lui sourire.

« Si j'avais abandonné à la première difficulté, si j'avais trouvé une solution pour mourir, comme tu le cherches apparemment, je n'aurai jamais connu ces courtes années de bonheur. Et le peu d'années passées avec toi et ta mère dans cette forêt, loin de la folie des hommes, vaut largement tous ces milliers d'années d'errance. »

Maëlenn fut soudain sortie de ces pensées par la véritable raison de sa présence ici, qui jetterait probablement un froid sur ce moment de nostalgie.

« Il faut cependant que je te parle de la raison de ma présence et du motif de ce rendez-vous. »

Il revint brusquement à lui, Arthur en avait totalement oublié la lettre que sa fille lui avait écrite. D'un geste de la main, il l'invita à se lancer. Maëlenn était une femme forte, de caractère, de courage, qui n'aimait pas tergiverser. Elle irait droit au but.

« Je pense ne pas me tromper si j'avance que tu es à l'origine du vol de la dépouille sur le chantier ? »

Arthur acquiesça sans dire un mot.

« C'est bien ce que je pensais… quant à moi, je suis à l'origine de l'agression de David et responsable de sa mort. »

Arthur ne réagit pas. Son visage ne trahissait ni l'angoisse, ni le désarroi qu'il ressentait à ce moment.

« Ce médecin fouineur avait découvert ma véritable identité grâce aux écrits de son ancêtre et à ma… petite particularité. »

Elle désigna sa blessure à l'oreille.

« Je pense que tu peux comprendre plus que n'importe qui ma peur de me retrouver démasquée. J'ai agi pour ma sécurité, mais également pour la tienne, en protégeant notre secret. »

Arthur s'agrippa les cheveux et serra les poings, comme s'il cherchait à s'en arracher plusieurs mèches.

« Tu te rends compte de ce que tu as fait ? Tu te rends compte des conséquences de tes actes ? »

C'était maintenant lui qui haussait le ton. Il se leva brusquement en renversant sa chaise. Son poing s'abattit violemment sur la porte de son casier. La porte en métal s'enfonça de plusieurs centimètres. Il ne comptait pas arrêter là sa crise d'autorité.

« Comment as-tu pu le tuer ? Imagine qu'une personne t'ait vue ? Comment as-tu pu le tuer de sang-froid ? »

Elle se leva à son tour et se mit presque à hurler.

« J'ai fait ça pour te protéger ! J'ai agi pour nous ! Tu as fait de même avec son ancêtre apparemment !

— Foulques l'a tué ! Pas moi.

— Et je pense que cela t'a bien arrangé. Tu étais débarrassé du médecin, de la menace qu'il représentait pour toi et tu n'as même pas eu à te salir les mains. Eh bien, dis-toi qu'une fois de plus, quelqu'un d'autre t'a évité de faire le sale boulot. »

Elle n'était pas tant dans l'erreur. Qui sait ce que Melchior de Buxeuil lui aurait fait subir ? Quelques heures auparavant, penché sur la dépouille de son ami, il avait reconnu le fait que ce dernier lui avait certainement sauvé la vie en tuant Melchior. Sa fille venait de faire de même aujourd'hui. Il se rassit et tenta de reprendre calmement.

« Excuse-moi... c'est juste que... tu es ma fille, tu viens de tuer un homme... laisse-moi le temps de digérer tout cela.

— Ce n'est pas aujourd'hui que tu dois assumer ton rôle de père, il est trop tard pour ça. »

Piqué, il releva la tête.

« J'ai été enlevé par une troupe romaine, je ne vous ai pas abandonnées. Mais tu n'aurais pas dû aller jusqu'à le tuer...

— Il avait tout découvert. Lorsque je suis entrée dans sa chambre d'hôpital, Julia était là. »

Les sourcils d'Arthur se froncèrent. Elle le remarqua immédiatement.

« Parfaitement. Il était en train de tout lui révéler et de lui décrire tout ce que Melchior avait laissé dans son journal. »

Le visage d'Arthur, sur lequel la rage, la douleur, la bienveillance avaient pu se lire, affichait maintenant un air inquiet.

« Les écrits du médecin parlent également de moi ? »

Elle poussa un soupir d'agacement.

« Vous n'avez pas pris le temps de fouiller sa maison avec Foulques lorsque vous l'avez tué ? Melchior avait apparemment noté l'emplacement exact de toutes tes cicatrices dans son journal avec un descriptif complet des recherches qu'il avait menées sur toi. Il y a des croquis de ton torse, de ton dos et de tes jambes blessées. David s'apprêtait à déposer cette copie dans le casier de Julia quand je l'ai agressé. »

Elle balança une enveloppe en papier kraft sur la table qu'Arthur s'empressa d'ouvrir. Ses yeux s'écarquillèrent au fur et à mesure qu'il parcourut le document. Maëlenn le fixait d'un air satisfait. Elle sentait monter en lui la rage et la peur. Après cela, il ne lui ferait plus aucun reproche sur ses actes contre le médecin. Après tout, elle ne voulait que protéger leur secret. Le regard d'Arthur changea, il devint noir et autoritaire, elle savait que ses émotions étaient en train de le submerger et que le guerrier celte en lui revenait à la surface.

« Julia a vu ce document ?

— Non, mais elle verra bientôt l'original. David lui a dit de récupérer les clefs de son appartement pour aller le consulter. »

Arthur se leva d'un coup et courut vers la porte.

« Il faut que je l'en empêche !

— Et si elle est déjà au courant ? Qu'est-ce qu'on va faire d'elle ? »

Son élan fut stoppé net par cette question. Il relâcha lentement la poignée de la porte.

« Qu'est-ce que tu entends par là ? »

Son regard était devenu d'une noirceur qui effraya Maëlenn le temps d'un instant. Elle savait que la prochaine phrase qu'elle prononcerait serait déterminante.

« Si elle a connaissance de ta condition et donc de la mienne, elle deviendra tout aussi gênante que ce médecin. »

Ils se fixèrent un long moment, durant des secondes qui leur semblèrent durer de longues minutes. Maëlenn ne se laissa pas impressionner, ce qu'elle faisait, elle le faisait pour les protéger. Enhardie, elle continua.

« Et je ferai ce qu'il est nécessaire de faire pour nous protéger. »

Les pas lents d'Arthur résonnèrent dans toute la pièce alors qu'il avançait vers elle.

« Qu'as-tu l'intention de faire ? »

Son regard n'était plus celui qu'elle avait connu, elle savait qu'il ferait ce qu'il faut pour protéger Julia. Mais s'il le fallait, elle n'hésiterait pas à tout faire pour que cette dernière rejoigne David et emporte leur secret avec elle. Maëlenn se leva, s'avança et tint tête à son père, le fixant droit dans les yeux.

« Je ferai ce qui doit être fait pour nous protéger, pour qu'elle ne soit plus un problème et ne divulgue pas notre secret. »

Elle avait fait un pas en avant. L'amour des retrouvailles qui régnait dans la pièce une heure auparavant avait laissé place à une atmosphère chargée de menaces et de mises en garde.

« Il ne sera pas nécessaire d'en arriver là. Et je te déconseille de t'engager sur cette voie.

— Où est donc passé le guerrier qui était en toi ? »

Ce fut au tour d'Arthur de faire un pas en avant. Ils se toisaient comme deux chats sauvages, n'osant bouger ou détourner le regard de peur de laisser à l'adversaire une occasion d'attaquer.

« Je te conseille de renoncer à ton projet, si tu ne veux pas avoir à affronter ce guerrier.

— Tu préfères que l'on finisse tous les deux disséqués dans un laboratoire ? Tu as vite oublié ce qu'avait prévu de te faire ce médecin ! »

Il détourna le regard, brisant ainsi ce flux d'animosité qui montait entre eux. Les poings serrés, les sourcils froncés et l'œil meurtrier, elle le regarda s'éloigner. Il se retourna vers elle avant de sortir.

« J'ai rêvé de ce moment, de pouvoir te revoir, revoir ma princesse intrépide. Je t'en supplie, ne le gâche pas au nom d'un meurtre inutile, tu en as déjà assez fait. Julia ne sera pas une menace. Et j'espère ne jamais devoir en être une pour toi. »

La porte se referma lentement et Maëlenn entendit les pas de son père s'éloigner dans la nuit.

***

Julia appréhendait le retour d'Arthur. Qu'allait-elle lui dire ? Elle était ce genre de personne dont le regard trahissait la moindre des émotions. De plus elle savait qu'elle ne pouvait pas compter sur ses talents de menteuse. L'heure tardive affichée sur son réveil s'avéra salvatrice.

Lorsque la porte d'entrée se referma doucement, Julia prétendit déjà être dans les bras de Morphée. Elle inspirait et expirait lentement, donnant l'illusion que tout son corps était réellement en état de repos. Connaissait-elle l'homme qui allait s'allonger près d'elle ? Était-il un meurtrier ? Avait-il caché son jeu pendant toutes ces années ? Les draps se mirent à bouger, il faisait des efforts pour ne pas la réveiller, ses mouvements étaient délicats et appliqués.

Lorsqu'elle le sentit allongé, elle ne résista pas à se tourner vers lui et se blottit dans ses bras musclés qui l'enlacèrent avec force. Il déposa plusieurs baisers sur son front. Julia frissonna au contact de son corps nu. Cet homme avait été parfait pendant de trop nombreuses années pour être un meurtrier. Cette histoire ne pouvait qu'être absurde. Elle releva la tête et l'embrassa passionnément en passant sa main dans ses cheveux. Tout son corps se raidit et une larme coula lentement le long de sa joue lorsqu'elle sentit la cicatrice qu'il avait derrière l'oreille gauche, exactement comme décrite dans le dossier militaire de son arrière-grand-père trouvé plus tôt. Au bord de la panique, elle mit fin à leur étreinte et alluma la lumière de sa lampe de chevet. Arthur grimaça.

« Mais qu'est-ce qu'il te prend ? »

Lorsque ses yeux se furent habitués à la lumière, il comprit immédiatement en voyant son regard que quelque chose n'allait pas.

« Julia, qu'est-ce que tu as ?

— Quel âge as-tu ? »

Chapitre 16

2024, maison d'Arthur

Arthur resta muet. Il avait reçu la question en plein visage, comme un coup de massue. Il comprit tout de suite que Julia avait tout découvert. Tous les éléments n'étaient sûrement pas en sa possession, mais elle en savait déjà trop. Quelle solution avait-il ? Lui mentir ? Cette question n'était pas posée à la légère. Si elle en était à lui demander depuis combien d'années il était en vie, c'est qu'elle possédait déjà un certain nombre d'éléments. Mais c'était une autre source d'inquiétude qui occupait à présent ses pensées. Il avait jusque-là espéré qu'elle resterait dans l'ignorance. Mais si Maëlenn apprenait que Julia avait découvert leur secret, elle n'hésiterait pas à tout faire pour se débarrasser d'elle. Il devait à tout prix la protéger.

« Qu'est-ce que tu sais ? »

La patience n'avait jamais été le fort de Julia.

« Tu ne réponds pas à ma question !

— quatre mille cinq cents ans ! »

Il avait presque hurlé sa réponse. Elle écarta de grands yeux, tituba et fut obligée de s'asseoir sur le lit. Sa respiration se fit plus rapide, elle mit la main sur sa poitrine pour tenter de se rassurer et de se calmer. Arthur se rapprocha d'elle, mais tout son corps eut un mouvement de recul. Il savait que, dans ce genre de moment, il devait se montrer rassurant, même face à une situation comme celle-ci.

« Julia, tu viens apparemment de découvrir de nombreux éléments sur mon passé… »

Il décida cependant de se montrer franc, ils n'avaient pas de temps à perdre.

« Mais tu n'aurais pas dû le découvrir et il se peut que tu sois en grave danger. Quelqu'un cherchera sûrement à s'en prendre à toi. »

Elle tourna lentement la tête dans sa direction, l'interrogeant du regard.

« Qui peut bien s'en prendre à moi ? En quoi le fait que tu sois… »

Elle ne parvenait même pas à prononcer ce mot tant cette situation lui apparaissait absurde et tout droit sortie d'un film de science-fiction.

« … en quoi le fait que tu sois ce que tu es peut-il bien m'attirer des ennuis ? Qui dois-je craindre ?

— Ma fille… »

Cette nouvelle information plongea un peu plus Julia dans le puits sans fond dans lequel elle avait l'impression de chuter. Sa fille ? De quelle époque ? Était-ce récent ? Était-elle plus âgée que lui ? Ou même comme lui ?

« Ta fille… mais… quand est-elle née ? »

Elle appréhendait la réponse, et à juste titre.

« En 39 de notre ère, sous l'empereur Claude. »

Julia plongea sa tête dans ses mains en pleurant.

« C'est un cauchemar, c'est un cauchemar, c'est un cauchemar ! »

Elle aurait aimé se frapper le visage, se jeter dans une rivière gelée dans l'espoir de se réveiller, mais tout cela était bien réel.

« Julia, je sais que tu n'arrives pas à saisir toute la situation et je t'expliquerai tout. Mais avant… J'ai besoin de savoir ce que tu sais réellement ? »

Julia ne savait toujours pas si Arthur était un meurtrier, un innocent ou un grand malade. Elle ne savait pas si elle devait le détester, fuir, appeler la police, un hôpital psychiatrique ou au contraire rentrer dans son jeu et lui faire confiance. Était-il un homme bon ? Dangereux ? Avait-il tué David ? Julia n'était plus sûre de rien. Mais à cet instant précis, elle n'avait pas vraiment de choix. Pendant presque une heure, elle lui exposa les différentes étapes de son enquête : les dires de David qu'elle avait tout d'abord pris pour un fou, la découverte du manuscrit, les croquis de son corps et la découverte des cicatrices, les informations récoltées sur son dossier militaire…

Arthur se rendit compte qu'elle ne connaissait qu'une petite partie de son histoire et qu'elle ne voyait que la partie émergée de l'iceberg.

« Est-ce que tu as tué David ?... »

Elle avait prononcé cette phrase en pleurant.

« Je ne suis pas un meurtrier Julia ! C'est ma fille qui l'a agressé et tué. En revanche c'est moi qui ai dérobé le corps de Melchior de Buxeuil.

— Que tu as tué quand tu étais… Hervé d'Anjou… »

Cette dernière phrase provoqua une nouvelle vague de pleurs. L'homme qu'elle avait étudié, celui qui avait hanté ses jours d'études pendant tout ce temps, n'était autre que l'homme avec qui elle avait vécu et qui avait partagé son lit. Tout ce temps passé sur le chantier à lutter contre ses démons, contre ses angoisses, à s'interroger sur cette sépulture, alors qu'Hervé d'Anjou était à quelques centimètres d'elle et bien vivant. Elle le fixa dans les yeux et eut envie de l'insulter, de le jeter dehors, de le maudire. Mais qu'aurait-elle espéré ? Qu'il lui avoue la vérité lors de leur premier rendez-vous ? Elle l'aurait pris pour un fou, ou aurait admiré son imagination, mais ne l'aurait en rien cru.

« Je n'ai pas tué Melchior… Foulques s'en est chargé.

— Foulques ? Le Foulques ? Celui que l'on a découvert aujourd'hui ? »

Il acquiesça.

« C'était un fidèle ami… »

Elle prit une grande inspiration, sécha ses larmes et parvint à reprendre le contrôle de ses émotions.

« Je t'ai dit tout ce que je savais. À ton tour. Je veux toute la vérité, du début à la fin ! »

Il fallut beaucoup plus de temps à Arthur pour lui exposer l'ensemble de sa vie, et ce uniquement dans les grandes lignes. Cette explication avait été coupée par des pleurs, des cris, des enlacements, des excuses et de l'incompréhension. Julia savait qu'il ne mentait pas. Si tout ceci avait été une blague, Arthur y aurait mis un terme en voyant l'état dans lequel elle était plongée. De plus, ils avaient tous les deux dépassé le stade du mensonge, Arthur lui avait fait comprendre qu'elle était en danger et il souhaitait qu'elle ait tous les éléments en main.

Elle désigna le bureau sur lequel des cartons de documents étaient toujours posés.

« Les lettres à George Sand… Charles Beauvalet, c'était toi ? »

Il acquiesça et finit par lui exposer en détail l'entretien qu'il venait d'avoir avec sa fille, ainsi que les menaces qu'elle avait proférées. Julia avait les mains qui tremblaient, les pensées paranoïaques faisaient partie de la panoplie d'intrusions mentales contre lesquelles elle essayait de lutter depuis plusieurs années. Arthur connaissait ce trait de caractère. Il avait dû la rassurer de nombreuses fois suite aux scénarios qu'elle se faisait et auxquels elle finissait par croire réellement. Conscient de ce que ces révélations produiraient chez elle, il avait préféré se montrer franc. La paranoïa n'est pas agréable, mais elle peut parfois sauver la vie.

Il s'aperçut qu'elle jetait des coups d'œil rapides et répétés vers la fenêtre de la chambre qui était restée ouverte malgré l'heure avancée de la nuit. Arthur comprit immédiatement que ses pensées étaient en plein travail. Il se leva, ferma les volets puis la fenêtre.

***

Depuis son poste d'observation dissimulé à une dizaine de mètres de là, Maëlenn poussa un juron dans une langue qu'aucun homme moderne ne pouvait comprendre. Elle reposa son arc sur le sol. Elle n'avait pas perdu une minute de l'échange que son père avait eu avec Julia. Cette dernière était au courant de tout, jusqu'à son existence, son implication dans la mort de David et la menace qu'elle pouvait représenter. Avec son honnêteté envers Julia, Arthur avait signé son arrêt de mort.

Si Julia parlait, Maëlenn serait condamné à vivre toute sa vie comme une fugitive, craignant non seulement que son secret soit découvert, mais aussi d'être arrêtée pour le meurtre de David. Elle ne pouvait pas prendre le risque de la laisser en vie. Julia serait sûrement capable de tenir sa langue et Maëlenn aurait pu jouer sur la menace qu'elle représentait pour s'en assurer. Mais cela était trop risqué. Si elle ne l'avait pas eue ce soir, elle l'aurait demain.

Chapitre 17

2024, Angles-sur-l'Anglin

La nef de l'église était déserte et le lieu semblait de nouveau abandonné. Les outils de chantier étaient soigneusement rangés dans les rayonnages métalliques et la dépouille de Foulques était la seule présence humaine qui habitait encore les lieux. La nouvelle de la mort de David avait plongé toute l'équipe dans une profonde mélancolie et le professeur Scoria avait estimé qu'il était nécessaire que tout le monde prenne un moment de repos. À l'extérieur, la cloche de l'église de la ville haute sonnait midi. Les douze coups résonnèrent dans l'église vide de la ville basse. Ce lieu au sein duquel montaient autrefois les chants pleins d'espoir et de reconnaissance était aujourd'hui un bien triste tombeau.

Pour Arthur et Julia, à quelques kilomètres de là, la nuit avait été courte. Après plusieurs heures de discussions et d'explications, ils avaient fini par tomber de fatigue. Leurs yeux remplis de larmes les piquaient atrocement et ne parvenaient plus à rester ouverts. Au réveil, ils n'avaient pas échangé un mot. Julia n'était pas en colère contre lui, qu'aurait-elle fait à sa place dans ce genre de situation ? Son silence était dû au fait qu'elle était incapable de prononcer le moindre mot. Son cerveau scientifique et rationnel peinait encore à accepter la situation. Des milliers de questions lui traversaient l'esprit. « *Demande-moi ce que tu veux, j'y répondrai honnêtement* », l'avait rassuré Arthur.

Pour la première fois de sa vie, il n'avait plus peur pour lui. Il connaissait Julia et avait assez confiance en elle pour savoir qu'elle ne l'enverrait pas dans un institut biologique afin d'y être étudié. Elle n'était pas ce genre de personne.

Pour la première fois de sa vie, il vivait léger, vide de tout secret. Il n'avait plus rien à cacher. Mais son esprit n'en était pas pour autant dépourvu d'inquiétude, il avait peur pour Julia.

Elle aussi craignait pour sa vie. N'osant plus sortir de chez elle, le moindre bruit lui apparaissait comme hostile. Elle voyait la menace partout et ne parvenait pas à se reposer. Lorsqu'Arthur entra dans la chambre, Julia était dans son lit en train de lire le livre que le professeur Scoria lui avait prêté. Ce même livre qui répertoriait tous les mystères de l'histoire qui n'avaient toujours pas trouvé d'explication. Se plonger dans un autre univers et dans le passé était pour elle la seule manière d'échapper à sa réalité. Mais cette fois, la réalité allait la rattraper.

« Ce que tu lis est intéressant ?

— Oui. »

Arthur essayait de briser la glace, de communiquer. Il voulait qu'elle sache qu'il était là pour la protéger. Pour le moment, rien n'était gagné.

« Sur quel mystère es-tu ?

— La Légio IX Hispana. »

Sa réponse était froide.

Arthur ne répondit rien. Julia sentit cependant que son regard avait changé. Elle releva la tête vers lui. Avec un air désabusé, elle laissa retomber le livre sur la couverture.

« Mais non… ? »

Arthur haussa les épaules et afficha un air mi-coupable, mi-amusé.

« Et si… »

Julia laissa son regard se perdre dans le vide durant plusieurs secondes. Elle prenait seulement conscience de ce que tout cela signifiait. Arthur avait probablement pris part aux événements importants de l'Histoire. Il avait côtoyé des personnages historiques, vu les villes se construire, les institutions se créer. Il avait même pu côtoyer des civilisations aujourd'hui disparues, voire inconnues.

Un nouveau flot de questions apparut dans sa tête. Elles se bousculaient entre elles comme si elles livraient bataille pour savoir laquelle serait posée en premier.

« Combien de langues parles-tu ? »

Il avait promis de répondre honnêtement, et c'est ce qu'il fit :

« Douze, dont sept ont aujourd'hui totalement disparu.

— La neuvième légion, qu'est-ce qui se cache derrière sa disparition ?

— Une embuscade celte, rien de plus.

— Vercingétorix ?

— Il n'a jamais porté de moustache.

— Napoléon ?

— Je ne l'ai pas connu, seulement aperçu.

— Le trésor des templiers ?

— Éparpillé, dispersé, divisé en plusieurs centaines de parts. Quelques bibelots dans des caves à la campagne et dans les sous-sols de vieux châteaux. Le reste appartient à des collectionneurs privés ou de grandes familles qui ne savent même pas la valeur de ce qu'ils ont. Mais aucune grotte ne contient toutes ces richesses en son sein. »

Une fois de plus, le regard de Julia agrippa les lettres qui étaient posées sur le bureau.

« George Sand ?

— Une femme remarquable.

— Tu l'as aimée ?

— Oui.

— Tout comme la mère de Maëlenn ?

— Oui. »

Julia se sentit soudain ridicule. Elle sentit monter en elle un élan de chaleur. Voilà qu'elle se retrouvait à éprouver de la jalousie pour des femmes qui étaient mortes depuis plusieurs centaines d'années. Quant à elle, que représentait-elle dans la vie d'Arthur ? Leur relation ne correspondait même pas à un pour cent de son existence. Un vague croisement de regard dans la vie d'un humain, le passage d'une étoile filante pour un habitant de la terre comparé au temps de l'univers. Où était sa place ?

« Tu viendras te recueillir sur ma tombe, n'est-ce pas ? »

Cette question glaça le sang d'Arthur. Julia n'avait jamais mâché ses mots, mais cette question l'interloqua.

« Qu'est-ce qu'il te prend de dire des choses pareilles ?

— Ne cherche pas à minimiser la chose. Je vais mourir, c'est inévitable, et toi tu avanceras, tout comme tu as avancé après la mort de la mère de Maëlenn, de George Sand et des autres. M'apporteras-tu des fleurs ? Ou m'oublieras-tu ? »

Arthur la connaissait assez pour savoir qu'il ne s'agissait pas uniquement d'un problème de tombe fleurie.

« Pose-moi ta question, sans détours.

— Qu'est-ce que je suis pour toi ? Où dois-je me situer ? Une femme parmi toutes celles que tu as connues ? »

Il lui sourit, ce qui eut pour effet d'augmenter la force de son énervement. Il s'accroupit à côté du lit et posa sa main sur la sienne.

« De toute ma longue vie, tu es la première personne à qui je m'ouvre ainsi, avec une telle honnêteté. J'ai répondu à des questions auxquelles je n'avais jamais répondu, je t'ai dévoilé tout mon passé, et crois-moi quand je te dis que cela n'est jamais arrivé. »

Elle fit la moue et de petites larmes commencèrent à apparaître aux coins de ses yeux.

« Je ne suis qu'une étoile filante pour toi…

— Non tu es… une météorite. »

Elle fit la grimace.

« C'est le compliment le plus horrible qu'on m'ait jamais fait. »

Il l'embrassa.

« Et moi, je suis une vieille planète qui dérivait au fin fond de l'univers, seule, dans l'obscurité la plus totale. Tu es venue t'écraser sur moi et as totalement perturbé le calme mortifère de mon existence. Mais tu as laissé une marque sur ma surface que je ne pourrai jamais oublier. Tu m'as fait sortir de l'obscurité. »

Ses bras l'enlacèrent et il la sentit se blottir contre lui.

« Et je ferai tout ce que je peux pour te protéger, je te le promets.

— Je veux partir… »

Il plongea son regard dans le sien, ne comprenant pas le sens de sa demande.

« Comment ça, partir ? Tu veux fuir devant Maëlenn ? Tu n'as aucune raison de fuir, je suis là quoi qu'il arrive… »

Elle le coupa.

« Je veux fuir ! Je n'ai pas envie d'être forte, je n'ai pas envie de devoir lutter, de devoir me battre. J'ai le droit de ne pas vouloir l'affronter, de ne pas vouloir raser les murs. »

Sentant la pression monter en elle, Arthur posa délicatement ses mains sur les siennes, tentant de la calmer sans la couper.

« Je n'ai pas envie de me battre, tu comprends ? On n'a pas tout le temps envie de lutter, de se dépasser et de mettre sa vie en danger ! J'ai envie de fuir, j'ai besoin de fuir et j'ai le droit de fuir…

— Où veux-tu aller ? Tu as une idée en tête ? Un endroit où tu n'auras pas peur ? »

Les yeux noisette de Julia se perdirent dans le vague. Arthur ne se lassait pas de la regarder, il sourit instinctivement.

« Dans un lieu où tu n'as jamais mis les pieds. J'ai envie que l'on aille ensemble dans un lieu qui est nouveau pour toi, que tu aies des souvenirs uniques avec moi, pour que tu ne m'oublies pas. »

Arthur se passa la main dans la nuque tout en réfléchissant.

« Il doit bien y avoir un lieu où tu n'as pas mis les pieds sur cette terre ? »

Ses souvenirs défilaient à toute vitesse dans sa mémoire, comme si le film de sa vie lui était projeté en accéléré.

« Stonehenge.

— En Angleterre ? »

Il acquiesça d'un mouvement de tête.

« Je ne m'y suis jamais rendu. Le site a été actif bien avant ma naissance, aussi lointain que cela puisse paraître. Et mes séjours avec les légions dans le sud de l'Angleterre ne m'ont jamais mené jusqu'à lui.

— Et Maëlenn ?

— Je pense que, si l'on se fait discret, que l'on part de nuit, en laissant de fausses indications, il y a une possibilité de lui échapper. »

Cette perspective rassura Julia et tout son corps fut libéré de ses tensions. Ses doigts se décrispèrent, ses épaules se relâchèrent légèrement et sa mâchoire se desserra. Ce chantier archéologique avait livré tout ce qu'il avait à livrer. Elle avait retrouvé Hervé d'Anjou, perdu un ami et placé une épée de Damoclès au-dessus de sa tête en la personne de Maëlenn. Il est important de savoir quitter la scène au bon moment.

Sans perdre davantage de temps, Julia appela le professeur Scoria pour lui faire part de son désir de ne pas continuer la fouille et l'informa de son départ. Arthur et elle mentirent sur leur destination afin que le lieu reste connu d'eux seuls. Ils ne connaissaient en rien les ressources de Maëlenn et elle pouvait se trouver bien plus proche qu'ils ne le croyaient.

Chapitre 18

2024, Stonehenge,
comté de Wiltshire, Angleterre

Il est courant de dire que fuir ne sert à rien, que peu importe le lieu de notre retraite, nos soucis du quotidien parviennent toujours à se trouver une place réduite dans nos valises. Julia avait la preuve sous les yeux que tout cela était faux. Après une marche qui les avait tous les deux épuisés, ils se retrouvaient face aux mégalithes de Stonehenge comme des pèlerins parvenus au bout de leur périple. Julia en restait bouche bée. Les grandes pierres dressées en rond semblaient être de véritables bras tendus vers les dieux anciens.

Le soleil, qui avait entamé sa descente vers une autre face de notre planète, donnait au ciel des reflets rosés qui se mêlaient au bleu azur. On aurait pu croire que des feux de Samhain étaient allumés dans toute la vallée.

L'occupation du site remontait à plusieurs milliers d'années avant la naissance d'Arthur. Ce lieu, ils le découvraient ensemble. Julia s'était procuré un petit ouvrage sur le site et partageait toutes les informations qui s'y trouvaient avec lui.

« Les traces d'occupation remontent au moins à huit mille ans, tu te rends compte ? »

Elle marqua un petit temps d'arrêt avant de continuer.

« Tu n'étais… pas né, je crois ? »

Il répondit par la négative et elle reprit sa lecture.

L'implantation des pierres à l'intérieur des cercles rappelait la forme d'un fer à cheval au milieu duquel se trouvait un autel. Le tout était entouré de deux autres cercles, dont certaines pierres pouvaient atteindre six mètres de haut. Chez les anciens peuples, le cercle revêtait une symbolique plus qu'importante. Il représentait le monde, l'univers qui nous entoure et l'infini.

« Sais-tu pourquoi les croix celtiques sont souvent représentées avec un cercle en leur centre ? »

Il répondit à sa question sans quitter les mégalithes des yeux.

« Lors de la christianisation, les Celtes continuèrent à vénérer leurs dieux et à célébrer les fêtes de la roue de l'année tout en adhérant petit à petit au christianisme. L'association du cercle et de la croix chrétienne est le résultat de cette mixité religieuse. »

Julia aurait aimé lui expliquer par elle-même ce qu'elle venait de découvrir. Il tourna la tête vers elle et lui sourit.

« Je ne suis jamais venu, mais j'ai été celte durant plusieurs centaines d'années, tu sais. »

Une fois de plus, elle prit conscience de ce qu'impliquait la situation d'Arthur. Tout ce que Julia observait comme des vestiges avait fait partie, à un moment ou un autre, de sa culture, de sa civilisation et de sa vie. Ces anciens dieux, il les avait priés, il avait remis son destin entre leurs mains et il avait assisté à leur crépuscule.

À quelques dizaines de mètres de ces cercles concentriques, une pierre dressée servait de repère. Lors de la fête de Samhain, la première fête du calendrier celtique, le soleil déclinant s'alignait parfaitement sur cette pierre et ses derniers rayons inondaient l'autel de lumière.

La fête de Samhain était toujours célébrée dans plusieurs parties de l'Angleterre et de l'Écosse. Son importance n'était pas négligeable, elle marquait l'entrée dans la période sombre, le passage qui allait mener à de longs mois d'hiver, de repli et d'introspection. Les populations préparaient la froide saison en faisant des réserves, en faisant le point sur l'année écoulée et sur les directions à prendre pour l'année à venir. C'était aussi une période où la frontière entre le monde des humains et celui des dieux n'existait plus. Les demandes, les remerciements et les paroles adressées aux ancêtres avaient donc plus de chance d'être entendus durant cette période qui pouvait s'étendre sur plusieurs jours. Julia ne s'était intéressée que de loin à la religion des anciens Celtes, mais ce qu'elle découvrait la fascinait.

« En opposition à la fête de Samhain, il y avait celle de Litha, qui correspondait…

— Au solstice d'été. »

Une fois de plus, elle afficha un regard désabusé. Il se justifia.

« J'ai célébré Samhain, Imbolc, Beltaine, Lughnasad et Litha plus de fois que tu peux l'imaginer… j'ai fait partie de ces gens. »

Elle vit la lueur dans ses yeux. Arthur laissa son regard parcourir l'horizon et se poser sur les pierres aux reflets bleus. Bien que sa mémoire pût lui faire défaut par moment, il n'avait aucun mal à imaginer l'activité qui pouvait bien régner autrefois sur cette terre.

Durant un bref instant, il n'eut plus l'impression d'être Arthur Gauthier, mais à nouveau Garos. Il sentit battre au fond de lui cet appel du passé, cet appel des anciennes croyances.

Pour la première fois de sa vie, il prit conscience de ce dont il avait été témoin. Il vit défiler dans sa mémoire les inventions, les conquêtes et les régressions. Des images montrant de grands hommes forts, vaillants, habités par ce en quoi ils croyaient, écrasés et implorants sur le champ de bataille. Il revit les débats politiques et les efforts pour honorer les dieux comme ce qu'il avait sous les yeux en ce moment.

Combien de couples s'étaient déchirés pour leurs sentiments, pour des questions d'adultère et de jalousie ? Combien de personnes s'étaient aimées, s'étaient promises l'une à l'autre pour l'éternité et s'étaient données l'une à l'autre ? Il revit tous ces gens exécutés pour leurs croyances ou pour avoir renié leur religion. C'était comme si tout ce que l'humanité avait bâti jusqu'ici envahissait son esprit d'un coup, et que tout était contenu dans ces rayons de soleil qui frappaient les pierres et dont les reflets l'inondaient de lumière.

Où étaient tous ces gens aujourd'hui ? Que restait-il de leurs efforts ? Était-il le seul témoin de ce travail millénaire acharné ?

Julia remarqua son absence et son air presque interloqué. Estimant qu'il avait besoin de ce moment, elle s'éloigna vers les pierres pour faire quelques photos. Le flux de touristes qui avait envahi le lieu durant l'après-midi commençait à s'éloigner.

Les parents rappelaient leurs enfants qui couraient autour des mégalithes et les guides agitaient les bras pour réunir leurs groupes. Arthur et Julia se retrouvèrent bientôt seuls. Cette dernière continuait de lire le petit guide touristique. Elle cria pour que le son porte jusqu'aux oreilles d'Arthur.

« Apparemment, ils ont retrouvé des sépultures sous les pierres ! Et des ossements d'animaux étaient disposés sous terre, formant des sortes de grands cercles autour du site… Il y a environ quatre cents sépultures là où tu te trouves ! »

Il la rejoignit. Près de quatre cents hommes et femmes reposaient ici, sous cette terre sacrée. Il en avait peut-être même connu certains.

Un son qui semblait provenir tout droit du ciel le sortit soudain de ses pensées. Les mots résonnèrent comme des coups de tonnerre, mais la nature n'avait rien à voir dans cette intervention. Il n'eut aucun mal à comprendre ce que disait cette voix, bien qu'elle parût hurler les mots en langue celte :

« Que le dieu Lug guide ma main et mon arme ! »

Arthur leva les yeux vers Julia qui ne se trouvait qu'à une dizaine de mètres de lui. Son corps fut alors transpercé par une flèche qui la frappa dans le dos et ressortit par sa poitrine. Une gerbe de sang jaillit et les pierres qui se trouvaient proches d'elle furent maculées du liquide rouge.

Julia s'écroula, ne poussant pas un cri et ne réalisant pas ce qui venait de lui arriver. Arthur accourut aussi vite qu'il le put en hurlant. Son regard se porta vers l'horizon où le soleil disparaissait lentement. Il n'eut que le temps d'apercevoir une longue chevelure rousse qui s'éloignait au loin.

Le temps n'était pas à la vengeance, Julia perdait énormément de sang.

Il n'y a que dans les films que les morts sont dignes, lentes et héroïques. La réalité est bien différente.

Du sang se mit à jaillir de sa bouche dans un râle guttural, elle s'étouffait avec le liquide qui se répandait dans ses organes transpercés. Les larmes qui coulaient de ses yeux se mêlaient aux bulles rouges qui se formaient dans sa bouche.

Tout fut terminé en quelques minutes. Maëlenn avait gagné, Julia ne trahirait jamais son secret, elle ne parlerait jamais. Arthur tenta d'appeler des secours. Il hurla du plus fort qu'il put, espérant qu'un groupe de touristes l'entende. Il hurla à s'en arracher les cordes vocales et sentit à son tour un goût de fer dans sa bouche. Julia lui agrippa le visage de sa main tremblante et collante de sang. Leurs regards s'unirent une dernière fois, puis elle ferma les yeux. Son corps ne trembla plus et sa main retomba lourdement sur l'herbe rougie.

Chapitre 19

2024, quelques jours plus tard

Arthur retira une mèche de cheveux collée sur son front trempé de sueur. Le contact avec l'air de la climatisation poussée à son maximum à l'intérieur du bâtiment fut agréable. Il avait mis une veste de costume noire pour l'occasion. Elle était épaisse, ne laissait pas passer l'air et n'était pas adaptée à cette saison. Le bouquet de fleurs qu'il tenait avait, lui aussi, pris un coup de chaud dans le four qu'était devenu l'habitacle de sa voiture. Les trois derniers jours avaient été forts en émotions. Mais il devait maintenant se rendre à l'évidence et accepter la situation. Toutes réflexions étaient inutiles, tout « *et si* » l'était encore moins. La situation était ce qu'elle était, il devait l'accepter comme toujours et se réjouir.

Lorsqu'il poussa la porte de la chambre 312 de l'hôpital parisien, le large sourire de Julia fut la première chose qu'il vit. À cet instant, elle était la seule chose qui importait à ses yeux. Il s'avança et posa son modeste bouquet sur la table de chevet. Elle tendit ses deux bras vers lui. Leur étreinte et leur baiser durèrent un long moment, jusqu'à ce que Julia grimace de douleur en se redressant. La plaie qu'elle avait sous son sein droit n'était pas cicatrisée.

Bien que tout danger d'infection soit écarté et que son pronostic vital ne soit plus engagé, chaque mouvement lui donnait l'impression que des centaines d'aiguilles pénétraient sa chair.

Le chirurgien ayant sauvé Julia entra à son tour dans la pièce. Ni elle ni Arthur n'avaient encore eu l'occasion de s'entretenir avec lui et ils n'avaient pas eu de retour sur le déroulement précis de l'opération. Les infirmières avaient simplement rassuré Julia, l'informant qu'elle vivrait.

« Madame Rainel et monsieur... ?

— Gauthier, son... conjoint. »

Il lança un léger regard à Julia, guettant son approbation suite à ce nouveau statut qu'il s'était attribué.

Le médecin leur sourit.

« Madame Rainel, on peut dire que vous êtes une miraculée. »

Julia afficha une mine enjouée et soucieuse à la fois. L'idée d'être passé si près de la mort laissait en elle une marque qu'il sera difficile d'effacer. Le chirurgien consulta les documents qu'il avait entre les mains.

« Si vous aviez encore été en possession de votre poumon droit, ce dernier aurait été transpercé. Le temps que les secours vous localisent et vous prennent en charge aurait été bien trop long et... vous seriez morte avant même d'arriver à l'hôpital. »

Quelque peu tremblante, Julia bénit cet accident de voiture survenu presque vingt-cinq ans plus tôt. Elle, qui n'avait cessé de répéter que tout arrive toujours pour une raison, en était aujourd'hui la preuve vivante. *Malgré ce que beaucoup se plaisent à dire, nous sommes en perpétuelle évolution, en perpétuel changement d'état, d'avis et de mentalité. Tout ce que nous vivons, même si ce n'est que souffrance, pourrait s'avérer utile dans de futures circonstances.*

Alors qu'ils croyaient en avoir terminé avec les explications, le médecin ne paraissait pas décidé à quitter la pièce. Il restait planté devant eux, un large sourire sur les lèvres. Julia resta un instant dans l'incompréhension, attendant que le médecin lui annonce autre chose. Arthur mit un terme à ce moment suspendu.

« Il y a autre chose, docteur ?

— Je suis ravi que vous posiez la question. Il y a en effet autre chose. Une chose que nous avons découverte lors de vos examens sanguins. »

Le côté hypocondriaque de Julia prit le dessus durant un instant. Qu'allait-on lui apprendre encore ? Arthur n'était pas plus rassuré, quoique le sourire qu'affichait le médecin pouvait être un bon présage. Il prit la main de Julia dans la sienne, lui signifiant par ce geste qu'il serait à ses côtés, peu importe ce que le médecin lui annoncerait.

« On vous écoute. »

Le médecin consulta une nouvelle fois les documents qu'il avait entre les mains.

« Eh bien, comment dire, il est heureux que cette flèche vous ait atteinte juste sous la poitrine et non plus bas… vous êtes enceinte, madame. »

Julia et Arthur n'eurent aucune réaction et restèrent figés. L'expression du médecin changea, il s'attendait apparemment à des effusions de joie.

« Je vais vous laisser discuter de cette nouvelle entre vous. »

Après les avoir salués, il disparut sans demander son reste.

Le silence qui s'ensuivit parut durer une éternité. Arthur le rompit.

« Comment… ?

— À quatre mille cinq cents ans, tu devrais savoir comment on fait, tout de même.

— Je veux dire, quand cela a pu arriver ?

— Sur la table de la cuisine, dans la salle de bain, sur le canapé, le fauteuil du salon, dans ta voiture ou dans un champ, et ce, depuis trois semaines… tu as déjà oublié ? »

Arthur ne put s'empêcher de sourire.

« Tu es heureuse ? Je veux dire, cette nouvelle te rend heureuse ? »

Julia n'avait absolument pas prévu d'avoir un enfant pour le moment et ne l'avait même pas envisagé. Mais cette nouvelle la rendait étrangement heureuse. Elle ne put s'empêcher de réprimer un sourire.

« Je suis parfaitement heureuse. »

Son sourire se fit de plus en plus large et elle laissa finalement éclater sa joie. Elle se reprit.

« Et toi ? Comment accueilles-tu cette nouvelle ? »

Il ne put s'empêcher lui aussi de sourire et son expression ne laissait aucun doute sur le bonheur qu'il pouvait ressentir. Mais son regard se perdit rapidement dans le vide. Une chose venait de lui traverser l'esprit. Ce changement soudain de réaction ne manqua pas d'inquiéter Julia.

« Arthur... Dis quelque chose.

— Une chose m'inquiète, et je crois que tu n'en as pas encore pris conscience...

— Quoi ? Dis-moi. »

Bien qu'Arthur ait révélé à Julia que sa fille avait un temps de vie bien supérieur à la moyenne, voire infini, car il lui avait transmis une partie de son sang, elle n'avait pas fait le rapprochement avec l'enfant qu'elle portait. Il se contenta de la fixer, sans rien lui dire, attendant que cette pensée fasse son chemin dans sa tête.

« Et bien quoi ? Qu'est-ce que tu attends ? »

Elle porta soudain la main à sa bouche et toucha son ventre de l'autre. Elle venait de comprendre.

« Tu crois que... »

Il s'assit près d'elle sur le bord du lit et posa doucement sa main sur son ventre. Ses lèvres s'unirent aux siennes avec tendresse.

« Il aura une partie de mon sang. Alors, j'en suis persuadé. »

Epilogue

Quelques mois plus tard

L'automne commençait à annoncer son arrivée par de petits signes orangés partout dans la nature. Les paysages commençaient à prendre de légères teintes plus chaudes, l'humidité imprégnait lentement les sous-bois et le vent était porteur de mystères. Dans certaines contrées, on commençait déjà à préparer la fête de Samhain, comme le faisaient les anciens. La fin de l'année celtique approchait et un nouveau cycle allait débuter. D'autres localités allaient fêter sans le savoir cette même célébration ancienne sous les traits d'Halloween. Chacun allait se déguiser pour faire peur aux mauvais esprits et le thème de la mort permettrait d'avoir une pensée pour ceux ayant déjà rejoint l'autre rive.

Marchant doucement main dans la main, Arthur et Julia se laissaient guider par le vent qui semblait leur murmurer des contes gaéliques. La forêt dans laquelle ils se trouvaient avait autrefois été le théâtre d'événements liés au passé celtique de la Gaule. Les légendes y allaient bon train. Tombes de rois légendaires, monuments mégalithiques aujourd'hui disparus, sources et rivières aux propriétés hors du commun, demeures de fées, batailles disputées par les dieux eux-mêmes, gravures rituelles sur des roches et, plus récemment, témoignages d'apparitions de divinités comme Cernunnos ou Epona.

Le couple croisa plusieurs groupes de touristes à la recherche de ces gravures aux caractères si mystérieux. Julia observait les feuilles qui virevoltaient en tombant des arbres et qui venaient tapisser le sol. On aurait dit qu'elles formaient une haie d'honneur sur leur passage.

« Que penses-tu de Conan ? »

Arthur fit un signe négatif de la tête.

« J'ai connu un Conan....

— Et alors ? »

Il afficha une grimace.

« Ce n'était pas vraiment un homme bien.

— En quelle année était-ce ?

— En 70 avant notre ère environ. Mais, tu sais, il y avait déjà des hommes bien à cette époque, et lui n'en était pas un. »

Un groupe de vacanciers passa près d'eux, précédé d'un guide. Quelques bribes de conversation vinrent aux oreilles du couple. Certains se plaignaient des moustiques toujours présents et agressifs malgré les températures descendantes. D'autres remettaient en question les propos du guide et avertissaient les autres membres du groupe qu'ils auraient la main légère en ce qui concerne le pourboire. Les membres fermant la marche étaient quant à eux en train de débattre sur le mystère du phare écossais d'Elian Mòr et sur les hypothèses concernant la disparition de ses trois gardiens en 1900.

« Elian ! Ce pourrait être un très joli prénom. »

Arthur sourit.

« Elian serait parfait. »

Ce serait donc Elian, un fils qu'ils savaient tous les deux promis à un avenir hors du commun. L'immortalité que lui transmettait Arthur était le résultat d'un accident, d'une embûche qui n'aurait normalement pas dû avoir lieu. Il était donc peu probable qu'il existe d'autres personnes dans ce cas. Que serait-il advenu de sa vie s'il n'avait jamais quitté sa ferme dans les montagnes crétoises ? Aurait-il trouvé une alternative aux mauvaises récoltes ? Peut-être aurait-il pu mener une vie paisible avec Amenia et Sanos. Peut-être aurait-il même eu la chance de connaître leurs petits enfants durant quelques années. L'espérance de vie étant ce qu'elle était à cette époque, il ne les aurait pas vus atteindre l'âge adulte. Mais la vie est ainsi faite. Tout est une question de choix. Des routes différentes qui se présentent et que nul ne peut ignorer. Les rencontres, les opportunités, les drames, les accidents, la réussite, tout ne dépend que de nos choix. Une seconde trop tôt ou trop tard est capable de bouleverser une vie entière. Arthur allait bientôt devoir en faire un de plus.

Il lui était parfois arrivé, la nuit, dans la solitude la plus totale, de maudire sa situation. Mais le regard bienveillant de Julia parvenait comme toujours à chasser toutes pensées négatives de son esprit.

Ils continuèrent leur marche durant presque une heure. Sur le chemin retour, un groupe de touristes buvait les paroles d'un guide fièrement posté devant deux dolmens gravés. Le couple ralentit le pas pour se fondre dans la masse et en découvrir un peu plus sur l'histoire de cette forêt. Au bout de quelques minutes, Julia reprit sa route. Arthur se fit un peu plus lent, toujours intéressé par les paroles du conférencier. Il était question des mythes et légendes associés à ce lieu. Julia commençait à s'éloigner. Il se décidait à la rejoindre, lorsque les mots du guide attirèrent son attention.

« Le mythe des deux ermites ayant soi-disant vécu dans cette forêt fut particulièrement célèbre au cours du IIe siècle, oublié, puis redécouvert à la fin de l'Antiquité. »

Julia le chercha du regard, il lui fit signe qu'il ne serait pas long. Le guide continua son récit.

« Les noms de Garos et Tara nous sont parvenus. Mais ces traductions ont été faites d'après des gravures réalisées plusieurs siècles après les faits et il ne s'agit là que de suppositions. Les mythes racontent que Garos serait un descendant du dieu Lug et Tara de la déesse Damona, déesse guérisseuse et des sources. Les mythes racontent que le couple d'ermites aurait découvert une source leur ayant conféré l'immortalité. »

Arthur manqua de défaillir en entendant ces paroles. Peu importe ses actions ou sa destination, son passé finirait toujours par le rattraper.

« Plus tard, ce mythe fut repris par les chrétiens et des pèlerinages eurent lieu sur la sépulture de Tara qui se trouve non loin d'ici près d'une source dans le nord de la forêt. Des fouilles archéologiques dans les années soixante-dix ont permis d'exhumer la dépouille d'une femme datée de la fin de l'âge du fer, mais aucune dépouille masculine n'a été trouvée, ce qui continua d'alimenter le mythe autour de Garos. »

La tombe de Tara avait été découverte et le lieu où ils avaient vécu ces années de bonheur ne devait pas être loin. Arthur commença à transpirer et une boule d'angoisse apparut dans son estomac. Son regard agrippa soudain celui de Julia qui l'attendait toujours. Elle lui sourit. Il observa son ventre qui commençait à s'arrondir. Pendant toutes ces années, il avait couru, fui devant l'inévitable, fui pour protéger son secret et pour protéger sa vie. Il n'avait accordé suffisamment de confiance à personne pour se livrer sur sa véritable nature, ne s'autorisant le bonheur qu'une dizaine d'années environ. Son passé avait beau tenter de le rattraper pour le ramener à lui, cela n'avait pas d'importance. Julia était son présent. Il s'éloigna du groupe, laissant les explications du guide se perdre dans le vent.

FIN

Édition des libertés
www.editiondeslibertes.fr
316 avenue Gustave Charpentier
83370 Saint Aygulf
France

www.ingramcontent.com/pod-product-compliance
Lightning Source LLC
LaVergne TN
LVHW030917080826
845145LV00013B/2941

* 9 7 8 2 4 8 7 2 8 4 7 8 4 *